Das kleine Haus in den Dünen

Meinen Herzensmenschen.

Meinen wundervollen Lesern.

All jenen, die an ihre Träume glauben.

Dir, denn mein Traum lebt durch dich.

JULIA ROGASCH

Das kleine Haus in den Dünen

Ein Sylt-Roman

Bibliografische Information der Deutschen Nationalbibliothek:
Die Deutsche Nationalbibliothek verzeichnet diese Publikation
in der Deutschen Nationalbibliografie; detaillierte bibliografische
Daten sind im Internet über https://portal.dnb.de/ abrufbar.

E-Book-Ausgabe
© Ullstein Buchverlage GmbH, Berlin 2020

© 2021 Julia Rogasch
Umschlagdesign: Zero-media.net, München
Bildmotiv: FinePic®, München
Satz, Herstellung und Verlag:
BoD – Books on Demand, Nordersted
ISBN: 978-3-7534-1286-3

Prolog

»Freunde für immer?« Die Stimme der neunjährigen Clara klang ernst, als ihre strahlend blauen Augen ihren besten Freund Max fixierten. Die von der Sommersonne hellblond gefärbten Haare, locker zum Pferdeschwanz zusammengebunden, waren zerzaust vom langen Tag am Strand und dem Mix aus Sonne, Nordseewind und Salzwasser. Sie schimmerten golden im Licht der Abenddämmerung. Auf Stirn und Nase des Mädchens zeugten unzählige Sommersprossen davon, dass sie in jeder freien Minute den Sommer auf Sylt genoss.

»Für immer und ewig.« Max nickte, wobei ihm ein paar Strähnen seiner dunklen Haare in die Stirn fielen. Die Kinder gaben sich die Hand, lächelten verschwörerisch und umarmten sich.

Der Wind rauschte durch die Kiefern und es dämmerte am Himmel über Kampen. Das Zwitschern der Vögel wurde leiser, bis es in der anbrechenden Dunkelheit ganz verstummte. Heute hatten sie Luftschlösser in den strahlend blauen Himmel gemalt und sich anvertraut, was ihre größten Träume waren. Sie hatten sich versprochen, diese als beste Freunde gemeinsam wahr werden zu lassen.

Die Kinder hatten Pläne geschmiedet, was sie mit dem neuen Tag auf ihrer Lieblingsinsel anfangen würden, auf die Max' Familie seine beste Freundin Clara in den Sommerurlaub mitgenommen hatte. Clara war mit ihren Eltern noch nie im Urlaub gewesen. Aber dem Mädchen fehlte es an nichts, außer an einem Geschwisterkind. Bis sie bei der Arbeit ihrer Mutter Max kennengelernt hatte. Von diesem Tag an hatte sie endlich den Bruder, den sie sich immer gewünscht hatte.

Wäre es nach Clara gegangen, wäre das Brahnfeldtsche Anwesen in der Nähe von Hannover schon Abenteuer genug und sie hätte die gesamten Ferien dort verbringen können. Vom ersten Moment an war Clara aber dann von Sylt begeistert und verliebt in diese Insel, deren salzige, raue Luft für sie nach Abenteuer und Freiheit schmeckte. Das Mädchen schien jede Sekunde an diesem Ort einzusaugen. Sie und Max vergaßen die Zeit, wenn sie wieder einmal gemeinsam am Strand nach Abenteuern suchten und täglich fündig wurden. Clara wirkte mit ihrem nordischen Aussehen, als gehörte sie genau hierher, dachte sich Bina, Max' Mutter, oft, wenn das Mädchen ihr, voller Überzeugung und mit leuchtenden Augen, erklärte, dass sie irgendwann einmal auf Sylt leben wollte. Und Bina wünschte Clara von ganzem Herzen, dass dieser Traum in Erfüllung gehen würde.

Das Grundstück säumte ein Friesenwall mit Heckenrosen und die Blüten strahlten in hellem Pink mit dem blauen Himmel um die Wette. Die untergehende Sonne versteckte sich zum Teil schon hinter dem Reetdach des Ferienhauses der Familie Brahnfeldt, dem *Strandhaus*, wie Clara es liebevoll nannte, und tauchte den Himmel in ein zartes Rosé. Ihr Licht ließ ein Beet voller Hortensien lange Schatten werfen. Sie wirkten wie eine Armee aus Gespenstern, wie sie im Wind hin und her schaukelten, und es sah aus, als marschierten sie auf die Kinder zu.

Clara kuschelte sich bei diesem Anblick an ihren besten Freund. Sofort fühlte sie sich sicher, als dieser die Wolldecke, die sie sich mit in den Strandkorb genommen hatten, fester um seine Freundin wickelte und schützend den Arm um sie legte. Der Korb hielt den Wind fern und wenn es nach den Kindern ginge, hätten sie die ganze Nacht hier verbringen können.

Als die Sonne immer tiefer sank und alle Brote und Würstchen aus dem Picknickkorb verzehrt waren, hörten die Kinder irgendwann Bina, die sie ins Haus rief. Ein Tag mit vielen kleinen und großen Abenteuern, Lieblingseis und Lachen, bis der Bauch weh tat, ging zu Ende. Clara und Max konnten es beim Einschlafen kaum erwarten, am nächsten Morgen wieder in den Garten zu laufen, wo Bina, Max' Mutter, ihnen täglich das leckerste Frühstück der Welt zauberte. Dazu gehörten die legendären Quarkbrötchen von Max' Lieblingsbäcker und ein Glas Honigmilch. Clara würde diesen Geschmack nie im Leben vergessen und immer mit dem geborgenen und aufregenden Gefühl dieser einmaligen Zeit verbinden.

Bina empfing ihren Sohn und Clara, Ulrikes Tochter, ihr *Goldstück* im Haushalt, die mittlerweile auch eine gute Freundin war, auch am Abend mit einer heißen Honigmilch an der Terrassentür. Nach deren Genuss sprangen die Kinder unter die Dusche und kuschelten sich dann in die gemütlichen Kojenbetten im Kinderzimmer. Dort wurden sie beim Schmieden der Pläne für den nächsten Tag irgendwann vom Schlaf übermannt und brachen schließlich auch in ihren Träumen zu neuen Abenteuern auf.

Kapitel Max

Der Gang des älteren Herrn in weißem Kittel erschien mir langsamer als vorhin, als er den Raum verlassen hatte. Nervös lockerte ich meinen Hemdkragen. Mir war, als presste eine unsichtbare Faust voller Kraft gegen meinen Brustkorb. Das Parkett der Jugendstil-Villa knarzte unter seinen Füßen, als der Arzt zu seinem Stuhl ging. Dr. Lorenz Schwarz trat an den Schreibtisch, vor dem ich in einem der Designersessel saß, und nahm mir gegenüber Platz.

Bildete ich es mir ein, oder vermied er es, mir in die Augen zu schauen?

»Max«, begann er. Seine sonore Stimme beruhigte mich normalerweise, war mehr als vertraut, kannte ich ihren Klang doch schon seit ich Kind war. Lorenz Schwarz war schon lange mit meinen Eltern befreundet. Er war rund fünfzehn Jahre jünger als mein Vater. Ob als Arzt oder als Intimus der Familie, wir schätzten uns gegenseitig, auf eine freundschaftliche Art. Wir tauschten uns gerne aus über unsere gemeinsamen Hobbys, Autos, Uhren oder Reisepläne.

Gerade hatten wir uns darüber unterhalten, ob wir in diesem Jahr gleichzeitig auf Sylt sein würden. Er fuhr wie ich im Sommer einige Wochen auf die Insel in sein Haus. Dies lag in der Nähe von meinem und dem meiner Eltern. Während Dr. Schwarz dort mit seiner Familie Urlaub machte, fuhr ich meist allein. Er suchte dort die Ruhe und die Erholung, ich stürzte mich ins Partyleben. Inzwischen traf ich dort seine fast schon erwachsenen Kinder beim Feiern.

»So schwer es mir fällt, dir das zu sagen, Max«, fuhr Lorenz

Schwarz fort, machte dann aber eine Pause, als suche er nach den richtigen Worten. Augenblicklich gefror das Blut in meinen Adern. Eine Beklommenheit überkam mich, wie ich sie nie zuvor gespürt hatte. Ich war zu ihm gekommen, weil ich in der letzten Zeit immer häufiger spürte, dass mir die Luft wegblieb. Mein Hobby war der Motorsport, hier und da fuhr ich eine Rallye, meist mit meinem Vater gemeinsam in einem unserer Oldtimer. Wir reisten manchmal quer durch Europa. Körperlich fit zu sein, war mir wichtig. Dafür absolvierte ich laufend Ausdauertrainings und joggte nahezu täglich. Weil ich eigentlich gut im Training war, hatte mich meine Kurzatmigkeit beunruhigt. Ernsthaft damit gerechnet, dass etwas nicht stimmen könnte, hatte ich jedoch nicht. Schließlich war ich jung, hatte nur darauf getippt, einen Infekt auszubrüten oder dergleichen, den ich ungern verschleppen wollte.

»Mein Verdacht hat sich bedauerlicherweise bestätigt, Max. Die Werte der Lungenfunktionsdiagnostik und das Röntgen sowie die Blutgasanalyse haben Klarheit ergeben. Die Ursache für deine Atemprobleme ist tatsächlich COPD. Die chronisch obstruktive Lungenerkrankung, wir hatten darüber gesprochen.« Lorenz machte eine Pause, schaute mich ernst über den Rand seiner Brille an. »Deine Atemwege sind dauerhaft verengt und entzündet. Leider ist die Krankheit schon recht weit fortgeschritten. Hast du jetzt, wenn wir hier sitzen, Probleme beim Atmen?«, fragte Lorenz.

Ich hörte seine Worte wie durch Watte. Was sollte das jetzt bedeuten? Was war schon dabei, hier und da mal husten zu müssen? Hatten das nicht viele Menschen? In meinem Kopf suchte ich hilflos nach Strohhalmen, die meine Angst relativieren sollten. Aber schon, als er das erste Mal aussprach, was er vermutete, als ich vor einigen Tagen die Tests gemacht hatte, hatte ich mich im Internet informiert. Natürlich hatte ich das. Die Worte, die ich da gelesen hatte, schossen mir wie Speerspitzen aus Informationen durch den Kopf und stießen mich direkt auf die bittere Wahrheit. Schlagartig tauchten Bilder vor meinem inneren Auge wieder auf, die meinen geliebten Großvater zeigten, wie er immer mehr abbaute und sein ehemals strahlendes Leben als mein größtes Vorbild verblasste. Denn auch von ihm hatte diese Krankheit Besitz genommen, wenn auch erst in hohem Alter. Ich erinnerte mich noch heute daran, wie er mir, schwer atmend gesagt hatte, ich solle leben, solange mein Leben lebenswert ist. Diese Worte hatten mich geprägt. Er hatte sie, trotz der schwachen Stimme, mit so viel Nachdruck gesprochen. Mein Großvater hatte sich vorgenommen, irgendwann den Weg zu wählen, sein Leiden zu beenden. Spätestens, wenn sein Leben an einem mobilen Atemgerät hängen würde.

»Max?« Über den Rand seiner Hornbrille sah mich Lorenz an.

»Ja?«, fragte ich und zuckte ertappt zusammen. Ich hatte vergessen, was er gefragt hatte.

»Wie geht es dir jetzt in diesem Moment, was deine Atmung angeht?« Fragend schaute er mich an.

Ich zuckte die Schultern. »Alles okay. Mir geht es gut. Also jetzt gerade geht es mir gut, ja.« Bekräftigend nickte ich.

»Fakt ist, dass das Stadium schon ein recht weit fortgeschrittenes ist. Das zeigen die Bilder.«

»Aber was bedeutet das? Was kann ich tun? Ich habe mit dem Rauchen aufgehört. Es muss doch dann sicher bald besser werden, oder? Kommt das vom Rauchen? Bin ich selbst schuld?« Die Fragen überschlugen sich in meinem Kopf und meine Lippen kamen kaum hinterher, die Sätze zu formulieren. Ich rang meine schweißnassen Hände und meine Stimme klang dünn.

Lorenz schüttelte kaum wahrnehmbar den Kopf. »Auch genetische Veranlagungen sind denkbar. Rauchen ist die Ursache Nummer eins. Das ist richtig. Allerdings trifft auch Nichtraucher diese Krankheit.«

»Das musst du jetzt wohl sagen, klar«, stieß ich hervor und stand auf. Wie ein Tiger hinter Gittern lief ich durch das Sprechzimmer auf und ab. Die stylischen Möbel um mich herum verwischten zu einer einzigen silbernen Wand.

»Wird es wieder gut?«, fragte ich und sah Lorenz in die Augen. Dieser schien unbeweglich. Ihm fiel es sichtbar schwer, mir die Wahrheit zu sagen. Sein Schweigen war Antwort genug. Ermattet ließ ich mich wieder in den Sessel fallen. Das Gesicht vergrub ich in meinen auf den Beinen abgestützten Händen. Ich musste mich zwingen, ruhig zu bleiben. Gerade verwandelte sich hilflose Verzweiflung bei mir in unbändige Wut. Auf wen war egal. Weder Lorenz Schwarz noch irgendwer anders konnte etwas dafür, was gerade geschah. Wenn, dann musste sich die Wut gegen mich selbst richten, was es kaum erträglicher machte.

Ich hörte noch halb, wie er davon sprach, dass der Verzicht auf Zigaretten dafür sorgen würde, dass die Krankheit langsamer voranschreite. Zerstörtes Gewebe würde jedoch nie wieder repariert werden. Sport sollte ich weiterhin machen, wenn auch in Maßen. So würde ich das ein oder andere Jahr an Lebenszeit gewinnen. Ich solle mein Befinden im Auge behalten und jederzeit auf ihn zukommen, wenn ich Veränderungen feststellte. Gemeinsam würde man einen Weg finden, mit der Krankheit umzugehen. Er druckte mir einige Seiten darüber aus, welche Therapien erfolgversprechend klangen. Ich nahm sie in die Hand, wusste aber nicht, ob ich sie überhaupt lesen wollte. Er stellte noch ein Rezept aus für ein Medikament. »Wir versuchen es erst einmal hiermit, bevor wir die noch stärkere Rezeptur ausprobieren.« Mit diesen Worten hielt er mir das Papier entgegen, welches ich mit zittrigen Fingern nahm.

Wir standen beide auf. Er trat um den Schreibtisch herum und nahm mich väterlich in den Arm. Dankbar für diese Geste nickte ich schwach und klopfte ihm auf den Rücken. Ein Lächeln wollte mir nicht gelingen.

»Max, kann ich gerade irgendetwas für dich tun, außer der Medikamente?«, erkundigte sich Lorenz Schwarz.

Ich schüttelte langsam den Kopf und presste ein »Danke« hervor, bevor ich den Raum verließ.

Vorbei an der bildhübschen Empfangsdame, die verführerisch ihre blonde Mähne aus dem Gesicht warf, als ich den Tresen passierte, und mir einen Blick zuwarf, der unter anderen Umständen vielversprechend gewesen wäre, verließ ich die Arztpraxis. Hatte ich beim Betreten der Praxis noch mit ihr geflirtet, war mit einem Mal alles anders. Der Max, der vor wenigen Minuten die Praxis betreten hatte, war im Sprechzimmer von Lorenz Schwarz verschwunden. Herausgekommen war ein gebrochener Mann, dem das Leben nichts mehr von dem in Aussicht stellte, was er sich ausgemalt hatte. Die Pläne für meine Zukunft, die sich zwischen meinen Hobbys und einem unbeschwerten, unabhängigen Leben bewegten, waren mit einem Mal ins Wanken geraten.

Mir war, als stünde ich neben mir und betrachtete mich von außen.

Eins wurde mir mit jedem klackenden Schritt meiner Lederschuhe auf dem Asphalt klar, als ich in meine Penthouse-Wohnung nahe des Hannoveraner Stadtwaldes lief. Ein Max Brahnfeldt würde nicht elendig dahinsiechen. Alle Hebel würde er in Bewegung setzen, um rechtzeitig die Notbremse zu ziehen, um auf niemanden auf der Welt angewiesen zu sein. Die Aussicht darauf, eines Tages elendig und womöglich nach dem Sex mit einem One-Night-Stand oder gar ganz allein in einem Jacuzzi auf der Dachterrasse zu ersticken, war wenig verlockend. Ich, der ich soeben gebrochen worden war, beschloss in diesem Moment, mein Ende selbst zu wählen, sobald absehbar war, dass mein Leben tagtäglich weniger lebenswert werden würde.

Kapitel Clara

»Lennart, hast du dich angezogen?« Ich klopfte an die Zimmertür, die über und über mit Postern tapeziert war, und horchte daran, konnte jedoch nichts hören. Vorsichtig öffnete ich die Tür und lugte ins Zimmer. Der Raum war klein und die wenigen Möbel füllten ihn komplett aus. Mein Sohn saß inmitten unzähliger Blöcke und Stifte am Schreibtisch mit Blick aus dem Fenster. Ich lächelte. Er war vertieft in seine Arbeit, hatte gar nicht mitbekommen, dass ich gerufen hatte. Lennart hatte ein Faible für außergewöhnliche Autos und Helikopter. Sein Zimmer war voller Exemplare aus Bausteinen oder Plastik und in jeder freien Minute zeichnete der Neunjährige selbst an einem Comic mit seinem persönlichen Superhelden in großen Autos. Ich liebte seine Leidenschaft fürs Zeichnen, weil sie meiner, dem Handlettering, ähnlich war und ich da eine Seite erkannte, die ich gerne an mein Kind weitergegeben hatte. Außerdem half ihm, wie mir auch, das kreative Arbeiten. Wir zeichneten uns in unsere Traumwelt, die aus Helden und Autos bei ihm und tiefgründigen Worten bei mir bestand, und beide schöpften wir daraus auf unsere Art neue Kraft, wenn uns mal wieder alles über den Kopf wuchs, was aktuell leider häufiger der Fall war.

»Lenni, ziehst du dich an?«, sagte ich und mein Sohn zuckte erschrocken zusammen.

»Mach ich.« Dann legte er die Stifte zur Seite, stand auf und trat zum Schrank. Zufrieden ging ich wieder nach unten.

Heute waren wir bei alten Freunden meiner Eltern eingeladen. Meine Mutter hatte mich gebeten, mitzukommen. Ich freute mich darauf, das Ehepaar nach Jahren einmal wiederzusehen. Viel zu lange war unsere letzte Begegnung schon her. Dabei mochte ich die zwei. In meiner Kindheit hatte ich jede freie Minute bei den Brahnfeldts verbracht. Schuld daran, dass wir uns nicht mehr sahen, war deren Sohn. Max Brahnfeldt und ich waren in Kindheits- und Jugendtagen beste Freunde gewesen. Zusammen hatten wir die Abenteuer unserer Kindheit erlebt. Nichts und niemand hätte uns je trennen können, dachten wir. Leider hatten wir dann mit 25 eine Affäre und mussten lernen, dass es sehr wohl Dinge gab, die uns entzweien konnten. Nämlich die Fähigkeit, einen Menschen zu lieben und an eine gemeinsame Zukunft zu glauben. Diese besaß bedauerlicherweise nur ich. Ich war in Max verliebt bis über beide Ohren und es gab nichts anderes mehr in meinem Kopf als ihn. Obwohl wir schon ewig unzertrennlich waren, war ich vollkommen überrumpelt davon gewesen, wie anziehend ich diesen Mann mit einem Mal fand, nachdem er nach einem mehrmonatigen Auslandsaufenthalt zurückgekehrt war. Er war erwachsen geworden, meinte ich jedenfalls. Er sah umwerfend aus und hatte eine Ausstrahlung, die plötzlich unwiderstehlich war. Nach seiner Rückkehr war er in das Unternehmen seines Vaters eingestiegen. Max hatte eine Leidenschaft für Sportwagen und verbrachte im Rahmen verschiedener Rallyes und Autorennen mehrere Wochen im Jahr an exklusiven Orten rund um die Welt. Ich schaute bewundernd zu ihm auf. Weniger, weil materielle Werte mir imponierten. Es faszinierte mich vielmehr, wie er das lebte, was ihm Freude bereitete und dabei voll in seinem Element war. Seine Augen strahlten, wenn er mir Bilder seiner Fahrten zeigte und er riss mich in seiner Begeisterung mit, auch wenn das nie meine Welt war. Wobei mir persönlich der Ort, an den seine Familie mich manchmal mitnahm, von allen Orten, die ich kannte, am besten gefiel. Seine Eltern besaßen ein Haus auf Sylt. Schon als Kind fuhr ich einige Male mit auf die Insel und spürte noch heute das Gefühl von Freiheit und Glück, wenn ich an die Stunden am Strand und die Streifzüge durch die Heidelandschaft oder die kleinen Wäldchen der Insel dachte. Bis weit über die Kindheit hinaus fuhren wir immer mal gemeinsam nach Sylt. Zuletzt in dem Monat, in dem unsere Freundschaft ein Ende nahm. Wir hatten in diesem Sommer vor über zehn Jahren das Haus nur zum Feiern oder zum Entspannen am Strand verlassen. Dieser Sommer würde für immer eine Erinnerung in meinem Herzen bleiben, die ich mit der Insel, meinem Herzensort, verband. Die Tage mit Max, die wir dort verbrachten, waren das Paradies für mich. Leider überschattet davon, dass ich nie die Einzige für diesen Mann war und sich noch während des Urlaubes unsere Wege trennten. Er servierte mich nach einer gemeinsamen Nacht ab, gestand mir, bereits seit längerem mit mehreren anderen Frauen ebenfalls was am Laufen zu haben. Die anderen Frauen seien ihm egal, zu mir wollte er wenigstens ehrlich sein. Für mich brach eine Welt zusammen, obwohl ich im Rückblick froh sein konnte, diesen Menschen los zu sein, und es heute auch war. Ich wollte eine Familie und für ihn kamen Kinder nicht in Frage, sie interessierten ihn überhaupt nicht.

Bald darauf begegnete ich dann Paul. Ich war schnell schwanger und wir bekamen unser Kind Lennart. Es hatte so sein sollen, dass ich noch mitten in meiner Trauer um das Ende meiner Freundschaft mit Max Pauls Nähe zuließ. Es gelang mir mit jedem Jahr besser, die Geschichte mit Max zu vergessen und mich ganz auf meine Familie und meine Arbeit als Erzieherin zu konzentrieren, obwohl mein bester Freund von früher mir oft fehlte.

Nach dieser Geschichte hatte ich seine sympathischen Eltern dann nicht mehr so oft gesehen. Ich freute mich daher wirklich auf das heutige Treffen. Der Garten des Brahnfeldtschen Anwesens war gigantisch und würde Lennart ein paar Stunden spannende Beschäftigung bieten. Das war in meiner Kindheit schon so gewesen, wenn ich meine Mutter zu den Brahnfeldts begleiten durfte. Das Größte für Lennart wäre eine Fahrt in einem der Autos von Konrad, Max' Vater.

Polternd kam Lennart in diesem Moment die Treppe herunter. Bei seinem Anblick stellte mein Mutterherz gerührt fest, dass er meinen eher scherzhaft gemeinten Hinweis, es handele sich bei der Familie, bei der wir zu Gast waren, um äußerst feine Leute, durchaus ernst genommen hatte. Er trug eine dunkelblaue Hose und hatte dazu sein einziges weißes Hemd angezogen. Die braunen Haare hatte er mit Papas Gel sorgfältig zur Seite gekämmt. Unsicher grinste er mich an. »Ist es so okay, Mama?«, fragte er und legte den wohlfrisierten Kopf schief. Ich lächelte, beugte mich zu ihm und nahm ihn fest in den Arm. »Du siehst toll aus, mein großer Schatz. Du machst mich sehr stolz«, flüsterte ich ihm ins Ohr und drückte ihm einen Kuss auf die weiche Wange, den er entrüstet abwischte. Ich musste schmunzeln. Wann war mein Baby eigentlich so groß geworden? Ich war froh, dass er so glücklich wirkte.

Lennart hatte vor einigen Tagen gehört, wie wir wegen des Geldes stritten. Ich hatte im Zorn gesagt, dass ich für Lennart, für unser Glück vieles aufgegeben hätte und das auch nicht immer leicht für mich wäre. Es würde das Geld fehlen und es wäre auch mein Beruf, der mir fehlte.

Dabei würde ich jede Sekunde wieder so entscheiden und alles dafür tun, um für ihn da zu sein. Paul warf mir im Streit vor, nicht anzuerkennen, was er täglich für uns leistete. In dem Moment war es Paul dann gelungen, mich bis aufs Blut zu reizen und mich im Zorn zu dieser Aussage zu bringen. Wie eine Narbe hatten diese Gedanken sich im Kopf meines Sohnes eingebrannt und sorgten an schwarzen Tagen dafür, dass er traurig war, und ich erst recht. Das machte meine Vorwürfe Paul gegenüber nicht unbedingt kleiner und wir befanden uns in einem Teufelskreis.

Wenn ich ehrlich war, fiel es uns schwer, die Fassade der heilen Familie aufrechtzuerhalten, die wir aktuell gar nicht waren. Zeitweise funktionierte ich nur noch. Wir traten so auf, als wäre alles wie immer und spielten uns vielleicht selbst vor, dass das irgendwann dazu führen würde, dass es wirklich wieder wie immer werden würde.

Seufzend griff ich nach der Jacke und reichte sie meinem Sohn, dankbar, ihn heute so voller Vorfreude zu sehen. Sein Anblick zauberte mir ein Lächeln ins Gesicht. Die Sonne schien und wir würden uns einen schönen Nachmittag machen. Die Aussicht auf Konrad Brahnfeldts Sportwagen-Sammlung hatte Lennart schon Abende zuvor einiges an Schlafenszeit geraubt. Auch Paul kam mit. Er hatte sich extra Zeit genommen.

Kapitel Max

Das hatte mir gerade noch gefehlt. Während ich, entgegen aller Warnungen von Lorenz, den Tag im Zwiegespräch mit Google verbracht hatte, um möglichst gut über meine Krankheit informiert zu sein, hatte meine Mutter angerufen. Meine Eltern luden für den nächsten Tag zum gemütlichen Kuchenessen mit ihrem alten Freund Theo Loeser und dessen Frau ein. Theo und Ulrike waren schon ewig mit meinen Eltern befreundet und wir hatten uns immer gut verstanden. Es kam nicht mehr oft vor, dass wir uns trafen.

Warum sie ausgerechnet auf meine Gesellschaft Wert legten bei diesem Kaffeeklatsch, war mir schleierhaft. Ich hatte wenig Lust, zumal mein Kopf sich seit dem Termin mit Lorenz nur noch um die Diagnose drehte. Mir war aktuell nicht danach zumute, fröhlich plaudernd Kaffee und Kuchen zu genießen.

Die Nachricht auf meiner Mailbox ließ ich zunächst unbeantwortet und überlegte, was ich meiner Mutter sagen sollte, ohne dass sie hellhörig werden würde. Ich wollte mit niemandem über die Erkrankung reden.

Um mich abzulenken, griff ich zum Handy und schrieb Philip eine Nachricht. Ein Abend mit ihm würde mich vorerst auf andere Gedanken bringen.

Schon eine Stunde später lehnten wir an der Bar unserer Stammkneipe. Reza, der Barkeeper, philosophierte wie immer über das Leben. Wir bestellten bei Reza jeweils ein weiteres Getränk und Philip zeigte mir seine neuste Errungenschaft.

»Hier!« Auf seinem Handy sah ich ein Foto einer Uhr. »Ich bin der

Erste, der sie bekommen hat. Genial, oder?« Philips Augen strahlten. Ich nickte anerkennend. »Stark. Gratulation!« Ich lächelte und Philip lehnte sich zufrieden zurück. »Ich gönne mir das jetzt. Die letzten Monate waren gigantisch. Man muss schließlich wissen, wofür man das alles tut. Irgendwann ist man alt und dann sollte man doch zurückschauen und sagen *Hey, war geil!*, oder?« Philips strahlend weiße Zähne fielen mir auf, während er voll in seinem Element war. Wieder nickte ich. Ich schaute ihn an und überlegte, dass gerade nur noch fehlte, dass er sich selbst auf die Schulter klopfte. Ob er merkte, dass meine Gedanken woanders waren? Normalerweise lagen wir absolut auf einer Wellenlänge. Mir war es ja selbst unheimlich, aber was er erzählte, drang kaum noch zu mir vor. Ich wusste nicht, wie schnell die Krankheit komplett Besitz von mir ergreifen würde. Ob ich jemals *alt* sein würde und auf irgendwas zurückschauen könnte? Aktuell stand das in den Sternen. Wobei das leider so gar nicht stimmte. Wenn ich Lorenz Glauben schenken wollte, wusste ich, dass ich sicher niemals alt werden würde. Dazu würde es nicht kommen. Ganz abgesehen davon, konnte ich mir nicht mehr eindeutig beantworten, ob es wirklich materielle Werte waren, auf die ich gerne zurückschauen wollte. Bis vor Kurzem war ich komplett Philips Meinung. Doch die Diagnose hatte mich bereits verändert.

Aber ich wollte keinen Streit mit ihm.

Philip schwafelte weiter von Dingen, die heute nicht zu mir vordrangen.

Mit einem Zug trank ich mein Getränk und stellte das leere Glas auf den Tresen. Reza zückte sofort ein Neues. Ich gab ihm jedoch zu erkennen, dass ich nichts mehr trinken wollte. Irritiert hob er die Schultern und schaute Philip fragend an.

»Ist alles in Ordnung, mein Bester?«, fragte Philip und legte die Hand auf meine Schulter.

»Klar«, log ich. In dem Moment, in dem ich ihm in die Augen sah und nickte, spürte ich, wie oberflächlich unsere Freundschaft war. Er hatte gar keine andere Antwort hören wollen. Sein Blick wanderte schon wieder durch den Raum und war auf der Suche

nach einer möglichen Bekanntschaft. Diese Erkenntnis war er-
nüchternd.

»Alles okay. Ich bin irgendwie müde. Sei nicht sauer, aber ich
muss ins Bett«, entschuldigte ich mich und klopfte ihm zum Abschied auf die Schulter. Außer eines verständnislosen Blickes kam
nichts von ihm.

Als ich gerade aus der Tür ging, kamen zeitgleich die zwei Frauen
herein, die wir vor einigen Monaten kennengelernt hatten. Wir hielten lockeren Kontakt, der meist über Philip lief. Die eine der Frauen,
Eva, lebte abwechselnd auf Sylt und in Hannover. Ihr Vater betrieb
einige Hotels. Derzeit war sie für ein paar Wochen in ihrer Heimat-
stadt in Niedersachsen, wie mir Philip berichtet hatte.

Eva blieb stehen, als sie mich sah. »Max, schön, dich zu sehen«,
hauchte sie mir ins Ohr. Sie legte ihren schlanken Arm um meinen Hals und ihr süßer Duft umnebelte mich. Mir fiel auf, wie
gepflegt ihre Haare waren und wie aufwendig sie ihre Nägel la-
ckiert hatte. Ich erwiderte ihre Umarmung und in dem Moment,
in dem ihre Hand meine Wange berührte und ich meine auf ihre
legte, dachte ich kurz darüber nach, wie verlockend die Aussicht
auf eine weitere Nacht mit ihr wäre. Aber zu meinem eigenen Entsetzen reizte mich diese Vorstellung nur einen Wimpernschlag
lang. Dann zog ich die Hand zurück und vergrub sie in meiner
Manteltasche. Ein fragender Blick traf mich, bevor ich schweigend
die andere Hand hob und mich verabschiedete. »Max, ich würde
gerne mit dir reden«, rief Eva mir hinterher, doch ich tat so, als
höre ich sie nicht. Ich wollte nicht mit ihr reden, das stand fest.
Nicht heute und auch in den nächsten Tagen nicht. Für einen
Moment fürchtete ich, sie würde mir folgen, was sie aber nicht tat.
Erst eine SMS, die mich auf dem Nachhauseweg erreichte, zeigte
mir, dass meine Veränderung nicht unbemerkt geblieben war und
die Frau andere Pläne für den Abend gehabt hatte.

Eva 0153 484 736 666
Sie kam von Philip.
Ich löschte die Nachricht.

Kapitel Clara

»Wow!« Lennarts Augen wurden immer größer, als wir das Anwesen der Familie Brahnfeldt erreichten. Eine Villa wie aus einem
Roman über eine Adelsfamilie stand inmitten eines weitläufigen
Parks. Alter Baumbestand, der zum Klettern einlud, zeigte sich,
ebenso ein großer Pool vor der Terrasse. Mit einem Mal waren
Bilder von früher da, die ich lange verdrängt hatte. Ich schluckte
und knetete meine Hände. Jahrelang war ich nicht mehr hierher-
gekommen. Ich seufzte, woraufhin ich ertappt zusammenzuckte,
weil ich hoffte, Paul habe es nicht mitbekommen.
»Das wäre dein Preis gewesen«, sagte Paul mit einem Mal. Irritiert schaute ich ihn an.
Paul nickte wie zur Bestätigung seiner Feststellung. »Was geht
dir durch den Kopf, wenn du das hier alles siehst?«, fragte er.
»Dass ich froh und dankbar bin, dich getroffen zu haben, und
dass ich unser Leben um nichts in der Welt eintauschen würde«,
sagte ich und griff nach Pauls Hand. Ich drückte sie leicht. Paul
hatte mich, als meine Eltern mal von den Brahnfeldts erzählten,
gefragt, warum mein Freund Max und ich nie ein Paar geworden waren. Von unserer Affäre wusste Paul gar nichts. Sie lag vor
unserer Zeit und da Max seit seinem Abgang keine Rolle mehr
in meinem Leben gespielt hatte, fand ich auch, dass diese eine
Nacht kein Thema mehr sein musste. Meine beste Freundin Maja
hatte mir damals dann ihren Bruder Paul vorgestellt. Sie hatte
es nicht länger ertragen können, mich Max hinterhertrauern zu
sehen. Sie hasste Max und war seit jeher überzeugt, dass Paul
der Richtige für mich war. Zu schwach, um damals diese Ver-
kupplungsaktion abzuwenden, war ich mitgegangen, wollte meine

Sorgen wegtanzen und bei lauter Musik vergessen. Dass Paul mit mir flirtete, wie es noch nie ein Mann getan hatte, und mich an diesem Abend auffing, überrumpelte mich selbst, aber ich ließ es dankbar zu. Es war dann schnell mit uns gegangen. Ich hatte mich in die herzensgute und fürsorgliche Art des Bruders meiner besten Freundin verliebt. Sie schmeichelte meinem verletzten Herz, das sich so sehr nach liebevollen Umarmungen gesehnt hatte. Ich dachte lange Zeit trotzdem weiter an Max, weil er mir als mein bester Freund fehlte.

Ich hasste es, wenn Paul so sprach wie jetzt. Wenn ich die Erzählungen meiner Mutter richtig deutete, gab es kaum jemanden, der einen höheren Verschleiß an Frauen vorwies, als Max. Wenn es im Leben darum ging, möglichst wenig Freunde zu haben und umso mehr Menschen zu verletzen, war er wahrscheinlich heute der ungeschlagene König dieser Disziplin, wenn er in den letzten zehn Jahren weiterhin ähnlich skrupellos wie mir gegenüber durch seinen Bekanntenkreis gepflügt hatte. Wie als verband uns nie mehr als eine schnelle Bekanntschaft, hatte er sich aus meinem Leben verabschiedet. Unsere Eltern wussten nicht, warum unsere Freundschaft ein Ende nahm. Sie dachten, wir hätten uns aufgrund unserer völlig verschiedenen Interessen und Ziele im Leben einfach auseinandergelebt, was auch plausibel erschien.

Als wir unseren alten Golf direkt neben einem der neusten Geländewagen-Modelle parkten, wurden schlagartig Lennarts Augen größer. Andächtig lief er zur Fahrertür und schaute in das Fahrzeug. Er pfiff anerkennend. »Das ganz neue Modell. Ein Traum!«, geriet er ins Schwärmen und lief um das Auto herum, als sei es der Heilige Gral. Paul zog er hinter sich her. Gemeinsam betrachteten sie jedes Detail und unser Sohn kam aus dem Staunen gar nicht mehr heraus.

Mit verschränkten Armen stand ich da und beobachtete das Treiben schmunzelnd.

Das Auto meiner Eltern parkte bereits vor dem Haus. In diesem Moment ging die Haustür auf und Bina stand im Türrahmen. Bina war eine warmherzige Mama und Ehefrau, die ihrem Mann auch im Unternehmen eine Stütze war. Sie arbeite an der Seite ihres Mannes in der Buchhaltung des Autohauses. Sie hatte mir immer das Gefühl gegeben, dass ich ein gern gesehener Gast war im Hause Brahnfeldt.

»Bina!« Ich trat auf sie zu und umarmte sie zur Begrüßung. Ihr Parfum duftete noch genauso wie damals und gab mir ein vertrautes Gefühl.

»Clara, Liebes! Ich freue mich so sehr, dass du mitgekommen bist! Wir haben dich entschieden zu lange nicht gesehen. Wie wunderbar, dass du es einrichten konntest!« Binas Strahlen wirkte aufrichtig begeistert und ich meinte es ebenso ernst, als ich erwiderte, dass ich mich freute, endlich wieder hier zu sein.

»Paul, nehme ich an?«, sagte sie freundlich und schritt auf meinen Mann zu, der noch immer um das Auto herumschlich. »Guten Tag, Frau Brahnfeldt. Herzlichen Dank für die Einladung«, entgegnete Paul höflich. Sie reichten sich die Hand und Bina deutete uns an, einzutreten.

Lennart drehte sich zu ihr um und hielt ihr zur Begrüßung schüchtern die Hand entgegen. Bina legte ihre Hände um seine und lächelte ihn an. »Lennart, wie schön, dass du auch da bist. Wie du siehst, steht auch schon ein Auto bereit.« Sie zwinkerte und Lennart grinste von einem Ohr zum anderen.

Wir begrüßten meine Eltern und Bina bat uns, Platz zu nehmen. Als alle saßen, fiel mir auf, dass ein Gedeck übrigblieb. Mein Puls schnellte in die Höhe. Ich fürchtete, es konnte nur einen Grund geben, warum für eine zusätzliche Person eingedeckt war.

Ich konzentrierte mich darauf, nicht panisch zu werden, und atmete tief ein und aus. Meine Hände wurden feucht und ich ärgerte mich darüber. Warum um alles in der Welt gelang es mir als erwachsene, noch dazu verheiratete Frau mit Mann und

Kind an ihrer Seite nicht, über den Dingen zu stehen, die in der Vergangenheit geschehen waren? So sehr mich Max Brahnfeldt damals verletzt hatte, so positiv war mein Leben schließlich seitdem verlaufen.

Ich stand auf, um Bina zu helfen, die gerade ein Tablett mit Champagner hereintrug.

Kapitel Max

Ich hatte meiner Mutter schließlich nur eine Nachricht geschrieben, dass ich mich freuen würde, zum Essen zu kommen. Es war gelogen, aber mir fehlte die Kraft, sie abzuwimmeln. Ich gab vor, noch ein paar Zeugnisse suchen zu wollen. Ich wollte sie langsam darauf vorbereiten, dass ich mich nach und nach zurückziehen würde, wo auch immer meine Reise hingehen würde. Meinen Eltern hatte ich am Vormittag in der Firma bereits erzählt, ich wollte mich beruflich umorientieren und ins Ausland gehen. Diesen Plan hatte ich mir sofort zurechtgelegt, als ich die Praxis von Lorenz verlassen hatte. Sie sollten einen fähigen Mitarbeiter aus den eigenen Reihen einarbeiten. Mir war es wichtig, dass sie sich rechtzeitig um einen Nachfolger auf meine Position kümmern konnten. Auch wenn meine Mutter bestürzt reagiert hatte auf diese Pläne, akzeptierte sie sie. Zumindest erweckte sie den Anschein. Sie hatte noch nie versucht, mich von etwas abhalten zu wollen, was ich mir in den Kopf gesetzt hatte. Ich musste ihr allerdings versprechen, wiederzukommen. Das Versprechen bekam sie nicht von mir, vielmehr umschiffte ich diese Bitte gekonnt, indem ich meine Mutter fest an mich drückte und beruhigend lächelte, als sie mich darum bat, ihr meine Rückkehr zuzusagen. Mein Vater hatte geschwiegen, mich nicht erkennen lassen, was er von meinen Plänen hielt.

Mir ging es mental schlechter, als ich zugeben wollte. Philips Gerede von Erfolg und Traumfrauen, Luxusuhren und neuen Autos ging so weit an dem vorbei, was plötzlich in meinem Kopf vorging. Noch vor wenigen Tagen schwammen wir genau auf derselben Wellenlänge.

Als ich nach Hause gefahren war, schrieb er mir eine Nachricht, ob alles in Ordnung sei. Ich hätte auf die Nachricht mit der Handynummer dieser Eva nicht reagiert. Dazu ein Selfie von ihm und den zwei Blondinen, die in die Kamera lächelten. Ich löschte das Bild, wie schon die Nachricht mit der Telefonnummer. Eva und ich hatten eine Nacht miteinander verbracht. Dabei sollte es bleiben und ich hatte ihr gegenüber von Anfang an mit offenen Karten gespielt.

Jetzt saß ich auf der Terrasse der Villa meiner Eltern und genoss die Ruhe vor dem Sturm. Ich mochte Theo und seine Frau, aber heute waren meine Gedanken woanders.

Theo und Ulrike fuhren vor. Ich stand auf und ging ins Wohnzimmer, um sie zu begrüßen. Heute ging es mir wenigstens gesundheitlich relativ gut. Jedenfalls im Vergleich zu einigen Tagen der letzten Wochen. Morgens war ich eine Runde spazieren gegangen. Ich hatte langsamer gehen müssen als sonst, andernfalls merkte ich, dass die Luft mir wegblieb. An mehr Sport war nicht zu denken gewesen. Eine bittere Erkenntnis für mich.

»Ulrike, ein Sonnenschein wie eh und je!« Ich setzte ein strahlendes Lächeln auf, als die Freundin meiner Mutter auf mich zukam. Ulrike hob erstaunt die Augenbrauen, errötete leicht und knuffte mich liebevoll in die Seite. »Ach, Max! Charmeur wie eh und je. Wir wussten gar nicht, dass du auch da sein wirst.«

»Max, ich grüße dich! Toll, dich endlich mal wiederzusehen«, begrüßte mich auch Theo und nahm mich in den Arm. Theo wirkte ebenso überrascht, mich zu treffen.

»Ich freue mich auch! Wir haben uns ewig nicht gesehen, stimmt«, erwiderte ich.

»Dann fehlen nur noch die drei«, stellte meine Mutter fest, die soeben das Wohnzimmer betrat.

»Die drei?« Verwundert horchte ich auf. »Wen erwartet ihr denn noch?« Meine Eltern hatten mir nur von Theo und seiner Frau erzählt.

»Clara wird gleich hier sein mit ihrem Mann Paul und Sohn Lennart. Ich dachte, ihr freut euch auch, euch endlich einmal wiederzusehen!« Meine Mutter grinste stolz, als sei ihr mit dieser Idee ein unschlagbar genialer Zug gelungen.

Ich lachte aufgesetzt. »Ach, was für eine Überraschung«, sagte ich so wenig wertend wie möglich. Ich wusste nicht, was ich davon halten sollte.

»Entschuldigt mich kurz«, verabschiedete ich mich ins Nebenzimmer, als mein Handy klingelte. Es war Philip.

»Was gibt's, mein Bester?«, begrüßte ich meinen Freund.

»Alles bestens. Aber wie geht es dir? Du hast keinen guten Eindruck gemacht gestern«, stellte er fest. »Muss ich mir Sorgen machen, dass du dich trotz der Ladys so plötzlich aus dem Staub gemacht hast?«

Ich rollte mit den Augen. »Nächstes Mal hab ich wieder mehr Elan. Ich war einfach müde«, log ich.

Philip gab sich damit aber nicht zufrieden. »Ich werde das Gefühl nicht los, dass es da noch was anderes gibt.«

»Es ist alles okay, keine Sorge«, versuchte ich, Philip abzuwimmeln.

»Dann ist ja gut. Wir hören wieder voneinander«, sagte Philip und ich verabschiedete mich von ihm. Ich seufzte kopfschüttelnd.

Als ich gerade wieder ins Wohnzimmer gehen wollte, sah ich durchs Fenster, wie ein alter Golf vorfuhr. Heraus kletterte ein Junge. Er musste Claras Sohn sein. Er lief zu meinem Auto. Sein Gesicht wirkte blass und angestrengt. Mir fiel auf, dass er deutlich schlechter aussah als auf dem Foto von Ulrike. Der Junge griff nach dem Arm seines Vaters, einem großen Typen in Jeans mit Steppjacke und korrekt gegelten, braunen Haaren. Der Junge zog ihn hinter sich her und zeigte auf die Felgen. Anschließend lugten beide in den Innenraum meines Wagens. Wie er da ums Auto herumsprang, die Augen leuchtend vor Faszination, erinnerte er mich an mich selbst als Kind. Schon als Fünfjähriger hatten mein Vater und ich auf unserem Gelände Spritztouren gemacht. Ich saß auf seinem Schoß, das Lenkrad fest umklammert, und wäre beinahe geplatzt vor Stolz. Ich liebte Autos von klein auf. Mit achtzehn Jahren bekam ich mein erstes eigenes Auto, einen Golf GTI. Es war der schnellste und coolste im ganzen Freundeskreis. An den Wochenenden fuhren mein Vater und ich oft zu Rennstrecken, manchmal nahmen wir mit einem seiner Oldtimer an einer Rallye teil. Dieses Faible für schnelle und außergewöhnliche Autos hatte ich mit in die Wiege gelegt bekommen und war dankbar, im Autohaus meines Vaters auch beruflich damit zu tun zu haben. Bis heute waren Autos meine größte Leidenschaft.

Als Clara ausstieg, fiel mir auf, dass auch sie angestrengt wirkte, jedoch nichts von ihrer Attraktivität eingebüßt hatte. Ihr etwas über schulterlanges, blondes Haar hatte sie zu einem schweren Zopf zusammengefasst. Sie trug einen klassischen Blazer und Jeans, dazu cognacfarbene Stiefel im Reiterstil. Lächelnd wuschelte sie ihrem Sohn durchs Haar, der seinen Blick kaum von meinem Auto abwendete. Ich ertappte mich selbst dabei, wie ich lächelte.

In meine Gedanken hinein vibrierte mein Handy. Ich las eine E-Mail, die mich soeben erreichte. Es ging um ein Geschäft, das ich aktuell abwickelte. Kurz setzte ich mich an den Schreibtisch und schrieb eine Antwort, bevor meine Gedanken wieder zu Clara wanderten.

Ob sie wusste, dass ich hier war? Ich bezweifelte das, weil ich mir sicher war, Clara wäre dann nie mitgekommen. Das Auto könnte genauso gut meinem Vater gehören. Ich stand auf, um ins Wohnzimmer zurückzukehren. Doch plötzlich fühlte sich mein Hals eng an und das Atmen fiel mir für den Bruchteil einer Sekunde schwerer. Konzentriert holte ich Luft und hielt mich an der Türklinke fest. Das Gefühl war sofort wieder weg. Ich war dennoch verunsichert, wie rasch mein Befinden wechselte. Über unser Gespräch und das normale Medikament hinweg, hatte ich Lorenz gar nicht mehr um ein Akutspray gebeten. Ich wollte nochmal zu ihm gehen, damit ich, sollte diese Atemnot bald noch häufiger auftreten, sofort gegensteuern konnte. Ich atmete tief durch und trat zurück ins Wohnzimmer.

Meine Mutter balancierte gerade Champagner auf einem Silbertablett auf den Couchtisch, als Clara aufsprang und ihr zur Hilfe eilte.

Offenbar war auch sie von niemandem vorgewarnt worden, dass ich heute hier sein würde. Ihr Blick jedenfalls ließ dies vermuten. Wie versteinert presste sie die hellrosa geschminkten Lippen aufeinander und schaute mich aus weit aufgerissenen Augen an. Die wenigen Sekunden, die wir uns nur anstarrten, kamen mir endlos vor und ein Film etlicher Kurzsequenzen zog in Windeseile an mir vorbei. Bilder von Clara und mir als Kind, von unseren Partys und ihrem tief enttäuschten Blick aus rotgeweinten Augen, als ich ihr gesagt hatte, dass sich unsere Wege trennen würden. Ich schluckte.

»Clara, hi. Ich habe gerade erst erfahren, dass du auch hier sein wirst«, durchbrach ich das unangenehme Schweigen.

Auf Distanz bedacht klammerte sie sich mit beiden Händen am Saum ihres Blazers fest und blieb wie angewurzelt stehen. »Hi, Max, geht mir ähnlich«, kam unsicher zurück. Ich konnte ein »Sonst wäre ich garantiert nicht hier« auf ihren Lippen lesen, auch wenn sie es nicht aussprach.

Ihr Mann übernahm die schleppende Konversation, trat auf mich zu und hielt mir die Hand entgegen. »Hallo, ich bin Paul Sevening. Sie sind sicher Max Brahnfeldt?«, sprach er auf lockere Art.

»Der bin ich, hi. Und Sie müssen der glückliche Mann an Claras Seite sein?« Lächelnd ergriff ich seine Hand. Für einen Moment hatte ich den Eindruck, meine Aussage verunsicherte ihn. Er schaute nervös in Claras Richtung. Diese grinste unbeholfen. »Charmeur. Manche Dinge ändern sich wohl nie«, sagte sie, sichtlich bemüht um einen festen Klang ihrer Stimme. Das Wort *Char-*

meur klang aus ihrem Mund nicht gerade wie ein Kompliment. Ihr Blick war vielsagend und absolut missbilligend. Wir lachten beide aufgesetzt.

Ich trat auf das Kind zu. »Und du bist Lennart«, stellte ich fest und hielt ihm die Hand zur Begrüßung entgegen. Der Junge war auffallend schick gekleidet.

»Hi.« Er nickte und reichte mir höflich die Hand. »Ich bin Max. Mir gefällt dein Outfit«, lobte ich ihn anerkennend. Die dunklen Augen leuchteten. »Danke«, erwiderte er höflich und grinste seine Mutter an. Dann schaute er mich wieder an. »Ist das da draußen dein Auto?«, erkundigte er sich. »Ja, das ist meins. Möchtest du es dir mal von innen anschauen?«, bot ich an, dankbar für die Aussicht, für einen Moment das Wohnzimmer verlassen zu können. Ich wurde den Eindruck nicht los, dass Clara meine Gesellschaft nicht angenehm war. Der Champagner konnte warten.

»Au ja«, freute der Junge sich. »Mir gefällt es nämlich übrigens.« Wir mussten beide grinsen. Der Junge war mir sympathisch. Das verwunderte mich, war es bisher doch nie so gewesen bei einem Kind. Er rieb sich aufgeregt die Hände und sah seine Eltern fragend an.

»Von mir aus! Vielleich darf ich auch mitkommen?« Paul sah mich freundlich an.

»Aber selbstverständlich«, entgegnete ich, ging zu meiner Jacke, in der ich den Schlüssel hatte, und wir traten vor die Tür.

»Wohnen Sie auch hier in der Gegend?«, begann Paul ein Gespräch, während wir zum Auto gingen.

»Nein, ich wohne in Hannover.«

»Beneidenswert, dieses Anwesen«, gab Paul staunend zu.

»Macht unwahrscheinlich viel Arbeit«, relativierte ich die Pracht des Grundstückes meiner Eltern, welches sich um die wirklich imposante Villa erstreckte. »Das muss man auch wollen.«

»Da haben Ihre Eltern doch aber sicher Hilfe, oder?«, fragte er weiter.

»Nein, sie lieben die Gartenarbeit und machen bisher alles selbst. Ich kann mir auch nicht vorstellen, wie das klappt, aber bisher beweisen sie, dass das hervorragend machbar ist.« Ich grinste schief. »Wollen wir nicht *du* sagen?«, bot ich an. »Den Rest der Familie duze ich schließlich auch.« Er willigte ein und bedachte mich mit einem langen Blick, der nicht verriet, was in seinem Kopf vorging. Irgendwas an dem Mann verunsicherte mich. Das kam nicht häufig vor. Normalerweise war es in kaum einer Situation ein Problem für mich, selbstsicher aufzutreten. Ob er von Clara und mir wusste? War es dieser Typ, der mir das Selbstbewusstsein nahm, oder das Wissen, dass ich geschwächt war im wahrsten Sinne des Wortes? Meine Stärke war nicht mehr dieselbe. Warum ausgerechnet dieser Mann mich diese Tatsache so deutlich spüren ließ, war mir ein Rätsel.

Lennart war mittlerweile hinters Steuer geklettert und strich andächtig über das weiche, beigefarbene Leder des Lenkrads. Er stellte das Radio an und testete den Sound. Die Augen des Jungen leuchteten.

Lennart spielte weiter am Radio herum und schaltete Musik ein.

»Hast du Familie?«, fragte Paul.

»Nein«, sagte ich.

Es fühlte sich an, als müsste ich mich rechtfertigen, weil er mich erwartungsvoll anschaute und nicht weitersprach. »Es hat sich nicht ergeben bisher«, fügte ich hinzu. Was ich nicht sagte, war, dass es sich auch nicht mehr ergeben würde, wenn ich der Prognose von Dr. Schwarz glaubte. Abgesehen davon, dass Kinder auch überhaupt nicht in meinen Lebensplan gehörten. Aber das ging ihn nichts an.

»Schade«, behauptete er in freundlichem Ton und lächelte seinen Sohn stolz an. Auch wenn er das wahrscheinlich nicht böse meinte, fühlte ich mich angegriffen.

Paul sprach es nicht aus, aber sein Schweigen und sein Blick schienen die Argumente für eine Ehe und Familie aufzuzählen. Niemand war da, wenn ich abends nach Hause kam. Kein Sohn freute sich mit mir über mein neues Auto und ich würde die Leidenschaft dafür an niemanden weitergeben können. Diese Gedanken kamen mir aber erst jetzt, wo ich mit meiner Diagnose konfrontiert war. Hatte ich mir wirklich nie gewünscht, irgendwann ein Kind in die Welt zu setzen? Hatte mich dann nur mein Leben zwischen Partys und dem Job von diesem Wunsch abgebracht? Aber diese Mechanismen griffen spätestens seit dem Termin bei Lorenz nicht mehr. Sollte ich in absehbarer Zeit sterben, würde eine Frau an meiner Seite alles nur noch schwerer machen. Und Kinder erst recht. Es war besser so, wie es war. Ich hinterließ lediglich materielle Werte und vermutlich tieftraurige Eltern. Aber die beiden hatten sich gegenseitig. Sie würden es überstehen, weil sie mussten. Ich wollte ihnen nicht von meiner Krankheit erzählen. Es würde weder ihnen noch mir etwas bringen, wenn sie sich vor lauter Sorgen nur den Kopf zermarterten. Im Gegenteil. Sie würden verzweifeln und versuchen wollen, mir zu helfen und für beide Seiten würde es ein immer schwierigerer Weg werden. In meinem Leben hatte ich die Strategie gewählt, Dinge mit mir selbst auszumachen. Bislang war ich sicher damit gefahren und würde es nun nicht mehr ändern.

Kapitel Clara

»Kommt ihr rein?«, rief ich Paul und Max zu, die vor Max' Geländewagen standen. Meine Knie fühlten sich wackelig an. Lennart saß mit großen Augen hinterm Steuer. Ich freute mich darüber, dass er Spaß hatte. Ich war mir sicher, Max wäre ab heute sein neuer Held.

Ich seufzte leise, als Lennart Max bewundernde Blicke zuwarf. Max war einige Zeit auch mein Held gewesen. Mein Retter und Beschützer, mein *Partner in Crime*. Ich nippte an meinem Champagnerglas. Das leicht prickelnde Gefühl im Bauch beruhigte mich für den Moment.

Genau konnte ich nicht erklären, was es damals war. Aber die Mischung aus altvertrauter Freundschaft aus Kindertagen und erwachsen gewordenem Macho hatte mich offenbar gereizt. In meiner naiven Verliebtheit glaubte ich, dass ich in der Lage sein würde, Max zur Ruhe kommen zu lassen. Ich war überzeugt, dass ich die Frau war, die ihm die Augen öffnen würde, dass all' die flüchtigen Bekanntschaften mit irgendwelchen Sternchen aus dem Partyleben für ihn allenfalls eine nette Bestätigung waren. Ich dachte, ich würde die Frau sein, mit der er eine Familie gründete.

Am Ende hatte ich jedoch ernüchtert feststellen müssen, dass genau das es war, was Max überhaupt nicht suchte.

Max wirkte so anders als mein Mann. Paul stand mit Blick auf Lennart neben dem Auto, die Arme verschränkt. Ich hatte den Eindruck, dass er Max noch nicht so recht einschätzen konnte und zwischen Bewunderung und Ablehnung schwankte. Max hingegen scherzte lässig mit Lennart und hörte lächelnd zu, was mein Sohn ihm berichtete. Max ließ den Motor laut dröhnen. Schmunzelnd rollte ich mit den Augen.

»Spinner«, flüsterte ich. Max blieb ein Angeber.

Max half Lennart aus dem Auto und hinter Paul her kamen sie aufs Haus zu.

»Na, das hat Spaß gemacht, oder?«, nahm ich Lennart in Empfang und legte den Arm um ihn. Euphorisch nickte er. »Max hat gesagt, wir drehen nachher eine Runde. Nach dem Kuchen. Hast du den Motor gehört?« Er machte ein brummendes Geräusch. Dankbar, meinen Sohn so fröhlich zu erleben, schaute ich in Max' Richtung und nickte. Dieser guckte jedoch auf sein Handy und hatte gar nicht zugehört. Kaum hörbar seufzte ich. »Hab ich, ein super Sound! Das mit eurer Spritztour klingt klasse, mein Schatz«, sagte ich, an Lennart gewandt.

Dieses Kaffeekränzchen sollte hoffentlich nicht allzu lange dauern und ich würde mit meinem Mann und meinem Sohn wieder nach Hause fahren können und Max wieder in die Schublade stecken, in der ich ihn damals versenkt hatte. Als wir am Tisch saßen, griff ich nach Pauls Hand. Er lächelte mich an und nur ich merkte, dass sein Lächeln aufgesetzt war. Er erwiderte jedoch meinen Händedruck. Ich war froh, hier mit meiner Familie zu sein.

Max ging irgendwann mit Lennart raus in den Garten. Er hatte seinen Autoschlüssel in der Hand.

»Wie geht es Lennart denn?«, fragte mich Bina.

»Danke dir, es schwankt. Bisher steckt er die vielen Untersuchungen und Therapieansätze echt tapfer weg«, erklärte ich. »Wenn da nur nicht diese beängstigenden Anfälle wären. Die sind das Hauptproblem im Alltag.«

Ich half Bina beim Abräumen, während sich die anderen weiter unterhielten. Ihre Gesellschaft tat mir gut, wie früher schon.

»Und wie geht es *dir*, meine Liebe?« Binas Blick war warmherzig. Müde hob ich die Schultern.

»Man aktiviert ungeahnte Reserven, wenn das Kind krank ist«, stellte Bina fest.

Ich nickte.

»Aber denk auch an dich. Nimm dir kleine Auszeiten, mach' Dinge, die dir helfen, deine Akkus aufzuladen.« Binas Gesichtsausdruck war besorgt.

»Ich versuche es. Wenn ich ein paar Minuten für mich habe, zeichne ich, gestalte Postkarten oder so. Das Handlettering hilft mir, abzuschalten. Irgendwann wollen wir mal wieder ein paar Tage an die See fahren. Wir hoffen auf eine Kur. Das wird uns alle wieder durchatmen lassen.« Ich lächelte und Bina, die gerade das letzte Geschirr in die Spülmaschine gestellt hatte, legte den Arm um meine Schultern.

»Clara, ich freue mich, dass du hier bist. Du hast mir gefehlt. Es ist schön, dich mit deiner Familie zu sehen. Die Situation mit eurem Sohn hat auch uns sehr bewegt. Zum Glück hat Lennart die beste Mama an seiner Seite«, sagte sie und drückte mich leicht an sich.

»Danke dir, Bina.« Ich lächelte müde. »Ich gebe mein Bestes.«

Bina nickte. »Es ist so, dass Konrad ja mit Dr. Lorenz Schwarz befreundet ist. Er ist ein großartiger Arzt, der Beste, den wir kennen. Ich weiß, dass er hervorragende Verbindungen zu Kollegen verschiedener Fachgebiete hat. Wenn er den Kontakt herstellen kann zu einem Arzt, hilft er sicher sehr gerne.« Sie ging zu einem der Küchenschränke und zog ein Blatt Papier hervor. Darauf notierte sie etwas. »Das ist seine Handynummer. Ruf ihn jederzeit an. Wenn du auf Konrad und mich verweist, weiß er Bescheid.«

Ich umarmte sie.

»Danke, Bina. Das mache ich auf jeden Fall«, bedankte ich mich und steckte den Zettel ein.

»Schau«, sagte Bina und deutete aus dem Küchenfenster, welches den Blick auf die Auffahrt des Geländes bereithielt. Vorbei düste Max' wuchtiger Geländewagen mit heruntergelassenen Scheiben. Der Motor röhrte laut. Als Bina das Fenster öffnete, entdeckte uns Lennart und winkte aufgeregt aus dem Beifahrerfenster. Freudestrahlend reckte er den Daumen empor.

»Da haben beide Spaß«, stellte Bina fest.

»Das sieht danach aus«, entgegnete ich und schluckte.

Kapitel Max

Lennart strahlte übers ganze Gesicht. Ich zeigte ihm, wie schnell der Motor beschleunigte und welchen Effekt die unterschiedlichsten Fahrwerkseinstellungen auf den Wagen hatten. Der Junge hatte Ahnung von Autos. Er stellte Fragen, die so manch einer meiner Freunde nicht besser hätte formulieren können. Ich staunte. »Du weißt richtig viel. Wie kommt's? Hat dein Papa dir das alles beigebracht?«, fragte ich Lennart. Dieser schüttelte energisch den Kopf, stieß belustigt Luft durch die Lippen aus und grinste dann stolz. »Nee! Ich war manchmal im Krankenhaus, da hatte ich ganz viel Zeit zum Lesen und so richtig, richtig Langeweile. Irgendwann fahre ich auch so ein Auto.« Er machte einen wichtigen Gesichtsausdruck. »Mama sagt, man muss an seine Träume glauben.«

»Ich hab auch schon immer von diesen Autos geträumt.« Ich klopfte auf das Lenkrad. Mir war bewusst, dass dieser Vergleich hinkte, aber dennoch hatte ich den Eindruck, das würde den Jungen bestätigen.

»Deine Mama ist eine sehr kluge Frau.« Ich zwinkerte und dachte daran, wie ich Lennarts Mama einmal das Versprechen gegeben hatte, dafür zu sorgen, dass ihre Träume irgendwann in Erfüllung gehen würden. Mir drehte sich der Magen um bei dem Gedanken, wie wichtig mir meine beste Freundin gewesen war und wie widerlich ich später mit ihren Gefühlen und meinem Versprechen umgegangen war. Lennart plapperte weiter.

»Mein Papa hat nur immer Angst. Der muss sich mal wieder locker machen«, sagte der Junge nüchtern. Ich musste lachen.

»Das sagt Mama manchmal zu ihm.« Er kicherte und hob entschuldigend die Schultern.

Verwundert schaute ich ihn an. »Verstehe. Wovor hat er denn Angst?«, fragte ich.

»Der Arzt sagt, ich soll mich schonen. Weil ich manchmal keine Luft mehr kriege.« Theatralisch rollte Lennart mit den Augen. »Aber da habe ich keine Lust drauf. Davon werde ich auch nicht schneller wieder gesund.« Lennart schaute aus dem Fenster.

Es tat mir leid, was der Junge erzählte. Er schien auch an einer Krankheit zu leiden. Das passte zu seinem blassen Aussehen. Er wirkte in einigen Momenten erschreckend abgeklärt.

»Ich weiß schon, was mir guttut.« Seine Worte klangen erstaunlich ernsthaft für einen Neunjährigen. »Mama und Papa ja eigentlich auch. Aber trotzdem streiten sie sich so. Und das nur wegen dieser Scheißkrankheit. Oder wegen ihrer Hormone.« Er rollte nochmal mit den Augen.

»Wegen ihrer Hormone?«, fragte ich amüsiert.

Er machte eine abweisende Handbewegung. »Papa sagt das immer, wenn Mama manchmal ausrastet.«

Ich schaute ihn von der Seite an und musste grinsen. »Wenn Mama ausrastet? Das klingt nicht gut.« Lennart winkte ab.

»Und was ist es, was dir guttut?«, fragte ich.

»Nicht so viel über meine Krankheit zu reden«, kam als nüchterne Antwort zurück. Ich nickte schweigend. Wieder erinnerte mich der Junge an mich selbst. Schon immer wusste ich genau, was ich wollte, und vor allem, was nicht. Und dazu gehörte Mitleid.

»Worüber streiten deine Eltern?«, fragte ich.

»Darüber, dass Mama nicht mehr so oft arbeitet und wir weniger Geld haben. Und dass Papa so viel arbeitet. Damit wir überhaupt Geld haben. Und Schuld hab ich, mit meiner Scheißkrankheit. Wenn ich gesund wäre, könnte Mama wieder ganz normal arbeiten und alles wäre gut. Sie hatte gerade einen Lehrgang. So ein Kurs war das, über das Malen mit den Kleinen. Fast so wie ihr Hobby. Ich glaube, das hat ihr Spaß gemacht. Nur wegen mir kann sie das nicht mehr machen.« Lennart senkte den Blick und knetete angestrengt seine Hände.

Ich schluckte. »Hey, sag sowas nicht. Ich glaube nicht, dass deine Krankheit der Grund dafür ist, dass deine Eltern streiten. Sicher machen sie sich Sorgen, aber nur, weil du ihnen so wichtig bist. Erwachsene haben immer viel im Kopf. Manchmal kommt dann eins zum anderen. Dann sagt man auch mal Dinge, die einen Menschen verletzen. Dabei will man das gar nicht.« Ich war selbst erstaunt, als ich mich reden hörte.

»Kann sein«, kam zurück und Lennart schaute aus dem Fenster. »Du hast vorhin was von Träumen erzählt. Über Autos haben wir ja schon gesprochen. Was ist sonst noch dein großer Traum?« Interessiert schaute ich Lennart an. Dieser blickte weiter aus dem Fenster. Seine Lippen presste er aufeinander.

»Gesund zu werden«, sagte er dann. Sein Wunsch ließ mich innerlich zusammenkrampfen, so gut konnte ich ihn nachvollziehen. »Ein Bruder wäre toll. Aber Mama sagt, das klappt nicht.« Zerknirscht lächelte er. »Und einmal zu fliegen.« Die vorhin noch blassen Wangen schimmerten nun leicht rot und er grinste breit.

»Super«, lachte ich. »Das kann ich absolut nachvollziehen, davon träume ich auch. Obwohl ich unter schrecklicher Höhenangst leide.« Ich riss gespielt ängstlich die Augen auf, wischte mir imaginären Schweiß von der Stirn und Lennart schmunzelte amüsiert. Dann lachten wir beide.

Wir fuhren noch einmal die Allee entlang, die auf das Haus meiner Eltern zuführte. Dann kamen wir wieder vor der Haustür an und ich stellte den Wagen ab. Der eben noch so ernsthafte Junge strahlte übers ganze Gesicht und ich freute mich darüber.

»Danke, war echt cool! Können wir das bald wieder machen?« Lennart sah mich fragend an.

»Klar, jederzeit gerne«, sagte ich. Mir kam eine Idee. »Wenn du magst, sage ich dir mal Bescheid, wenn ich zu einem Offroad-Fahrtraining fahre. Vielleicht ist das schon ganz bald. Ich kläre das mal ab und sage deinen Eltern Bescheid, okay?«

Lennart nickte energisch und seine Augen strahlten.»Cool! Auf jeden Fall!«Ich lächelte.

Zufrieden stieg der Junge aus. Seine Eltern nahmen uns in Empfang.

»Wollt ihr schon gehen?«, fragte ich überrascht. Clara nickte.

»Vielen Dank, Max.« Ihr Blick war dankbar, wenn auch unterkühlt. Für eine Sekunde schauten wir uns direkt in die Augen. Dann spürte ich Pauls Hand, die mir auf die Schulter klopfte. Das ließ mich zusammenzucken, als habe er mich bei etwas ertappt. »So happy habe ich meinen Sohn lange nicht erlebt«, sagte er. »Mach's gut, Max! Und danke!« Sie gingen noch kurz ins Haus und verabschiedeten sich von allen. Dann kamen sie schon wieder heraus und gingen zum Auto.

Irritiert über diesen schnellen Aufbruch, verabschiedete ich die drei und schaute ihnen noch hinterher, bis Paul das Auto durch unser schmiedeeisernes Tor lenkte.

Ich ging wieder zurück ins Haus zu meinen Eltern. Meine Mutter saß im Wohnzimmer, während mein Vater auf der Terrasse war.

»Es war ein schöner Nachmittag, Mama. Danke dir«, sagte ich und umarmte sie. Sie drückte mich fest an sich.

»Ich habe mich sehr gefreut, dass du dazugekommen bist. Du hast Lennart eine riesige Freude gemacht.« Sie lächelte, dann wurde ihr Blick nachdenklich.

»Was hat Lennart eigentlich?«, fragte ich sie.

»Er hat eine besonders schwere Form des Asthmas. Das allein wäre wohl nicht allzu dramatisch. Es kommt allerdings immer wieder zu so schlimmen Anfällen, dass er beinahe keine Luft mehr bekommt.« Bedauernd hob sie die Schultern.

»Das tut mir leid«, sagte ich und meinte es ernst. »Bis bald, Mama«, verabschiedete ich mich von meiner Mutter. Diese nahm mich in den Arm und lächelte sanft. Dann widmete sie sich wieder einer Zeitschrift, die vor ihr lag.

Im Arbeitszimmer hatte meine Mutter die Ordner herausgelegt, um die ich sie gebeten hatte. Ich blätterte einmal quer und entschied dann, sie komplett mitzunehmen.

Ich trat auf die Terrasse. Dort stand mein Vater an der Rasenkante, und schaute in den Garten.

»Ich wollte mich nur verabschieden, Papa.« Als ich sprach, zuckte er zusammen. Offenbar war er in Gedanken.

»Schön, dass du da gewesen bist, Junge. Du warst etwas wortkarg. Ist alles in Ordnung bei dir?« Mein Vater sah mich fragend an.

»Danke, alles in Ordnung. Philip und ich waren gestern feiern. Ich bin ziemlich platt«, log ich.

Ich umarmte ihn. »Mach's gut, Papa.«

»Du auch, Großer. Und denk' nochmal über deine Pläne nach. Einen Ersatz für die Zeit für dich zu finden ist nicht leicht. Du wirst hier gebraucht.«

Ich ließ das unkommentiert, klopfte ihm auf die Schulter, drehte mich um und ging zu meinem Wagen.

Auf der Heimfahrt kreisten meine Gedanken um Lennart. Ich fühlte mit dem tapferen kleinen Kerl. Atemnot war etwas Beängstigendes. Ich dachte daran, was er mir über seine Eltern anvertraut hatte. Traurig fand ich, dass er sich sorgte, dass seine Krankheit Grund für Streit war. Wirkte die glückliche Ehe von Clara und Paul nur nach außen hin so harmonisch?

Kapitel Clara

Auf der Fahrt nach Hause hatten Paul und ich wenig gesprochen. Wir hatten Lennart gelauscht, der vollkommen aufgekratzt war und übersprudelte vor Bewunderung, als er von Max und seinem Auto erzählte.

Ich merkte, wie Paul angespannter wirkte, je mehr Lennart von Max schwärmte. Nervös presste er die Kiefer aufeinander.

»Lennart, was möchtest du denn heute Abend essen?«, fragte ich meinen Sohn deshalb, um von dem Thema abzulenken.

Lennart ging jedoch darüber hinweg.

»Max sagt auch, man soll an seine Träume glauben. Wie du, Mama. Und er hat gesagt, dass Mama eine kluge Frau ist.« Bewundernd grinste er mich an. Ich zuckte zusammen.

»Ach, hat er das?«, fragte ich und lachte, als wäre es vollkommen absurd, dass er sowas behauptete.

»Interessant«, kommentierte Paul diese Aussage knapp, aber vielsagend.

»Er scheint Menschenkenntnis zu haben«, fügte ich hinzu, merkte aber gleich, dass dieser Kommentar bei meinem Mann nicht besonders gut ankam.

»Dann wäret ihr heute ein Paar«, behauptete er. Seine Worte klangen schroff.

Verwirrt schaute ich ihn von der Seite an, sagte aber nichts. Lennart quasselte weiterhin unentwegt, so dass Paul und ich nicht länger über Max sprechen mussten.

Wir kamen in unserer Wohnung an und Paul und Lennart gingen noch eine Runde raus.

Ich kramte in meiner Tasche nach dem Zettel mit dem Arzt. Gleich morgen wollte ich dort anrufen und einen Termin vereinbaren. Es konnte nicht verkehrt sein, in diesem Fall die Kontakte spielen zu lassen. Die Brahnfeldts kannten etliche Leute und verkehrten in Kreisen, zu denen ich sonst keinen Zugang hatte. Mein Vater war damals langjähriger Angestellter in Konrad Brahnfeldts Firma gewesen. So kam auch meine Mutter, zunächst als Hilfe im Haushalt, zur Familie Brahnfeldt. Aus der Arbeit heraus hatte sich eine engere Verbindung entwickelt, die sich von Jahr zu Jahr verfestigte. Nicht zuletzt, weil Max und ich bald wie Geschwister waren. Vor einigen Jahren war mein Vater frühzeitig in Rente gegangen und auch meine Mutter blieb zuhause. Konrad und er hielten weiter ihre Freundschaft aufrecht wie auch Bina und meine Mutter.

Als meine Männer wieder reinkamen, hatte ich das Abendessen zubereitet und hoffte auf einen harmonischen Abend mit meinem Mann. Paul gab jedoch vor, er sei müde und wolle heute früh schlafen. Gleich nach dem Essen ging er mit Lennart nach oben. Meinem erstaunten Blick wich er aus. Paul war seit dem Kaffeetrinken auffallend schlecht drauf.

Womöglich fiel es ihm schwer, das sorgenfreie Leben der Familie Brahnfeldt zu sehen, während wir aktuell deutlich zu kämpfen hatten. Geld und dessen Mangel war eins der Hauptthemen, das uns jede Menge Energie kostete.

Ich entschied, auch schlafen zu gehen, in der Hoffnung, es täte Paul gut, wenn ich in seiner Nähe war, und mir ebenso. Als ich aus dem Bad kam, hatte Paul jedoch die Augen geschlossen und rührte sich nicht. Auch nicht, als ich mich an ihn schmiegte, den Arm um seinen Bauch legte und sanft seinen Nacken küsste. Ich vergrub meine Nase in seinem Haar und genoss seinen vertrauten Duft, während er mir so nah war. Dennoch fühlte es sich so an, als seien wir meilenweit voneinander entfernt.

Ich rollte mich wieder auf den Rücken und starrte die Decke an.

Ich drehte mich auf die Seite und nestelte im Halbdunkeln nach meinem Handy. Lesen sollte helfen, um auf andere Gedanken zu kommen.

Meine Mutter hatte mir geschrieben.

Liebes, wir kriegen das alles hin. Paul und du wirkt angespannt. Wir sind immer für dich da. Kuss, Mama.

Gerührt schrieb ich eine Antwort.

Danke, Mama. Ich weiß. Kuss, Clara.

Wehmütig wanderte mein Blick noch einmal zu Paul, der mir weiterhin den Rücken zudrehte. Seine Haltung stand symbolisch für unsere Ehe. Obwohl Paul in der Sorge um unseren Sohn in derselben belastenden Situation war wie ich, gelang es uns nicht, uns gegenseitig zu helfen. Wir lebten nebeneinander her und voneinander abgewandt. Aktuell schwächelten wir als gegenseitige Stütze. Oft stritten wir, wenn Lennart schlief, weil bei uns beiden die Nerven blank lagen. Da blieb es nicht aus, dass man vor lauter Erschöpfung und Verzweiflung Sachen sagte, die man später bereute. Aber am Ende des Tages waren wir beide auch nur Menschen mit begrenzten Kraftreserven, die irgendwann aufgebraucht waren. Als Mann und Frau existierten wir gar nicht mehr. Es vergingen Tage, da überlegte ich am Abend, ob wir uns überhaupt in den Arm genommen hatten zwischen all den Absprachen, Terminabgleichungen und Gesprächen über die Schule, Arztbesuche oder Pauls Job als angestellter Koch in einem Restaurant. Und dann gab es besonders schlimme Tage, an denen wir noch nicht einmal überlegten, sondern es einfach hinnahmen.

Paul hatte familienunfreundliche Arbeitszeiten und in der Küche des Restaurants, in dem er als Koch arbeitete, herrschte ein rauer Ton. Nicht selten nahm er die Anspannung und die Streitereien mit den Kollegen mit nach Hause. Aber sein Beruf diente uns aktuell als Haupteinnahmequelle. Daher nahm ich es hin, dass ich mit Lennart viel allein war und sah darüber hinweg, dass an einigen Tagen die Miene meines Mannes, wenn er nach Hause kam, grenzwertig finster war. Nicht immer gelang mir das gleich gut, denn auch meine Tage waren anstrengend und die Laune eines Kindes, dessen Alltag zeitweise komplett auf den Kopf gestellt wurde, war nicht immer leicht zu bewältigen. Wäre es nur das Asthma, wäre es leichter. Aber solange die Atemnotanfälle unberechenbar einsetzten, wollte ich nahezu rund um die Uhr für ihn da sein.

Ich hatte meinen Beruf aufgrund Lennarts Erkrankung für einige Zeit reduziert und arbeitete nur wenige Stunden. Ich liebte den Job als Erzieherin. Ich hatte mir schon immer viele Kinder um mich herum gewünscht, wollte immer mindestens zwei eigene bekommen. Heute war ich dankbar, Lennart zu haben. Die vielen Arzttermine fielen meistens in meine Arbeitszeit. Dazu kamen etliche Anrufe der Schule, dass es Lennart schlecht ging und ich ihn abholen sollte. Obwohl ich wegen meines Sohns auch schon einige Wochen krankgeschrieben war, hielt man mir die Arbeitsstelle frei. Das rechnete ich meinem Arbeitgeber hoch an und hoffte, wenn sich Lennarts Gesundheitszustand stabilisieren würde, wieder voll einsteigen zu können. Derzeit arbeitete ich nur noch stundenweise im Kindergarten. Dies bedeutete natürlich, dass das Geld knapper war.

Inmitten dieser ganzen Unruhe in meinem Alltag war nun auch noch Max in mein Leben zurückgepoltert.

Dabei hatte ich wahrlich andere Sorgen, als mir über Max Brahnfeldt Gedanken zu machen. Wenn es etwas gab, auf das ich mich konzentrieren musste, waren das meine Familie und meine Ehe. Mir fehlte Paul, die Nähe zu ihm und das Gefühl, dass wir gemeinsam alles schaffen würden.

Um mich vom Grübeln abzulenken, las ich einige Seiten und schlief darüber ein.

Kapitel Max

In den Unterlagen, die ich von meinen Eltern mitgenommen hatte, hatte ich zwischen allen alten Zeugnissen und Dokumenten einen Brief gefunden. Ausgerechnet ein Brief, den Clara mir als Jugendliche geschrieben hatte. Es ging darin um das Versprechen, das wir uns als Kinder im Haus meiner Eltern auf Sylt gegeben hatten und an dem wir auch als Jugendliche festhielten. Was für ein Zufall, gerade jetzt, wo wir uns wiedergesehen hatten. Ich dachte an das Gespräch mit Lennart, dem Clara ebenso versprochen hatte, bei der Verwirklichung seiner Träume an seiner Seite zu sein. Ich seufzte.

Clara wollte immer Kinder haben, mindestens zwei. Auch wenn es bisher bei einem Kind geblieben war, Mutter war sie geworden.

Ihr zweiter großer Traum war es, auf Sylt zu leben. Das hatte nicht geklappt.

Ich fand den Brief in meiner Jacke, wo ich ihn hingesteckt hatte, als ich im Wartezimmer von Dr. Lorenz Schwarz saß, um mir das vorbereitete Rezept für die Medikamente abzuholen. Als ich aufgerufen wurde, begrüßte ich Lorenz so locker wie möglich. Lorenz klopfte mir zur Begrüßung freundschaftlich auf die Schulter. Ich schaute der Arzthelferin hinterher, mit der ich vor Kurzem noch geflirtet hatte. Heute verschwendete ich nicht einen einzigen Gedanken daran.

»Max, grüß' dich«, sagte er, als ich auf dem Stuhl vor seinem Schreibtisch Platz genommen hatte, den ich erst kürzlich mit wackeligen Knien verlassen hatte.

»Hallo, Lorenz«, antwortete ich und lächelte schief. Ich streckte den Rücken durch und hoffte, das würde darüber hinwegtäuschen,

dass ich eine verdammte Angst hatte vor dem, was auf mich zu-
kam. Ich war überzeugt davon, dass ich selbst entscheiden würde,
wann ich dieser Angst ein Ende setzen würde. Keine Sekunde im
Leben würde ich unnötig leiden, oder jemandem zur Last fallen.
Wenn ich bei klarem Verstand mitbekommen würde, dass mein
Leben jegliche Qualität verlor, würde ich Entscheidungen treffen.

»Du hast mit deinen Eltern nicht gesprochen, hab ich recht?«
Lorenz sah mich über den Rand der Brille an. Sein Blick war
väterlich.

Kaum wahrnehmbar nickte ich.

Lorenz lehnte sich mit verschränkten Armen in seinem Sessel
zurück, was dieser mit einem ächzenden Knarzen quittierte.

»Du bist alt genug«, sagte er nur.

»Genau. Ich habe das Spray vergessen, über das wir sprachen.
Das ist doch so etwas wie ein Notfall-Medikament, oder? Etwas,
was ich nehmen kann, wenn akut irgendwas auftritt?«

Lorenz schaute in seinen Laptop, druckte etwas aus und unter-
schrieb das Rezept. »Für Notfälle empfehle ich inhalative Medikamente. Sie haben die wenigsten Nebenwirkungen und sind vom
Handling her unproblematisch.«

Ich nickte mit aufeinandergepressten Lippen.

»Hast du über eine Therapie nachgedacht?«, erkundigte er sich.

»So weit bin ich noch nicht, nein.«

»Max, es geht mich zwar nichts an, aber es ist sinnvoll, wenn
dein direktes Umfeld informiert ist. Sollte es zu einem Notfall
kommen, muss schnell reagiert werden. Wenn niemand von deiner Krankheit weiß, kann dir auch keiner rechtzeitig helfen«, begann Lorenz.

»Dann ist das so«, unterbrach ich ihn und schaute ihm in die
Augen. »Wenn es sein soll, dass was passiert und keiner kann mir
helfen, dann habe ich einfach Pech gehabt.« Ich sagte diesen Satz
mit Nachdruck.

Lorenz sah mich schweigend an. »Das ist sehr egoistisch, mein
Lieber. Ich bin selbst Vater, außerdem Freund deines Vaters. Das,

was ich dir sage, sage ich dir nicht als Arzt, sondern als Freund. Sprich mit deinen Eltern. Sie haben ein Recht darauf, zu erfahren, wie sie dir helfen können.«

»Lorenz, ich danke dir für deinen Rat. Ich schätze deine Meinung, aber das sind Entscheidungen, die ich allein treffe. Keiner sonst kann beurteilen, was das Richtige für mich ist.« Ich stand auf, um das Gespräch zu beenden, weil ich ahnte, dass Lorenz meine Argumentation nicht gelten lassen würde. »Alles Gute, mein Junge.« Lorenz schaute mich enttäuscht an.

»Danke, Lorenz«, sagte ich, griff nach dem Rezept und verließ das Sprechzimmer.

Dankbar dafür, dass er als Arzt der Schweigepflicht unterlag, seufzte ich. Als ich durch das Wartezimmer Richtung Ausgang ging, schaute ich plötzlich in Augen, die ich jahrelang nicht gesehen hatte und jetzt innerhalb weniger Stunden gleich zweimal.

»Clara!« Ich konnte mein Erstaunen nicht unterdrücken.

»Max!« Auch Clara hatte nicht mit mir gerechnet und reagierte unsicher. Jedenfalls deutete ich die leichte Röte auf ihren Wangen und das nervöse Zupfen ihrer Hände an der Bluse als Gesten der Verlegenheit.

»Ich hoffe, es geht dir gut?« Clara schaute mich an mit diesem Blick, den sie schon als Jugendliche gehabt hatte. Sie hatte eine Art, einen mit leicht schief gelegtem Kopf skeptisch von schräg unten anzuschauen. Ein Blick, dem man kaum ausweichen konnte. Wie ein Wirbelsturm in einem Meer aus kristallklarem Wasser fesselte mich ihr Blick.

»Ich hoffe, *dir* geht es gut?«, wich ich ihrer Frage aus.

»Mir ja, danke.«, lautete ihre knappe Antwort. In diesem Moment wurde sie bereits von der Empfangsdame ins Sprechzimmer gerufen.

»Pass auf dich auf, Max«, sagte Clara und der Klang ihrer Worte sorgte für einen Schauer auf meiner Haut.

Beklommen lächelte ich, nickte und verließ die Praxis.

Kapitel Clara

Gleich, als ich Lennart zur Schule gebracht hatte, machte ich mich auf den Weg zur Praxis von Dr. Schwarz. Ich sollte gleich vorbeikommen. Da ich heute keine Termine hatte, passte das perfekt und ich freute mich.

Ich hörte, wie sich im Sprechzimmer jemand unterhielt. Die Stimme des Arztes klang leise durch die geschlossene Tür. Sein Gegenüber hörte ich kaum, bemerkte jedoch nach einiger Zeit, wie die Stimme näherkam und die Türklinke heruntergedrückt wurde. Als der Patient vor mir aus der Tür kam, schaute ich auf und erstarrte augenblicklich.

»Clara.« Mein Name klang dumpf wie durch Watte zu mir und ich stand auf.

»Max«, sagte ich wenig einfallsreich. »Ich hoffe, es geht dir gut?« Was für eine blöde und indiskrete Frage, schalt ich mich im selben Moment innerlich.

»Ich hoffe, *dir* geht es gut?« Max gelang es, mir gekonnt durch eine Gegenfrage auszuweichen.

»Mir ja, danke«, sagte ich, um einen sicheren Klang in meiner Stimme bemüht. Meine Hände waren schweißnass. Ich ärgerte mich darüber. Was war denn bloß los mit mir?

Ich war dankbar, als die Frau vom Empfang mich in genau diesem Moment aufrief. Wie aus einem inneren Reflex heraus, sagte ich: »Pass auf dich auf, Max.« Dann trat ich in das Sprechzimmer.

»Frau Sevening, ich grüße Sie ganz herzlich.« Dr. Schwarz empfing mich mit einem freundlichen Lächeln. Er war mir sofort sympathisch.

»Haben Sie Max eben noch getroffen? Wenn Sie auf Empfehlung meiner lieben Freundin Bina kommen, kennen Sie sich doch sicher?«, fragte er und das Gespräch nahm damit den Einstand, den ich mir nicht gewünscht hatte. Nervös lächelte ich. »Ja, seine Eltern sind mit meinen befreundet.« Ich hoffte, er würde es dabei belassen und sich nicht länger nach meinem Verhältnis zu Binas Sohn erkundigen. Er deutete mir an, mich zu setzen und ich war dankbar, dass er nicht vorhatte, weiter über Max zu sprechen.

»Nun erzählen Sie mal ganz von vorne. Ich bin mir sicher, gemeinsam finden wir den bestmöglichen Arzt oder die beste Ärztin für Ihren kleinen Mann.« Wir setzten uns und ich erzählte ihm von Lennarts Asthma und den Begleiterscheinungen und dass wir aktuell auf die Genehmigung einer Kur warteten.

»Es gab bereits Situationen, die nahe dem Atemstillstand waren. Das macht uns Angst. Er ist ein tapferer Kämpfer, viel stärker als wir.« Zaghaft hob ich den Blick, der während meiner Erzählung auf meinen Händen im Schoß ruhte, und Dr. Schwarz lächelte wissend.

»Es ist oft so, dass die Kinder selbst den Eltern die größte Stütze sind. Vom Optimismus der Kleinen können die Erwachsenen sich eine Scheibe abschneiden.« Sein Blick war fürsorglich. »Es ist ebenso wichtig, dass Sie als Familie füreinander da sind.«

Ich hörte Dr. Schwarz schweigend zu.

»Das Wichtigste für Sie sind Menschen, die etwas mit Ihrem Sohn unternehmen und einspringen, wenn Sie und ihr Mann selbst einmal die Akkus aufladen müssen«, sprach er ruhig weiter.

»Ich habe wunderbare Eltern«, sagte ich. »In den letzten Wochen haben sie mir so viel geholfen.« Ich lächelte.

Dr. Schwarz schaute mich warmherzig an.

Ob er sich fragte, was der Vater von Lennart für eine Rolle spielte, weil ich ihn gerade nicht erwähnt hatte? Ich selbst konnte es in diesem Moment nicht sagen. Ich seufzte, weil ich uns aktuell beide daran scheitern sah, füreinander da zu sein.

Dr. Schwarz fragte nicht weiter.

»Frau Sevening, geben Sie mir ein paar Tage und ich mache mich für Sie schlau. Und versprechen Sie mir, gut für sich zu sorgen. Schnappen Sie sich ihren Sohn, gehen Sie mit ihm sein Lieblingseis essen«, riet er mir. »Jetzt sind doch Ferien, oder? Das mit der Kur dauert sicher noch ein wenig. Vielleicht können Sie dennoch ein paar Tage woanders verbringen? Manchmal wirkt jeder noch so kleine Ortswechsel Wunder. Gerade was eine Erkrankung der Atemwege angeht, wäre die See sicher für Ihren Sohn eine Wohltat. Ich persönlich liebe ja die Nordsee. Es gibt kaum einen Ort, an dem es mir besser geht.« Er lächelte fürsorglich.

Ich seufzte matt. Ferien waren etwas, was wir nicht mit Urlaub in Verbindung brachten. Unser Erspartes für eine Reise zu opfern, käme keinesfalls in Frage, schließlich wussten wir nicht, wie lange mein Verdienst geringer ausfallen würde. Ich gab ihm schweigend und nickend recht. Wehmütig dachte ich an meine Trauminsel Sylt. Sylt war mein Herzensort. So oft in den letzten Wochen, in denen ich nächtelang wach lag und grübelte, hatte ich mich an den Strand geträumt. Unzählige Male war ich in Gedanken durch meinen Lieblingsort Keitum spaziert oder stand am Kampener Strand und hatte dem Rauschen der Wellen gelauscht.

»Ich danke Ihnen vielmals, Herr Dr. Schwarz. Gut, dass Bina mir Ihren Namen genannt hat«, erklärte ich und war wirklich froh, ihn kennengelernt zu haben.

»Bina ist selbst Mutter, wenn auch die eines großen Jungen.« Nun lachte er leise und flüsterte halb hinter vorgehaltener Hand. »Glauben Sie nicht, dass das heißt, dass sie sich um ihn weniger Sorgen machen muss. Sie bleiben immer die kleinen Neunjährigen. Nur nicht mit derselben kindlich optimistischen Einstellung zum Leben. Was im Übrigen sehr bedauerlich ist.« Er bedachte mich mit einem verständnisvollen Blick, bevor er aufstand und ich mich ihm anschloss und ihm zur Tür folgte.

»Ich rufe Sie an«, verabschiedete er mich dann.

Als ich die Praxis verließ, schwirrte mir der Kopf, während mein Herz sich ein ganzes Stück weit leichter anfühlte, weil ich mich bei Dr. Schwarz gut aufgehoben gefühlt hatte. Was er wohl damit meinte, als er sagte, dass Bina sich nicht weniger Sorgen machen müsste? Max war auch in seiner Praxis gewesen. War es ein freundschaftlicher Besuch oder war er als Patient bei Dr. Schwarz? Eigentlich ging es mich nichts an und sollte mich nicht länger beschäftigen. Dennoch spukte Max immer wieder durch meine Gedanken.

Hinter dem Scheibenwischer meines Autos, das ich direkt vor der Praxis geparkt hatte, klemmte eine Visitenkarte. Ich kannte das schon. Ständig wollten irgendwelche dubiosen Autohändler mein Auto kaufen. Jedes Mal brachte mich das zum Schmunzeln. Ich konnte kaum glauben, dass sich ernsthaft jemand für meinen alten Wagen interessierte, dem man kaum mehr zutraute, dass er es um die nächste Straßenecke schaffte.

Bevor ich sie zusammenknüllte, warf ich aber einen Blick darauf. Mein Herz setzte eine Sekunde aus. Es war eine Visitenkarte mit den Initialen *MB* auf der Vorderseite. Hinten standen nur eine Handynummer sowie eine handschriftliche Notiz.

Wenn Lennart Freude und Zeit hat: Gelände-Offroad-Training am Wochenende. Samstag, 10 Uhr. Paul und Du seid natürlich ebenso herzlich eingeladen. Meldet Euch einfach. Gruß, Max.

Fassungslos schaute ich mich um. Im ersten Moment wurde ich wütend. Meinte Max, er als der reiche Gönner könne unserem Sohn mehr bieten als wir? Ich war kurz davor, seine Nummer zu wählen und meiner Wut Luft zu machen. Ich atmete tief und sammelte mich für einen Moment. Dann gelang es mir, diese Geste aus einer anderen Perspektive zu betrachten. Vielleicht hatte er einfach nur gemerkt, welchen Spaß Lennart bei ihm im Geländewagen hatte und wollte ihm wirklich eine Freude bereiten? Noch dazu hatte er ja auch Paul und mich eingeladen. Eigentlich ein netter Zug. Verwirrt schüttelte ich den Kopf. Das passte nicht zu

Max. Er war nicht mehr nett. Vielleicht schoss er damit also doch gegen Paul? Wollte ihm zeigen, was er für ein toller Typ war im Gegensatz zu ihm? Ich entschied, das Kärtchen erstmal einzustecken. Vielleicht sollte ich direkt mit Paul darüber sprechen? Er wollte sicher auch, dass Lennart seinen Spaß hatte und ihm konnte unmöglich entgangen sein, wie glücklich er war, als Max mit ihm ein paar Runden gedreht hatte. Aber am Wochenende ausgerechnet mit Max Zeit zu verbringen war wirklich eine Herausforderung für mein Nervenkostüm.

Ich fuhr nach Hause und manövrierte mich einigermaßen abgelenkt durch den Tag. Ich grübelte zwischendurch immer wieder, wie ich mit der Karte von Max umgehen sollte und entschied, sein Angebot für mich zu behalten. Das würde am wenigsten für Unruhe sorgen. Paul müsste sich nicht darüber aufregen und Lennart würde nicht erfahren, was er verpasste.

Als Paul und ich abends einen Film anschauten, dachte ich schon weniger an das Angebot von Max. Nachdem der Abend endlich mal wieder harmonisch verlief, war ich zuversichtlich, die richtige Entscheidung getroffen zu haben.

Kapitel Max

Ich überlegte, ob Clara durch die Sprechzimmertür etwas von unserem Gespräch mitbekommen hatte. Das war allerdings unwahrscheinlich. Und auf Lorenz und seine Einhaltung der Schweigepflicht konnte ich mich verlassen. Wie ich meine Mutter kannte, hatte sie Clara ans Herz gelegt, Lorenz anzusprechen. Wenn er ihr in Bezug auf Lennart helfen könnte, würde es mich freuen.

Ich war mir sicher, der Junge würde ausflippen, wenn er von dem Offroad-Training erfuhr. Ich konnte aber schwer abschätzen, wie Clara mein Angebot auffassen würde, welches sich zufällig schon für das Wochenende ergeben hatte.

Ich war gespannt, ob sie sich melden würde. Ich war selbst vollkommen überfahren davon, was die Tage seit der Diagnose und dem Zusammentreffen mit Claras Familie mit mir angestellt hatten.

Nachmittags hatte Clara noch nicht auf mein Angebot geantwortet. Ob sie wenigstens darüber nachdachte? Ich wusste es nicht. Wenn sie es nicht annehmen wollte, hatte ich zumindest Lennart gegenüber keine leere Versprechung gemacht. In einigen Monaten könnte es schon so sein, dass all diese Unternehmungen nicht mehr selbstverständlich für mich sein würden. Warum also sollte ich jetzt nicht noch die Dinge, die mir schon immer Spaß gemacht hatten, ausschöpfen und sogar dem Jungen eine Freude damit bereiten?

Zu meiner eigenen Beruhigung konnte ich für mich in Anspruch nehmen, dass mir das schon immer gut gelungen war. Ich hatte gelebt. Egal, wie es für mich weitergehen sollte, mit dem Fuß auf der Bremse hatte ich keinen einzigen Tag verbracht.

Dass mich ein Kind dermaßen aufwühlte, kannte ich so nicht von mir. Womöglich war dieses Gefühl der Situation geschuldet, dass der Junge krank war und ich gerade selbst einen gehörigen Schuss vor den Bug erhalten hatte. Oder wog die Tatsache, dass es sich bei Lennart um den Sohn von Clara handelte, doch schwerer, als ich mir eingestehen wollte?

Heute kam mir der Gedanke, dass Clara mich besser kannte als ich mich selbst. Vielleicht hatte sie damals schon hinter meine Fassade schauen können, als mir selbst das nicht gelang. Eventuell rannte ich jahrelang vor Lebensträumen weg, die auch ich hatte, die aber für mich nun nicht mehr in Erfüllung gehen würden?

Kapitel Clara

»Sag mal, hast du meine Handtasche gesehen?«Ich war mir sicher, ich hatte sie am Abend wie immer an der Tür stehen gelassen, wo sie aber nicht mehr stand. Fragend schaute ich Paul an und hob seufzend die Schultern.

»Ja. Ich hatte gehofft, du hast noch eine Kopfschmerztablette darin. Deshalb hab ich sie in die Küche gestellt und danach gesucht«, erklärte Paul und sah mich mit einem nicht zu deutenden Blick an.

»Bist du denn fündig geworden?«, fragte ich.

»Fündig?« Pauls Ton war mit einem Mal ungewohnt scharf.

»Ja, ob du eine Tablette gefunden hast, meine ich«, erklärte ich genervt.

»Nein«, war seine knappe Antwort. »Ging dann auch ohne. Oder was meinst du sonst?«, schob er nach.

»Was soll ich sonst meinen?« Gereizt griff ich nach meiner Handtasche. Schon beim ersten Blick in die Tasche wurde mir klar, worauf Paul hinauswollte. Die Visitenkarte von Max lag gleich obenauf statt im Seitenfach, wo ich sie hingesteckt hatte.

Ich klemmte sie zwischen zwei Finger, lehnte mich mit dem Rücken an den Küchenblock und hielt sie ihm vor die Nase. »Ist das hier vielleicht der Grund, warum du so zickig bist?«, fragte ich und rollte mit den Augen.

»Wäre das denn ein Grund, um zickig zu sein?«, spielte er den Ball zurück. Sein Ton war fordernd.

»Blöde Frage. Darauf antworte ich gar nicht«, zischte ich eingeschnappt und schob mich an ihm vorbei.

»Eine blöde Frage also? Ich finde die gar nicht so blöd. Mich erstaunt eher deine Reaktion. Wann wolltest du Lennart denn von dem Training erzählen? Oder sollte er davon gar nichts wissen? Er hat schon davon erzählt, dass Max sich melden wollte und konnte es kaum erwarten.« Pauls Tonfall war vorwurfsvoll, als er mir hinterherging.

»Guten Morgen«, klang es plötzlich von oben herab und Lennart kam die Treppe herunter. Beide zuckten wir ertappt zusammen.

»Guten Morgen, mein Schatz. Hast du Lust, mit Max ein Geländewagen-Training zu fahren?«, fragte ich meinen Sohn direkt, sicher, meinem Mann damit den Wind aus den Segeln zu nehmen. Lennarts Augen, die eben noch etwas verschlafen dreingeblickt hatten, weiteten sich.

»Wie cool! Klar! Ich wusste, dass es klappt, wenn ich es mir nur ganz doll wünsche! Max hat es mir versprochen.« Lennart reckte eine Faust in die Luft. Während er sprach, drehte sich mir der Magen um. Max hatte mit ihm bereits über das Training gesprochen? Was fiel ihm ein, sowas zu tun, ohne mit uns zu reden? Um ein Haar hätte ich für eine Riesenenttäuschung gesorgt, wenn ich den beiden das Kärtchen vorenthalten hätte. Und das, wo ausgerechnet ich Lennart immer predigte, er solle an seine Träume glauben und immer sein Wort halten. Jetzt verstand ich, was Paul eben damit meinte, dass Lennart sich schon darauf gefreut hatte.

»Wann geht's los?« Lennart strahlte übers ganze Gesicht. »Fahren wir alle zusammen dahin?« Er sprang die letzten Stufen der Treppe aufgeregt herunter.

Ich hob die Schultern. »Ich schlage vor, ihr macht da so ein Männerding draus. Nur Papa, du und Max. Wie wäre das?« Ich schaute Paul fragend an. »Dieses Wochenende findet das statt. Gleich morgen kann's schon losgehen!«

»Super Idee!«, sagte Paul und lächelte mit einem Mal, als wäre nichts gewesen.

Ich streckte ihm die Karte entgegen. »Dann ruf ihn doch an. Dann könnt ihr alles besprechen«, sagte ich und er griff nach der

Karte und starrte darauf. »Sie steckte hinter meinem Scheibenwischer, falls du dich fragst, wie es dazu kam. Er war vor mir bei Dr. Schwarz in der Praxis«, raunte ich Paul zu und bedachte meinen Mann mit einem vielsagenden Blick.

»Und ich hatte einfach Sorge, dass dir es nicht recht ist, dass Max hier als der große Gönner auftritt. Nur deswegen habe ich es nicht sofort erzählt. Es ging mir nicht darum, irgendwas zu verheimlichen. Ich konnte ja nicht ahnen, dass Lennart schon was von der Idee weiß.«

»Es tut mir leid, Clara«, entschuldigte sich Paul und ich nickte mit aufeinandergepressten Lippen.

»Ich gehe dann vielleicht mit Maja was frühstücken, wenn ihr mit Max unterwegs seid«, überlegte ich. »Ich fahre jetzt kurz einkaufen.« Mit diesen Worten griff ich nach meiner Jacke, schnappte mir den Hausschlüssel und ging aus der Tür. War Paul eifersüchtig gewesen oder ging es ihm nur um Lennart? Beide schienen sich wirklich über das Angebot zu freuen. Vielleicht hatte Paul auch erwartet, dass ich ihm irgendeine Geschichte erzählen würde, warum ich ihm das Kärtchen verheimlichte. Aber so sehr mich Max auch beschäftigte, keinesfalls würde ich Paul diese Angriffsmöglichkeit bieten. Für Lennart freute ich mich. Die Aussicht auf einen Tag gemeinsam mit meinem Ehemann und Max, stresste mich jedoch. Es war besser, sie fuhren zu dritt.

Und auch die leuchtenden Augen meines Sohnes zeigten mir, dass es richtig war, dass er mit Max und Paul dorthin fuhr.

Vom Auto aus rief ich Maja an. »Liebes, wie sieht deine Wochenendplanung aus? Hast du Lust auf ein Frühstück mit mir? Ich lad dich ein!«, bot ich an.

»Super gerne! Vielleicht können die Männer ja mit Lennart und Tim was machen?«, antwortete Maja.

»Lennart ist mit Paul unterwegs«, antwortete ich ausweichend. Wie sollte ich ihr nun erklären, dass Paul und Lennart mit Max zu einem Offroad-Training fahren würden. Ich durfte dabei aber am besten nicht den Namen Max erwähnen. Das würde sofort für feuerrote Warnsignale in Majas Kopf sorgen. Das wollte ich ihr lieber schonend beibringen.

»Was planen die beiden denn Großartiges? Erzähl!« Majas Neugier war geweckt.

»Sie wollen auf eine Geländewagen-Offroad-Veranstaltung. Männersache.« Wir lachten beide.

»Wie cool! Aber dann lass' uns zwei was Schönes machen und ich schicke meine Männer auch irgendwohin. Tim freut sich auch, wenn er mal Papa-Zeit hat.«

»Ja, super gerne! Dann also ein Frühstück bei unserem kleinen Italiener?«, schlug ich vor.

»Perfekt! Ich beauftrage meinen Mann gleich mal, sich was für Tim zu überlegen. Für diese Geländewagen-Sache gibt's nicht zufällig noch Karten oder so?«, fragte Maja.

Ich schluckte. »Ähm, nein, ich denke nicht. Paul wurde eingeladen, daher kann ich gar nicht so genau sagen, ob man da auch Karten bekommt«, erklärte ich drucksend und fühlte mich unwohl dabei, Maja nicht die ganze Wahrheit zu sagen.

»Na, ihr kennt Leute! Stark! Warum werde ich nie auf solche Events eingeladen?«, scherzte Maja und ich lachte unsicher. »Ich fand sowas ja schon immer klasse, ganz im Gegensatz zu dir.« Ich ließ ihre Aussage unkommentiert.

Wir verabschiedeten uns und legten auf.

Ich hätte so gerne mit ihr über das Treffen mit Max gesprochen. Jahrelang hatte das Thema uns nicht mehr belastet. Weil Max aus meinem Leben und damit auch aus unseren Gesprächen verschwunden war. Maja hatte schon damals kein gutes Haar an Max gelassen. Dass Lennart ausgerechnet Max kennengelernt hatte und ihn seitdem vergötterte, würde sie sowieso bald erfahren, spätestens, wenn die Jungs sich wiedersahen. Vorher musste ich es ihr erzählen. Aber gerade musste ich mir noch selbst darüber klar werden, wie ich damit umgehen wollte.

Als ich vom Einkaufen zurückkam, lief mir Lennart mit dem Tablet in der Hand entgegen. »Hier, Mama. Schau mal, wie genial das aussieht! Die Strecke ist megacool! Und hier«, er zeigte auf den größten Wagen in einer Reihe von SUVs, »so einen hat Max - wir werden im geilsten Auto sitzen!«

»Lennart!« Ich mochte nicht, wenn er so redete, wusste aber, dass das schlichtweg die Begeisterung war, die überschäumte.

Als Lennart mit dem Tablet wieder nach oben lief, wand ich mich an Paul.

»Rufst du Max an und sagst zu?«, fragte ich.

Paul nickte. »Schon erledigt! Er hat sich gefreut. Will uns morgen abholen, so gegen 9.30 Uhr. Er fragte, ob du es dir nicht nochmal überlegen willst?« Paul schaute mich mit einem nicht zu deutenden Gesichtsausdruck an. Ich öffnete den Kühlschrank, um meine Einkäufe darin zu verstauen und seinem Blick auszuweichen.

»Ach was!« Ich tat belustigt. »Das ist überhaupt nichts für mich, weißt du doch«, sagte ich und winkte ab.

»Ich fände es schön, wenn wir als Familie was unternehmen würden, aber wie du meinst«, erklärte Paul. Ich war mir nicht sicher, was er mit dieser Aussage bezwecken wollte, entschied mich aber, nicht darauf einzugehen.

»Ich hab eben schon Maja angerufen. Wir wollen uns einen Mädelstag machen. Lecker Frühstück und so.« Dass Max und ich uns kannten, hatte Maja ihrem Bruder verschwiegen. Wir hatten damals beide entschieden, dass es für unsere Beziehung keine Rolle spielte, weil es vor Pauls Zeit war. Mir graute davor, Maja zu erzählen, mit wem meine Jungs unterwegs sein würden. Aber das hatte Zeit bis zum Wochenende. Dann konnte sie schlecht noch was dagegen sagen.

Kapitel Max

Lennart freute sich laut Paul über die Einladung. Genau so hatte ich es mir gewünscht. Ich sah das Zusammentreffen von Clara und mir zu genau diesem Zeitpunkt als die Chance für mich, wieder etwas gutzumachen. Ich hoffte nur, sie würde das zulassen. Waren wir in unserer Jugend noch beste Freunde und eine unerschütterliche Einheit gewesen, so waren mir später materielle Dinge und das viele Geld zu Kopf gestiegen. Durch meine immer exklusiveren Möglichkeiten der Freizeitgestaltung, Partys und Frauengeschichten drifteten wir in verschiedene Richtungen ab. Am Ende hatten wir uns weit auseinandergelebt. Ich war nicht länger ihr bester Kumpel, mit dem sie gemeinsam durch Dick und Dünn ging. Hatte ich früher schon manchmal Phasen gehabt, in denen ich abzuheben drohte, gelang es ihr immer, mich wieder auf den Boden zu holen. Dann jedoch sahen wir uns einige Monate nicht. Mein Auslandsaufenthalt hatte meinem übersteigerten Ego den Rest gegeben und ich hatte sie am Ende verloren.

Die wenigen Tage, die seit der Diagnose vergangen waren, hatten mich verändert. Wie ein Erdbeben hatten die Worte von Lorenz in meinem Leben alles zum Einsturz gebracht, auf das ich bis dato gebaut hatte. Die glänzende Fassade aus großen Autos, einer stylischen Wohnung und Reisen um die Welt mit hübschen Frauen an meiner Seite, von denen ich kaum mehr wusste als ihren Namen und ihr Lieblingsgetränk, war zerbrechlich wie Pergament und keine Stütze für die Zeit, die jetzt auf mich zukommen würde. Es würde niemand von meinen *Freunden* am Krankenbett stehen, wenn es mir schlechter ging. Außer Philip vielleicht. Wenn überhaupt.

Weil ich mich nicht fest an eine Frau binden wollte, war ich in eine Welt aus Unverbindlichkeit und Distanz geflüchtet. Materielle Dinge boten mir in dieser Zeit mehr Sicherheit, als es die Menschen um mich herum konnten. Und das wurde mir jetzt erst recht bewusst, als ich in Clara einen Menschen wiedertraf, der mir lange Zeit bedingungslos Halt gegeben hatte.

Keiner außer meiner Eltern würde da sein, wenn die Dinge mir zusehends schwerer fallen würden und Reisen und schnelle Autos für mich unerheblich wurden, weil ich es körperlich nicht mehr schaffen würde, sie zu genießen. Die bittere Erkenntnis, dass in meiner Welt ein Mensch nur so lange interessant war, wie er funktionierte, erschütterte mich. Ich begann, bis zu dem Punkt zurückzudenken, an dem ich diesen falschen Abzweig genommen hatte und mit Scheuklappen auf einem Weg weiterging, der nie der richtige gewesen war.

Ich war mir nicht sicher, ob ich so schnell von selbst darauf gekommen wäre, hätte ich Clara nicht ausgerechnet jetzt wiedergetroffen. Ob mir eiskaltem, verrohtem Klotz wohl irgendwann von selbst aufgefallen wäre, dass der Punkt, kurz bevor sich unsere Wege trennten, der gewesen war, der mich schnurstracks auf eine lebenswerte Bahn geführt hätte? Der Punkt, an dem ich Clara versprochen hatte, immer an ihrer Seite zu sein, wenn es darum ging, dass sie ihre Träume verwirklichen wollte. Wie beste Freunde es taten. Genau dort wollte ich nun für die wenige Zeit, die mir vielleicht noch bleiben würde, noch einmal ansetzen. Wenn es nicht sowieso schon zu spät war.

Ich freute mich auf den Tag mit Lennart und Paul.

Kapitel Clara

»Lenni, Paul, Max ist da!«, rief ich nach oben. Lennart war vor lauter Vorfreude so hibbelig, dass auch ich erleichtert war, dass es endlich losgehen sollte. Der Wagen von Max hielt auf der gegenüberliegenden Straßenseite. Auch ohne ihn zu sehen, hatte ich den Motor sofort gehört. Ich warf mir schnell eine Jacke über, um Max wenigstens kurz persönlich Danke zu sagen.

Lässig lehnte er am Auto, den Blick auf das Smartphone gerichtet. Er sah verdammt gut aus in der blauen Chino und dem Poloshirt, über dem er einen dunkelblauen Pullover trug. Die dichten, braunen Haare hatte er gekonnt wirr nach hinten gegelt. Eine verspiegelte Sonnenbrille steckte darin.

Er schaute erst vom Handy hoch, als er merkte, dass ich auf ihn zuging und kam mir ein paar Schritte entgegen. Sein Lächeln wirkte für ihn ungewohnt unsicher.

»Hey, Clara! Wie ich hörte, wirst du uns nicht begleiten? Wie schade! Willst du es dir nicht nochmal überlegen?«

»Hallo, Max. Danke, nein. Aber Lennart und Paul freuen sich. Eine tolle Idee von dir, vielen Dank.« Für einen Moment trafen sich unsere Blicke und wir lächelten beide. »Ich mache mir einen entspannten Tag mit meiner Freundin Maja.« Prüfend schaute ich ihn an. Ob er sich an Maja erinnerte? Sie hatte damals keinen Hehl daraus gemacht, dass sie ihn nicht mochte und keine Chance ausgelassen, es ihn spüren zu lassen.

»Das klingt nach einer angenehmen Alternative. Dann wünsche ich viel Spaß«, antwortete Max. Ich rollte innerlich mit den Augen. Er zeigte keinerlei Regung, als der Name Maja fiel. Ich hätte schwören können, sie war ihm mit bissigen Kommentaren und Boshaftigkeiten im Gedächtnis geblieben. Aber ein Max Brahnfeldt merkte sich wohl keine Namen belangloser Leute, die ihn womöglich nicht anhimmelten. Sie waren für ihn quasi nicht existent. »Danke, den werden wir haben«, erwiderte ich.

»Kann's losgehen?«, fragte Max meinen Sohn, der gerade mit dem Kindersitz unterm Arm zu uns kam.

»Klar! Papa ist gleich da«, antwortete Lennart.

In diesem Moment kam auch Paul aus dem Haus.

»Hallo, Max, Lennart konnte kaum schlafen vor Aufregung«, sagte er und wuschelte unserem Sohn durch die Haare. Dieser grinste schief und kletterte dann auf die Rückbank.

»Dann lass' uns starten!«, nahm Max die beiden in Empfang. Max stieg ein und setzte sich die verspiegelte Sonnenbrille auf.

Paul verabschiedete sich mit einem Kuss, der gar nicht enden wollte, ungewohnt überschwänglich von mir. Er küsste mich, als würde er zu einer mehrwöchigen Reise aufbrechen. Ich musste lange zurückdenken, wenn ich überlegte, wann wir uns zuletzt so geküsst hatten. Trotz der Spiegelgläser erkannte ich, dass die Situation Max' Interesse geweckt hatte. Nervös schob ich Paul sanft in Richtung Beifahrertür. »Max wartet«, raunte ich ihm zu. »Viel Spaß!«

»Ich schicke dir Fotos«, rief Paul mir durch das heruntergelassene Fenster zu und schon rauschte das Auto um die Kurve.

Ich startete in Richtung des Italieners, bei dem wir uns zum Frühstück treffen wollten. Dass ich Maja noch erzählen musste, mit wem meine Männer unterwegs waren, bereitete mir Bauchschmerzen. Aber es führte kein Weg daran vorbei. Nicht auszudenken, wenn sie es von ihrem Sohn Tim erst im Nachgang erführe.

Ich fand einen Parkplatz in der Nähe des Italieners. Gerade schickte mir Paul ein Foto von Lennart und Max, da klopfte es an der Scheibe und ich zuckte erschrocken zusammen. Hektisch versteckte ich mein Handy in der Tasche, als ich erkannte, dass es Maja war, die lächelnd ihre riesige Sonnenbrille in ihr dunkelbraunes, langes Haar steckte.

Eilig stieg ich aus. Ihr Lächeln verblasste. »Liebes, was um alles in der Welt ist los?« Sie schaute mich mit sorgenvoller Miene an und hielt mich an beiden Schultern fest. »Du siehst aus, als hättest du einen Geist getroffen, so blass bist du!«

Ich lächelte schief. »Geht schon wieder. Da war nur dieses traurige Lied im Radio und du weißt ja - ich laufe emotional gerade ein wenig neben der Spur.« Sanft schob sie mich in Richtung des Italieners. »Da hilft was Leckeres.«

Wir orderten zwei Brötchen samt Cappuccino und setzten uns. Die Sonne schien und es wehte ein sanfter Wind. Die Atmosphäre war, dank Tellergeklapper und dem Brummen einer Kaffeemaschine im Hintergrund, wirklich italienisch. Es fehlten nur ein Motorroller-Geräusch und der Dunst aus Benzin und warmer Sommerluft, um die Umgebung perfekt zu machen.

»Grad wieder eine schwierige Zeit?« Maja sah mich besorgt an. Ich hob kraftlos die Schultern. »Es gibt so Tage, da werde ich plötzlich ganz still und nachdenklich, irgendwie auch traurig. Oft grad dann, wenn Lenni mal was unternimmt und definitiv nicht mitbekommt, wie es mir geht. Dann muss ich endlich einmal nicht die Starke sein.« Ich schaute Maja hilfesuchend an. »Da bin ich nämlich eigentlich gar nicht besonders gut drin.« Ich senkte den Blick und Maja griff nach meiner Hand und drückte sie.

»Und ob. Du bist die beste Mama, die Lenni sich wünschen kann. Und die beste Ehefrau.« Majas Worte rührten mich. »Ganz ehrlich? Ich weiß nicht, ob ich das immer alles emotional so stemmen könnte wie du. Krankes Kind, Job mehr oder weniger auf Eis und ganz nebenbei soll man auch noch Partnerin und Ehefrau sein.« Maja legte besorgt die Stirn in Falten.

»Mhm«, brummte ich. »Glaub mal nicht, dass mir das so gut gelingt, wie du grad denkst. Frag mal deinen Bruder.« Ich schüttelte betreten den Kopf.

»Ist es gar nicht wegen Lenni, dass du so angestrengt bist?«
Majas Blick war ängstlich. Für sie waren Paul und ich seit jeher
das Traumpaar. Nicht zuletzt, weil er mir mein Lachen wieder-
geschenkt hatte, nachdem ich nur schwer über die Enttäuschung
hinweggekommen war, als Max aus meinem Leben verschwand.
Maja hatte nie so recht verstanden, dass ich mit ihm auch meinen besten Freund verloren hatte. Und weil ich ja auch froh war,
dass ich in ihr mittlerweile eine so gute Freundin gefunden hatte,
hatte ich das Thema irgendwann ausgeklammert.

»Keine Sorge. Es geht uns halbwegs gut«, stammelte ich. Majas
ungläubiger Blick traf mich. »Wir streiten halt hier und da«, fügte
ich hinzu und rührte in meinem Cappuccino.

»Bist du bewusst heute nicht zu dem Training mitgefahren?«,
fragte sie vorsichtig.

»Es gibt da einen anderen Grund«, druckste ich. »Aber versprich
mir, mir erstmal zuzuhören, bevor du mich verurteilst, okay?«
Flehend schaute ich sie an.

»Jetzt machst du mir Angst«, stellte Maja fest und lehnte sich
mit verschränkten Armen zurück.

Ich musste lachen. »Nein, also keine Sorge. Ich habe keine
Dummheiten gemacht.« Ich spürte, wie meine Wangen leicht er-
röteten.

Maja wischte sich theatralisch über die Stirn und stieß Luft aus.
»Okay«, flüsterte sie gedehnt.

»Sie sind mit Max bei diesem Training. Max Brahnfeldt.« Abwartend schaute ich sie an. Ich merkte, wie ich mich unbewusst
ein Stück kleiner machte. Mit einem Mal entglitten ihre Gesichtszüge.

»Entschuldige, aber gerade bekomme ich Angst, dass du mir
irgendwann mal gestehst, dass du Dummheiten gemacht *hast*«,
sagte sie trocken. Sie stieß Luft durch die Lippen aus und nutzte
eine Speisekarte als Fächer.

Irritiert schaute ich sie an.

»Du erzählst mir gerade, du hast deinen Mann und deinen Sohn auf ein Fahrtraining geschickt? Mit Max Brahnfeldt?«, hakte Maja nach. Ich nickte.

»Und behauptest, du hast keine Dummheiten gemacht?« Maja setzte ein angewidertes Gesicht auf. »Nein, das ist keine Dummheit. Das ist die bekloppteste Idee, die du seit Langem hattest.« Ich schluckte unbeholfen. Alles, was ich als Erklärung hätte sagen können, wirkte hilflos.

»Aber jetzt erzähl mir bitte, wie das passiert ist?« Maja war sichtlich geschockt. »Der Typ tingelt doch sicher heute noch durch alle Clubs der Stadt, wenn er nicht gerade auf den Malediven mit seiner Flamme abhängt oder in irgendeiner dicken Karre durch die Gegend cruist und sich selbst im Spiegel feiert. Und nun macht er einen auf Familienausflug mit *deinem* Sohn?«

Ich musste schmunzeln. Maja hatte nicht Unrecht. Mich wunderte es ja auch, dass Max mit einem Mal so verändert wirkte.

»Er ist ganz anders«, setzte ich an, wurde aber sofort von Maja unterbrochen.

Sie schlug sich stöhnend vor die Stirn und rief dem Kellner »zwei Prosecco bitte« zu.

»Er ist ganz anders«, äffte sie mich mit einer lächerlichen Stimme nach. »Ich fürchte, ich habe ein Déjà-vu!«, trällerte sie ironisch. Ich knuffte sie in die Seite.

»Meine liebe Clara, wir waren uns doch einig, dass wir diese Sätze ab einem gewissen Alter und in einem gewissen Beziehungsstatus nicht mehr sagen wollten, richtig? Und schon gar nicht im Zusammenhang mit diesem Lackaffen! Ich bitte dich!« Majas Gesichtsausdruck war so empört, dass er schon wieder lustig wirkte.

»So meine ich das nicht«, verteidigte ich mich. »Nicht mir gegenüber ist er anders. Er war total liebevoll mit Lennart.«

»Es wird immer abstruser. Du meinst, Max wurde urplötzlich zum Kinderfreund?« Ihre Stimme klang schrill. »Vielleicht sucht er ja noch einen Job als Babysitter. Tim hat bestimmt auch Lust, mit einem seiner protzigen Autos durchs Gelände zu heizen. Da macht er sich doch endlich mal nützlich, dieser arrogante Typ.«

»Maja! Jetzt lass mich doch mal ausreden«, schimpfte ich, halb ernsthaft, halb amüsiert.

»Wir waren bei seinen Eltern zum Kaffee und Kuchen eingeladen. Meine Eltern wollten unbedingt, dass ich mitkomme. Davon, dass Max da auch hinkommt, wusste ich nicht. Sonst wäre ich doch nie hingegangen«, erklärte ich und schüttelte den Kopf. »Jedenfalls ist er mit Lennart in seinem neuen Auto gefahren und hat sich richtig Zeit für ihn genommen. Vollkommen untypisch für ihn. Als wenn er nicht Max gewesen wäre, sondern ein bis dahin verschollener Zwillingsbruder.« Nachdenklich schaute ich aus dem Fenster. »Oder halt der Max, der er bis zu unserem kleinen Intermezzo gewesen ist. Mein bester Freund.« Ich zuckte erschrocken zusammen, als Maja plötzlich mit der Hand auf den Tisch schlug und mich mit wütend zusammengezogenen Augenbrauen anstarrte. Der Kellner, der soeben die zwei Prosecco brachte, schaute verstört von mir zu Maja und zurück.

»Clara, und das ist der Punkt, an dem du dich von diesem Gedanken mal ganz schnell verabschiedest«, zischte sie. Ich ging nicht darauf ein, sondern sprach weiter.

»Er hat Lennart dann zu dem Training eingeladen und Paul halt mit«, beendete ich die Geschichte knapp.

»Aha. Wie gut, dass Paul nichts davon weiß, was mal zwischen euch gewesen ist. Ich hoffe sehr, dass es bei diesem einmaligen Event bleibt und der Name Max Brahnfeldt bis auf Weiteres in deinem Leben keinerlei Anwendung mehr findet«, schmetterte sie mir entgegen.

Das war eine klare Ansage und ich nahm mir vor, mir einen Plan zurechtzulegen, um das Thema von nun an zu umschiffen. Auch, wenn ich ihre Reaktion deutlich überzogen fand.

»Dass das Thema Max dich aufregt, weiß ich ja. Ich hätte mir aber gewünscht, dass du mir nicht gleich den Kopf abreißt, wenn ich dir davon erzähle, was Lennart und Paul heute machen. Sollte ich dich anlügen?« Ich fand, Maja konnte ruhig wissen, dass ihr Tonfall mir nicht gefiel.

»Entschuldige, Liebes. War nicht so gemeint. Dieser Mann bringt mich dermaßen in Rage. Ich meine es doch nicht böse. Auf uns!« Maja stieß geräuschvoll ihr Glas gegen meins und lächelte versöhnlich, wenn auch enttäuscht.

»Das weiß ich ja«, erwiderte ich.

»Wichtig ist, dass Lenni Spaß hat. Und ich bin sicher, den wird er haben. Paul tut so ein bisschen Fahrspaß vielleicht auch ganz gut und er macht sich wieder lockerer. Max wird sich sicher sowieso bald wieder mit irgendeiner heißen Blondine an seiner Seite auf eine Yacht vor St. Tropez oder in sein Haus auf Sylt verkrümeln. Kein Grund zur Besorgnis also.« Sie lächelte halb boshaft, halb versöhnlich. Ich nickte unsicher und war erstaunt, wie schnell Maja wieder umgeschaltet hatte.

Als ich wieder zuhause war, waren Paul und Lennart noch nicht zurück. Majas Worte hatten mich durcheinandergebracht. Sie hatte ja recht. Max musste schnellstmöglich verschwinden aus meinem Leben und leider damit auch aus dem meines Sohnes.

Für einen Moment hoffte ich sogar, dass der Ausflug der drei eine Enttäuschung gewesen war und Lennart keinen Wert auf weitere Unternehmungen legen würde. Dass Paul überhaupt so aufgeschlossen Max gegenüber war, verwunderte mich sowieso. Die beiden waren so unterschiedlich. Ich fühlte mich gerade nicht mehr wohl damit, dass ich Paul nie die Geschichte mit Max und mir erzählt hatte. Ich hoffte, dass Max wenigstens so viel Anstand besaß, auch von seiner Seite aus zu schweigen. Wenn ihm wirklich so viel an meinem Sohn lag, würde er aber wohl kaum ein solches Eigentor schießen.

Dennoch war ich nervös, und dass ich nicht dabei gewesen war, erschien mir mit einem Mal wie eine sehr dämliche Idee.

Ich lenkte mich mit Handlettering und einer Honigmilch ab. Unsere Wohnung war nicht groß. Drei Räume erstreckten sich über zwei Etagen. Das größte Zimmer hatte Lennart. Daneben gab es unser Schlafzimmer und ein gemütliches Wohnzimmer.

Ich setzte mich an den Esstisch, breitete meine Stifte um mich herum aus und begann zu zeichnen. Dazu schaltete ich mir meine Lieblingsmusik an. Ich zeichnete Kärtchen, die ich an Bekannte verschenken wollte, und malte Sprüche auf Blätter, die ich später rahmen und aufhängen wollte. Die Honigmilch wirkte wie Seelenbalsam und mein Hobby ließ mich für einige Minuten entspannen.

Als ich gerade die Stifte wieder zur Seite legte, ging auf meinem Handy eine E-Mail ein. Sie kam von der Praxis Dr. Schwarz. Aufgeregt las ich den Betreff: *Adressen für Sie und Lennart.* Ich öffnete die Nachricht.

Sehr geehrte Frau Sevening, ich habe mit verschiedenen Kollegen und Kolleginnen gesprochen und mir gemeinsam mit Fachärzten aus diesem Bereich ein Bild gemacht, um Ihnen den bestmöglichen Rat zu geben. Bei meinen Überlegungen half mir vor allem Herr Dr. Matthias Pauli. Er ist Spezialist auf dem Gebiet und hat hier in Hannover eine Sprechstunde. Ich habe ihn informiert, dass Sie auf ihn zukommen. Bitte berufen Sie sich auf mich. Ich bin gespannt und wünsche mir, dass er Ihnen weiterhelfen kann.

Mit besten Grüßen, Dr. Lorenz Schwarz.

Ich freute mich wahnsinnig über diese Chance und darüber, dass Dr. Schwarz mir und Lennart half. Ich straffte die Schultern, atmete tief ein und gab die Adresse, die mir Dr. Schwarz gemailt hatte, in die Suchmaschine ein. Die Praxis lag in einem Krankenhaus ganz in der Nähe. Ich schrieb eine E-Mail mit meiner Terminanfrage, in der ich mich auf Dr. Schwarz berief. Ich konnte kaum erwarten, einen Termin zu erhalten, und setzte große Hoffnungen in diesen Kontakt.

Dann griff ich wieder nach meinem Stift und zeichnete das Wort *Traum.* Ich horchte in mich hinein. Noch immer war mein Traum der einer Familie, die ich ja hatte. Auch wenn es mit einem zweiten Kind bisher nicht geklappt hatte.

Gerade, wenn mir mein Alltag über den Kopf wuchs, träumte ich davon, kurzerhand meine Koffer zu packen und auszubrechen. Am liebsten nach Sylt. Sylt spielte in meinen Träumen schon lange eine Rolle. Am liebsten würde ich dort zuhause sein. Das Leben hatte mir aber die Chance genommen, jemals dort zu leben. Ich reiste gedanklich so oft auf die Insel, die ich viel zu lange nicht besucht hatte. Seit Paul Hauptverdiener war, war Sylt finanziell absolut nicht drin. Ich hoffte aber, überhaupt wieder einmal dort sein zu dürfen. Außerdem träumte ich heute davon, irgendwann wieder in Vollzeit als Erzieherin arbeiten zu können. Augenblicklich fühlten sich meine Hände verkrampft an.

Ich zuckte erschrocken zusammen, als der Schlüssel sich im Schloss drehte und Lennart kurz darauf auf mich zustürmte. Er überschlug sich beinahe beim Reden und sofort war klar, dass der Ausflug keinesfalls ein Reinfall gewesen war, sondern ein voller Erfolg. Das würde mein Leben nicht unbedingt leichter machen. Ich ließ mir jedoch nichts anmerken und lächelte.»Mama, es war der Megahammer! Das war so cool! Du hast echt was verpasst!«, erzählte mein Sohn mit Begeisterung in der Stimme.

Ich lächelte etwas schief.»Freut mich, dass es dir so gut gefallen hat!«

Gerade kam auch Paul ins Wohnzimmer.»Hat dir unser Sohn schon von meinem peinlichen Auftritt erzählt?« Fragend schaute er Lennart an. Dieser grinste breit und schüttelte den Kopf.»Peinlicher Auftritt?«, fragte ich irritiert.

Paul grinste jedoch und winkte ab.»Irgendwie war mir mit einem Mal nicht so gut. Ich habe dann Lennart selbstlos ermöglicht, das Spektakel aus allererster Reihe mitzuerleben und bin nach einigen Metern ausgestiegen. So konnte Lennart direkt vorne im Auto sitzen.« Stolz nickte er und grinste.

»Klasse Zug, Papa«, frotzelte Lennart und klopfte seinem Vater anerkennend auf den Rücken.

»War es zu wild?«, schmunzelte ich. Ich drückte meinem Mann einen Kuss auf die Wange.

Paul machte ein betretenes Gesicht und nickte. Dann drückte er mich fest an sich. »Ich bin schon so ein Superheld«, nahm er sich selbst auf die Schippe. Wir mussten beide lachen. Mir fiel auf, wie positiv dieser Tag auf meine Familie gewirkt hatte und diese Erkenntnis war mir etwas unheimlich. Max war schon lange nicht mehr zuständig gewesen für Glücksmomente in meinem Leben, eher im Gegenteil.

»Max ist echt ein netter Kerl«, stellte Paul fest. Ich kam mir verlogen vor, ihm nichts davon erzählt zu haben, dass Max und mich mehr verband als nur unsere befreundeten Eltern und eine Kinderfreundschaft. Würde ich jetzt was dazu sagen, würde es jedoch für Streit sorgen und Lennart wäre enttäuscht.

»Habt ihr schon was gegessen?«, fragte ich in die Runde.

Lennart nickte. »Den besten Burger der Stadt! Wir müssen da unbedingt mal zusammen hin«, erklärte er mir. Ich wuschelte ihm durch das eh schon ganz zerzauste Haar und lächelte.

»Müsst ihr mir mal zeigen«, sagte ich. »Und Max ist gleich weitergefahren«, stellte ich fest. Die beiden hatten die Haustür hinter sich geschlossen. Lennart nickte schulterzuckend.

»Verstehe«, sagte ich.

»Alles okay? Wie war's mit Maja?«, fragte Paul.

»Alles super«, sagte ich mit einem schiefen Grinsen. »Frühstück war klasse und wir haben wie immer herrlich gequatscht.«

Paul legte seine Arme um mich und drückte mich fest an sich. Diese Geste war inmitten unserer ganzen Streitereien in letzter Zeit untergegangen. Ich erwiderte seine Umarmung unbeholfen. Obwohl ich mich freute, dass er mich in den Arm nahm, war irgendwas anders. Und dieses ungute Gefühl fühlte sich schrecklich an.

Als wir die Umarmung lösten, fiel mir die Nachricht von Dr. Schwarz ein.

»Paul, gute Nachrichten! Dr. Schwarz hat sich gemeldet! Ich

habe schon eine E-Mail mit einer Terminanfrage an die Praxis geschickt, die er mir empfohlen hat.«

»Super«, sagte Paul nur, drehte sich weg und widmete sich dann dem Inhalt des Kühlschrankes.

»Super?«, wiederholte ich betont schroff. »Ein bisschen mehr Euphorie wäre auch nicht schlecht. Es geht hier schließlich um unseren Sohn«, bellte ich.

»Entschuldige bitte, ich freue mich sehr! Vielen Dank für diese tolle Nachricht!«, sagte Paul schuldbewusst, sprach aber dabei in einer gestelzten Tonart, die mich auf die Palme brachte.

»Ja, lass gut sein. Ist ja auch völlig nebensächlich«, giftete ich und stellte geräuschvoll ein Glas auf die Arbeitsplatte, in das ich mir anschließend Wasser füllte.

»Hör doch auf, so einen Quatsch zu reden! Selbstverständlich ist es *nicht* nebensächlich! Wo wir aber gerade bei wichtig oder unwichtig sind. Unsere Umarmungen haben sich auch schon deutlich liebevoller angefühlt.« Pauls Worte waren scharf und trafen mich.

Kurzerhand machte ich auf dem Absatz kehrt und ging hinauf ins Schlafzimmer. Ich war zu müde, mich wieder mit ihm zu streiten. Dabei richtete sich meine Wut eigentlich auch eher darauf, dass Max plötzlich aufgetaucht war. Erst schloss ich demonstrativ die Tür hinter mir, öffnete sie dann kurz darauf aber doch, um zu hören, ob Paul mir hinterherkam. Das tat er jedoch nicht. Er blieb in der Küche und ernüchtert stellte ich fest, dass Max wieder einmal für Unruhe in meinem Leben sorgte.

Ich hörte, wie Lennart mit Paul diskutierte. Es klang, als sei er verärgert, dass wir wegen ihm stritten. Dabei lag der Grund ja bei uns. Lennart stürmte kurz darauf ebenfalls in sein Zimmer und knallte die Tür hinter sich zu. Es tat mir leid, dass er meine Zickerei mitbekommen hatte und ich ärgerte mich über mich selbst. Ich würde gleich zu ihm gehen und mich entschuldigen. Aber erstmal musste ich kurz durchatmen. Doch die Worte, die Paul dann sagte, als Lennart ihn nicht mehr hören konnte, trafen mich mitten ins Herz.

»Eine Umarmung gestaltet sich als Ding der Unmöglichkeit. Als sei man meilenweit voneinander entfernt. Aber Vorwürfe, da wird man gleich hochemotional. Immer wieder Vorwürfe. Ich hab es so verdammt satt.« Ich hörte, wie eine Faust dumpf gegen eine Tischplatte schlug. »Max hat doch viel richtig gemacht im Leben«, zischte er. »Diesen ganzen Mist jedenfalls spart er sich als ewiger Single.« Er ahnte nicht, dass ich ihn hörte. Ich bemühte mich, kein Geräusch zu machen, um mitzubekommen, was er noch sagte.

»Scheiße!« Ich hörte erneut die Faust, die auf den Tisch knallte. Am liebsten wäre ich runtergerannt und hätte ihn angebrüllt, dass auch ich mir einiges im Leben anders vorgestellt hatte. Aber dann hätte Lennart das mitbekommen und es hätte ihn noch mehr verletzt.

Ich atmete tief ein und aus und hoffte, noch die Kurve zu bekommen, um nicht zu explodieren, damit die Lage nicht eskalierte.

Langsam ging ich rüber zu Lennarts Zimmer. »Lenni, darf ich reinkommen?«, sagte ich und klopfte leise gegen die Tür.

»Nein«, kam es wütend zurück.

»Ich wollte so gerne hören, was ihr alles erlebt habt? Darf ich nicht bitte ganz kurz reinkommen. Ich bringe auch einen Becher Lieblingseis mit, okay?«

Hinter der Tür blieb es still. Mit einem Mal öffnete sie sich und Lennart stand mit zerknirschtem Gesicht vor mir. »Abgemacht. Aber ich komme mit runter«, erklärte er.

Ich legte den Arm um ihn und wir gingen die Treppe runter. Paul war gerade im Begriff, das Haus zu verlassen.

»Was hast du vor?«, fragte ich so freundlich wie möglich.

»Ich gehe nur ein paar Schritte. Bin gleich wieder da«, antwortete Paul, schaute mich nicht an, sondern warf sich seine Jacke im Gehen über und ließ ohne einen weiteren Blick die Tür hinter sich ins Schloss fallen.

»Es war so ein schöner Tag«, sagte Lennart mit vorwurfsvollem Unterton. »Warum müsst ihr euch denn immer streiten? Ihr macht alles kaputt.« Sein tieftrauriger Blick traf mich und mein schlechtes Gewissen war sofort alarmiert. Aber nicht nur ich war diejenige, die sich diesen Schuh anziehen musste. Auch Paul vergaß in diesen Momenten, dass wir uns neben all der Belastung auch immer wieder daran erinnern mussten, dass wir als Eltern Verantwortung trugen.

Und zu der gehörte auch, dass wir unsere Streitigkeiten so gut wie möglich von unserem Sohn fernhielten.

»Mein lieber Schatz, du hast vollkommen Recht. Es ist total blöd, wenn wir uns streiten. Ich mag das auch nicht. Aber genau wie bei dir und deinen Freunden ist das bei Mama und Papa auch mal so«, versuchte ich eine Erklärung.

Ich stellte Lennart seinen Eisbecher samt Löffel vor die Nase und sein Blick wurde versöhnlicher.

»Es nervt nur richtig, wenn ihr meinetwegen streitet. Ich kann auch nichts dafür, dass ich euch so viel Ärger mache«, stieß er plötzlich hervor. Ich erschrak und kniete mich neben seinen Stuhl.

»Liebling, bitte sag sowas nicht! Wir streiten doch nicht wegen dir! Wir machen uns Sorgen, dann kommen noch ganz viele kleine Probleme dazu wie der Haushalt, das Geld oder sonst irgendwas, und dann streiten wir. Aber Lenni, niemals, weil du uns Ärger machst! Im Gegenteil, du bist das allergrößte Glück und bei all' dem Stress das, was uns jeden Tag und immer wieder aufs Neue motiviert, nicht Trübsal zu blasen. Du bist unser Sonnenschein, mein Engel.« Dann drückte ich ihm einen Kuss auf die Stirn und war dankbar, als er seine Arme um meinen Hals legte. Ich sog den Geruch seiner gestern gerade frisch gewaschenen Haare in mich auf.

Ich setzte mich meinem Sohn gegenüber und lauschte seinen Erzählungen. Er sprach von Max wie von einem Superhelden, was mich schmunzeln ließ.

Lennart löffelte sein Eis leer und seine Berichte sprudelten nun wie ein Wasserfall aus ihm heraus. Er erzählte mir, dass Max ihm einen Film empfohlen hatte, den er als Autofan unbedingt sehen sollte. Wir setzten uns gemeinsam an mein Tablet und fanden den Film. Kurzerhand lud ich ihn herunter und versprach Lennart, dass wir ihn uns am Abend gemeinsam anschauen würden. »Der Tag ist der Hammer! Danke, Mama«, freute er sich und drückte mir einen Kuss auf die Wange. Ich war dankbar, dass ich doch noch die Kurve gekriegt hatte, und freute mich auf den Filmabend mit ihm.

Am Abend kuschelten Lennart und ich uns mit einer Tüte Chips vor den Fernseher. Paul hatte sich nach dem Spaziergang noch kurz mit einem Brot zu uns gesetzt, war dann aber ins Bett gegangen, nachdem er mit Lennart noch eine Nachricht an Max geschrieben hatte. Als ich auch ins Schlafzimmer ging, schlief er bereits.

Nun lag ich hellwach da und starrte aus dem Fenster. Es war ja prinzipiell schön, dass die beiden Männer sich gut verstanden. Aber musste ausgerechnet Max Pauls neuer Freund werden?

Ich war mir hundertprozentig sicher, dass mein Mann nicht gerade erfreut wäre, wenn er irgendwann herausbekäme, dass es sich bei Max um mehr als einen alten Bekannten von mir handelte. Ich schluckte. Unehrlichkeit war in unserer Beziehung immer ein rotes Tuch gewesen. Aber diese Situation stellte mich vor eine echte Herausforderung. Gerade da bei uns derzeit nicht die allerbeste Harmonie herrschte, würde diese Information nur für zusätzlichen Zündstoff sorgen. Würde ich Paul von Max' und meiner Geschichte erzählen, würde er wahrscheinlich nach einem Aufstand, warum ich das nicht gleich gesagt habe, den Kontakt zu Max sofort einstellen. Mir wäre das ja ganz recht.

Ich wollte Max zeigen, dass ich meinen Weg auch und erst recht ohne ihn gegangen war und sein Verhalten von damals mich nur abgehärtet und keinesfalls aus der Bahn geworfen hatte. Im Gegenteil, sein Abgang hatte mich zu meinem Mann und damit zu meinem Sohn gebracht. Aber würde ich reinen Tisch machen und es käme zum Cut an dieser Stelle, wäre Lennart todunglücklich. Er vergötterte Max ja förmlich, verständlich, bei dem, was er ihm ermöglichte. Noch bis zu unserem Wiedersehen bei seinen Eltern hätte ich kategorisch ausgeschlossen, mit Max jemals auch nur im Entferntesten noch etwas zu tun haben zu wollen. Aber Max hatte es mit seinen Bemühungen um meinen Sohn geschafft, mich an einem Punkt zu berühren, den ich lange geschützt und fest verriegelt hatte. Ich hatte dieses Verdrängen perfekt beherrscht, bis ich ihn wiedersah. Wer war dieser Typ eigentlich, dass er zum wiederholten Mal in meinem Leben so viel Raum einnahm?

Ich lag noch einige Zeit da, las ein Buch, konnte mich aber kaum darauf einlassen. Ich war dankbar, als meine Augen immer öfter zufielen und ich irgendwann endlich einschlief.

Kapitel Max

Es stimmte nicht, dass ich nach dem Fahrtraining müde war. Aber keinesfalls hatte ich noch auf einen Kaffee mit zu den Sevenings kommen wollen. Ich hatte den Eindruck, es sei besser, wenn die Familie erstmal wieder unter sich wäre. Mich freute, dass vor allem Lennart so viel Spaß gehabt hatte. Ich fühlte mich nahezu beschwingt. Körperlich jedoch ging es mir nicht besonders gut. Die Treppe bis zu meiner Wohnung ließ mich schwer atmen. Hatte Lorenz nicht sogar gesagt, ich solle Sport machen? Dass Bewegung in diesem Stadium kein Problem darstelle, sondern eher förderlich sei? Stand es doch schlechter um meine Gesundheit, als angenommen?

Ich schob diese Sorge beiseite. Verzweifeln brachte mich nicht voran, sondern demotivierte mich. Ich fühlte mich weitestgehend fit. Solange das so war, würde ich versuchen, diesen Zustand aufrechtzuerhalten. Dabei hatte ich immer den Hintergedanken, dass ich es nicht zulassen würde, dass die Krankheit mich zu einem dahinsiechenden Pflegefall mutieren ließ. Das wüsste ich zu verhindern. Da ich keinem von meiner Krankheit erzählt hatte, gab es auch niemanden, der mir ins Gewissen reden und mich von meinen Plänen abbringen würde. Und das sollte auch so bleiben.

Abends erreichte mich eine Nachricht von einer unbekannten Nummer. Das Profilbild zeigte Paul, wie er Clara im Arm hielt und sie sich vor Lachen bog. Es war ein Bild voller Lebensfreude.
Danke, Max. Das war der beste Tag meines Lebens!
Dahinter ein emporgereckter Daumen und ein Emoji mit

Sonnenbrille und einer mit Sternchen in den Augen. Ich musste schmunzeln. Diese Nachricht konnte nur von Lennart kommen.

Hey, auch für mich war der Tag Weltklasse! Ich hoffe, bis bald! Du bist ein Spitzenbeifahrer. Gruß, Max.

Kurz darauf erreichte mich eine weitere Nachricht von dieser Nummer.

Danke, Max. Lennart ist überglücklich. LG, Paul

Sehr gerne! War auch für mich ein toller Tag. Auf bald, Max.

Zufrieden steckte ich mein Handy wieder ein. Paul war ein netter Typ.

Nach dem Duschen setzte ich mich vor den Fernseher, scrollte durch die Angebote des Pizza-Bringdienstes und bestellte mir etwas.

Nach dem Essen war ich müde und zum gefühlt ersten Mal seit Jahren ging ich an einem Samstagabend vor 23 Uhr ins Bett. Ich war selbst erstaunt, wie gut sich das anfühlte.

Im Bett kreisten meine Gedanken jedoch um Lennart. Es machte mir, einem Menschen, dem Kinder jahrelang gleichgültig gewesen waren, Freude, mit dem Jungen was zu unternehmen. Seine kindliche Begeisterung und der unerschütterliche Optimismus, der sogar zeitweise den Schwächen seiner Eltern entgegensteuerte, ernteten meinen großen Respekt. Es machte mich stolz, ihn darin zu bestärken. Aber auch er half mir. Ich war mir sicher, dass die positive Energie, aus den wenigen Stunden, die wir miteinander verbracht hatten, mich nahezu beflügelte. Ich wollte nicht vorzeitig aufgeben, sondern dankbar sein für die Zeit, die ich hatte.

Kapitel Clara

Als ich am nächsten Morgen in die Küche kam, staunte ich nicht schlecht. Mich empfing der köstliche Duft frischer Brötchen. Dazu meine Jungs, die bereits angezogen waren, die Haare frisiert trugen und den Frühstückstisch gedeckt hatten.

»Da bist du ja endlich. Gleich hätte ich dich geweckt«, gab Lennart zu, stürzte sich auf die Tüte und schüttete alle Brötchen in den Brotkorb.

»Guten Morgen, mein Schatz. Hast du gut geschlafen?«, fragte Paul. Er wirkte richtig versöhnlich, wie ich erleichtert feststellte.

»Danke, ja.« Irritiert schaute ich auf die Wanduhr und stellte erschrocken fest, dass es bereits 10 Uhr war. Unsicher kramte ich in meinem Kopf. »Ist irgendwas? Habe ich was vergessen?«

»Nee«, sagte Lennart, presste jedoch grinsend die Lippen aufeinander und schaute Paul an, so dass mir sofort klar war, dass da noch etwas kommen musste. »Wir haben eine Überraschung für dich.« Verwirrt schaute ich von einem zum anderen.

»Ulrike hat angerufen. Sie und Lennart haben einen Plan. Besser gesagt, wir alle haben einen«, begann Paul. Dann machte er eine bedeutungsschwangere Pause.

Ich legte die Stirn in Falten. »Und der wäre?« Ich setzte mich Paul gegenüber und schaute ihn erwartungsvoll an. Noch klang verlockend, was er da andeutete, und ich war neugierig, was sie sich ausgedacht hatten.

»Ulrike ist aufgefallen, dass du angestrengt wirkst zurzeit«, fuhr Paul fort.

Ich nickte.

»Das ist ja auch völlig verständlich, bei all dem was derzeit los ist. Und ich bin aktuell auch nicht immer fair. Das ist mir auch bewusst und das tut mir sehr leid. Nun, bald ist ja dein Geburtstag. Noch dazu sind Ferien. Da haben wir uns überlegt, wir legen alle zusammen, damit du und Lennart ein paar Tage nach Sylt fahren könnt.« Paul strahlte übers ganze Gesicht. Auch Lennart war ganz hibbelig vor Freude.

Mit vor Erstaunen offenem Mund schaute ich in die Runde. Wie sehr sie sich freuten, mir diese Überraschung zu bereiten, war offensichtlich und das rührte mich. Dennoch passte ein Urlaub auf Sylt nicht unbedingt zu unserem Kontostand. In mir fuhren die Gefühle Achterbahn und brachten mich ins Taumeln. Ein unangenehmes Zwicken in der Magengegend machte sich breit. Ich stand auf, stellte mich zwischen Paul und Lennart und legte die Arme um sie. Nacheinander gab ich ihnen einen Kuss auf die Wange.

»Ihr seid ja süß«, staunte ich. Ich überlegte, wie ich ihnen meine Bedenken mitteilen könnte, ohne sie vor den Kopf zu stoßen. Gerade wenn ich Lennarts strahlenden Gesichtsausdruck sah, fiel mir das schwer.

Mein Sohn rutschte aufgeregt hin und her. Ich ahnte, dass das noch nicht alles war, was sie mir erzählen wollten.

»Bestimmt denkst du jetzt, das ist zu teuer, Mama, oder?« Dankbar, dass er diesen Gedanken aussprach und nicht ich als Spielverderber auftreten musste, hob ich zaghaft die Hände.

»Nun ja, also«, druckste ich.

»Du weißt ja, noch gar nicht alles, Mama!«, platzte es aus ihm heraus. Paul nickte mit einem breiten Grinsen.

»Halt dich fest, was jetzt kommt: Ulrike hat Bina davon erzählt.« Paul machte eine Pause und mein Puls schnellte in die Höhe. Bina hatte mir schon bei unserem Treffen zu einem Urlaub geraten. Wollte sie uns in ihr Haus einladen?

Aber was dann folgte, überstieg bei Weitem das, was ich vermutet hatte.

»Sie sind am kommenden Wochenende selbst auf Sylt. Sie dachten, dass es sicher nicht optimal sein würde, wenn ihr mit ihnen gemeinsam in dem Haus lebt.« Paul grinste begeistert. »Daher will sie mit Max sprechen. Er hat laut Bina höchstwahrscheinlich nichts dagegen, euch in seinem Haus den Gästebereich zur Verfügung zu stellen, sagte sie. Dort ist locker für drei Personen Platz. Sogar für mich wäre noch ein Bett frei. Leider bekomme ich aber nicht frei. Aber wichtig ist, dass du und Lennart einmal rauskommt. Bina sagt, es ist ein separates Haus, wie eine eigenständige Ferienwohnung. Wäre das nicht der Oberhammer?« Pauls Stimme überschlug sich beinahe vor Begeisterung. Er strahlte übers ganze Gesicht. Lennart war aufgesprungen und hüpfte neben ihm auf und ab.

Vor lauter Schreck überlegte ich, ob ich mich verhört hatte, was ich insgeheim hoffte.

»Entschuldige, wir würden in Max' Haus wohnen?« Ich war mir sicher, dass ich mein Entsetzen darüber kaum verbergen konnte. »Und wer ist die dritte Person?«

Paul schlug sich vor die Stirn. »Mist, jetzt hab ich den zweiten Teil der Überraschung schon verraten.« Entschuldigend schaute er Lennart an. Dieser winkte ab. »Egal! Mama es ist noch viel cooler! Oma kommt dann auch mit! Ihr Frauen könnt da diesen Wellnesskram machen und ich lerne Windsurfen.«

Perplex starrte ich Lennart an, dann Paul und wieder meinen Sohn. »Windsurfen, cool«, stammelte ich. »Und wer genau wird dir das beibringen? So ein Kurs, der ist superteuer, wir …«

»Bina hat das vorgeschlagen. Max könnte Lennart das beibringen. Er hat einen Termin mit seinen Eltern auf der Insel. Da wollte er eh ein paar Tage hochkommen. Bina sagt, für Lennart macht Max das sicher gerne.«

»Max wird auch auf der Insel sein?«, schlussfolgerte ich. Panik breitete sich in mir aus.

Paul nickte. »Bina sagt, sein Haus ist so angelegt, dass ihr als Gäste bequem da wohnen könnt, auch wenn er da ist. Ohne, dass ihr euch ständig über den Weg lauft.« Seine Stimme drang wie aus der Ferne zu meinem Ohr. Ich hatte Angst, vor lauter Schwindel in meinem Kopf jeden Moment umzukippen.

Ich starrte ins Leere und wusste nicht, was ich sagen sollte. Ich konnte mir kaum vorstellen, auch nur eine Nacht in einem Bett zu schlafen, welches in seinem Haus stand. Ich seufzte und spürte Pauls abwartenden Blick. »Das ist eine so liebe Idee. Aber, ich weiß nicht«, begann ich drucksend.

Pauls Miene erstarrte. Die Enttäuschung über meine Reaktion stand ihm ins Gesicht geschrieben. Paul schaute mir direkt in die Augen, sagte jedoch nichts. Ich sah, wie gekränkt er war, und suchte nach den richtigen Worten. Vor Lennarts Augen wollte ich vermeiden, dass jetzt ein Streit anfing, der womöglich eskalierte.

»Lenni, möchtest du nicht kurz …«, wollte ich ihm nahelegen, in sein Zimmer zu gehen. Er unterbrach mich aber und machte seiner Enttäuschung Luft. Mein Herz raste.

»Du bist so gemein, Mama! So oft redest du davon, wie gerne du nach Sylt willst. Und dann denken wir uns so eine tolle Überraschung aus und du zickst nur rum. Ich fahre mit Oma, dann bleib doch hier.« Wütend funkelte er mich an, stand dann auf und lief in sein Zimmer. Mit einem lauten Knall fiel seine Tür ins Schloss.

Die Stille, die entstanden war, fühlte sich fürchterlich kalt und leer an. Verzweifelt sank ich auf einen Stuhl.

»Großartig! So eine Scheiße«, ich vergrub mein Gesicht in meinen Händen.

»Ach, ich bin schuld? Wie interessant! Ich glaube, ich spinne«, schmetterte Paul zurück und lief wie angestochen in der Küche auf und ab.

»Das hab' ich doch gar nicht gesagt! Ich freue mich ja, wenn ihr solche lieben Pläne macht. Versteh' mich nicht falsch«, begann ich, wurde aber direkt von meinem Mann unterbrochen.

»So sieht das also aus, wenn du dich freust? Komisch. Ich hatte das ganz anders in Erinnerung.«

Innerlich bebte ich vor verzweifelter Wut und brachte kein Wort heraus.

»Kannst du mir erklären, warum du so ablehnend darauf reagierst, dass wir uns überlegen, wie du mal rauskommen könntest? Nach Sylt. Auf deine geliebte Insel. Das begreife ich einfach nicht. Obwohl ich seit Wochen im Job jeden Tag 13 Stunden auf den Beinen bin und allen Grund dazu hätte Urlaub zu beantragen, traue *ich* mich kaum, das Wort auch nur zu erwähnen. Also bleibe ich hier und mache meinen Job, weil ich Angst habe, dass sonst alles zusammenbricht. Dass wir dann dastehen und nicht wissen, wie wir morgen noch alles bezahlen sollen. Aber ich tue das für euch, Clara. Und ich mache es von Herzen gerne, weil ich weiß, was du hier jeden Tag leistest.« Er stellte sich mit dem Rücken zu mir ans Fenster und verschränkte die Arme vor seiner Brust.

»Was ist denn dein Problem? Gelingt es dir nicht, Hilfe anzunehmen? Warum? Die Brahnfeldts sind alte Freunde deiner Familie und sie haben durch Vitamin B bessere Kontakte als wir. Und du musst zugeben, dass unser Sohn von der Autotour mit Max begeistert war. Er mag ihn und Max mag Lennart. Warum kannst du dich darüber nicht einfach freuen? Warum blockst du so ab? Gesteh dir doch endlich ein, dass es nicht schlimm ist, Hilfe anzunehmen. Im Gegenteil. Wir sollten dankbar sein, dass die Leute uns helfen.« Paul sagte das, ohne mich anzuschauen. Er starrte aus dem Fenster auf die Straße. Ich trat neben ihn, gerührt von den lieben Gedanken, die hinter der Idee steckten, und legte den Arm um ihn. Aber er blieb mit verschränkten Armen stehen. Er war ernsthaft verletzt.

»Ach, Paul«, setzte ich an. Er hatte es verdient, dass ich ihm die Wahrheit sagte über Max und mich.

»Paul, ich«, setzte ich an, wurde aber überrannt von seinem nächsten Redeschwall.

»Übrigens tut auch die Luft auf Sylt deinem Sohn ganz sicher gut. Schon einmal darüber nachgedacht? Weißt du was, Clara? Ich hab manchmal den Eindruck, du willst dich aus allem zurückziehen und immer alles allein schaffen. Sogar, dass ich dir helfe, verweigerst du. Du mauerst total. Und dabei bist du doch diejenige, die immer daran appelliert, dass wir eine Familie sind, und sprichst von Zusammenhalt und so. Und dann machst du hier dein Ding. Mit verbitterter Miene und einem Veto gegen alle Vorschläge meinerseits pflügst du durch unser Familienleben und setzt durch, was du für richtig hältst. Ich bin doch nur der Idiot, der keine Ahnung hat.« Jetzt war ich es, die ihn unterbrach.

»Paul, das reicht.« Ich knallte meinen Teller vor die Spülmaschine, kippte schwungvoll den Kaffee in das Spülbecken. Eigentlich hätte ich längst Lennart trösten sollen. Aber gerade gelang mir das nicht. Die Vorwürfe von Paul und dazu die Angst im Hinterkopf bezüglich der Rolle, die Max gerade in unserer Familie einnahm, lähmten mich. Dabei wollte ich doch nicht unfair sein und mich gegen seine Unterstützung wehren. Aber am Ende war ich erst recht unfair, weil ich den Zeitpunkt, mit offenen Karten zu spielen, längst verpasst hatte. Aber das würde nach weiterem Zögern nicht besser aussehen.

Paul saß nun am Küchentisch. Lennart war wohl noch in seinem Zimmer, was mir gerade ganz recht war.

Paul hob nur kurz den Blick und starrte dann wieder auf den Tisch.

Ich setzte mich zu ihm.

»Paul, es tut mir leid«, wagte ich einen Versöhnungsversuch. Dankbar stellte ich fest, dass Paul nicht direkt aufstand und mir die nächsten Vorwürfe vor den Kopf schmetterte. Stattdessen schaute er mich an mit seinem vertrauten Blick, als wolle er sagen, dass wir doch bisher immer alles geschafft hatten.

»Ich muss dir was sagen.« Meine Stimme klang dünn, so nervös war ich. Diesmal unterbrach er mich nicht. »Max und ich, wir kennen uns, weil wir damals richtig gute Freunde waren. Wir waren wie Geschwister.« Ich lächelte unsicher. »Das habe ich dir ja erzählt.«

Paul schaute mir in die Augen. Ich konnte nicht erkennen, was er dachte. Sein Blick war fragend, vielleicht ängstlich, aber unbewegt.

»Und als wir älter wurden, blieb das so. Bis Max für einige Zeit ins Ausland ging«, erzählte ich weiter.

Paul lehnte sich zurück und verschränkte wieder die Arme. Ich knetete meine feuchten Hände und biss mir auf die Unterlippe. »Dann kam er zurück und hatte sich verändert. Ein einziges Mal, da ging unsere Freundschaft weiter.« Jetzt sah ich, wie es in seinem Gesicht arbeitete. Die Augen wurden schmaler. Er presste die Lippen aufeinander.

Er schwieg weiterhin. »Max hatte überhaupt kein Interesse an einer festen Beziehung. Er hat mich damals, wie alle anderen Frauen, nach einer Nacht eiskalt abserviert.«

Ich machte eine Pause. Dass Paul regungslos schwieg, irritierte mich. Ich konnte nicht einschätzen, ob er gleich aufspringen und toben oder still und leise den Raum verlassen würde. Bisher tat er nichts dergleichen, sondern saß nur da und wartete ab, was ich ihm erzählte.

»Jedenfalls war das das Ende unserer Freundschaft. Damals trennten sich unsere Wege. Bis heute. Oder besser gesagt, bis zu diesem Kaffeetrinken bei seinen Eltern.«

Paul stand auf und ging zum Kühlschrank, um sich eine Cola zu holen.

Dann lehnte er sich an die Arbeitsplatte. Seelenruhig trank er einen Schluck. Ich sah ihn an, wäre am liebsten auf ihn zugestürmt. Er sah so gut aus, wie er dastand. Und obwohl er so vertraut war, schien er gerade so weit entfernt. Ich blieb unbeholfen stehen und starrte ihn an.

»Hat es einen Grund, warum du mir das nicht gleich erzählt hast?«, fragte er ganz ruhig. »Dass du erst jetzt damit rausrückst, wirkt irgendwie so, als sei die Sache für dich nicht leicht abzuhaken gewesen. Vielleicht hast du sogar bis heute damit ein Problem?« Die Art, wie er so nüchtern und abgeklärt sprach und dabei fast wirkte, als spielten Emotionen keine Rolle, verstörte mich.

»Dass er mich wie eine seiner billigen Nummern behandelt hat, war in der Tat nicht so leicht für mich abzuhaken damals, ja. Aber, dass unsere Wege sich trennten und sich nie wieder kreuzten, half mir, glücklich zu werden.« Ich lächelte, stand auf und trat versöhnlich ein paar Schritte auf Paul zu. »Schließlich habe ich dann ja dich getroffen und wir haben unseren wundervollen Sohn bekommen. Im Rückblick war Max' Abgang das Beste, was mir je hätte passieren können«, sagte ich. Dankbar sah ich, dass Paul ebenso einen Schritt auf mich zu trat. »Unsere Eltern wissen von all dem nichts. Und das ist auch gut so. Ich hatte immer Angst, dass das die Freundschaft zwischen ihnen verändert. Und weil das vor unserer Zeit war, fand ich, dass es in unserer Ehe keine Rolle spielen sollte. Max hatte in meinem Leben nichts mehr verloren. Und mit diesem Grundsatz bin ich bis vor einigen Tagen gut gefahren. Ich liebe dich, Paul.« Die letzten Worte fielen mir schwer, weil meine Stimme versagte.

Nach einer kurzen Pause, in denen Paul auf den Tisch starrte, nickte er. »Ich liebe dich doch auch, Clara«, sagte er dann.

Mir fielen Tonnen von Steinen vom Herzen, als Paul einen Arm ausbreitete und ganz zaghaft lächelte. Dankbar ging ich zu ihm, lehnte meinen Kopf an seine Brust und konnte nicht verhindern, dass mir eine Träne über die Wange rollte. Damit, dass er so besonnen reagierte, hatte ich überhaupt nicht gerechnet.

»Danke, Clara, dass du ehrlich zu mir bist. Wenn auch ein wenig spät. Aber ich mache es dir auch nicht ganz leicht zurzeit. Entschuldige«, sagte Paul mit sanfter Stimme. »Auch für mich ist die Welt der Brahnfeldts nicht ganz einfach. Irgendwie kam ich mir bei dem Kaffeetrinken wie ein Verlierer vor in all der Pracht um uns herum. Obwohl niemand mir das Gefühl gegeben hat. Es macht's nicht unbedingt leichter, was du mir gerade erzählt hast. Aber, wie du schon sagst, das war vor unserer Zeit« Sein Blick war hoffnungsvoll. Ich streichelte ihm über die Wange und nickte.

»Jetzt weißt du, warum es mir so schwerfällt, plötzlich so oft mit Max konfrontiert zu werden. Er hat mich damals so enttäuscht und plötzlich taucht er wieder auf und klettet sich an meinen

Mann und meinen Sohn. Das ist so merkwürdig, fast unheimlich. Ich kann damit nicht umgehen.«

»Clara, wenn ich ehrlich bin, macht Max einen ganz anderen Eindruck auf mich, der nicht zu dem passt, wie du ihn beschreibst. Schlimm genug, dass er dich damals so behandelt hat - obwohl ich ja froh sein sollte.« Paul zwinkerte und drückte mich fester an sich. »Aber ich finde, er ist ein netter Kerl. Vielleicht hat es als Paar bei euch damals einfach nicht gepasst. Zum Glück!« Er lächelte. Dann überlegte er einen Moment lang. »Ich fand, er war aber auch dir gegenüber nicht unfreundlich bisher, oder?«

Ich nickte. »Er ist ganz verändert. Das ist tatsächlich so. Und er macht unseren Sohn unsagbar glücklich. Aber aufgrund dieser Geschichte ist die Idee mit Sylt nicht ganz leicht für mich.«

Paul schaute nachdenklich aus dem Fenster. »Sofern dir der Mann nichts mehr bedeutet, was ich hoffe, sollten wir seine Hilfe einfach nur als großes Glück für unseren Sohn sehen. Ganz nebenbei mag ich ihn. Für ihn muss die Situation dann ja auch befremdlich sein, wenn er mit mir unterwegs ist, meinst du nicht?« Paul hob fragend die Schultern.

Ich tat es ihm gleich. »Na ja, ihm lag ja nichts an einer Beziehung mit mir.« Ernüchtert stieß ich Luft durch die Lippen.

Paul zog mich an sich und gab mir einen zärtlichen Kuss. »Dieser Idiot«, flüsterte er.

Ich legte die Arme um seinen Hals und erwiderte seinen Kuss. Mein Herz fühlte sich um Tonnen erleichtert an. In diesem Moment kam Lennart wieder die Treppe herunter.

»Geht doch«, murmelte er nüchtern und holte sich auch etwas zu trinken aus dem Kühlschrank.

»Was ist nun mit Sylt?«, fragte er.

»Sylt wäre schon klasse. Aber wir müssen ja auch erstmal abwarten, bis Bina mit Max geredet hat«, erklärte ich schmunzelnd und Paul grinste dankbar.

»Warum Erwachsene immer alles so kompliziert machen müssen.« Lennart rollte mit den Augen. »Papa, hast du Lust auf eine

Runde Autorennen?«, fragte Lennart und Paul nickte. Gemeinsam setzten sie sich vor die Spielekonsole.

Ich war erleichtert, dass ich mit Paul geredet hatte. Während mein Blick auf meinen Männern ruhte, war ich glücklich. Auch wenn Paul und ich schon einmal fröhlichere Phasen hatten. Das Gespräch von eben und das warme und geborgene Gefühl mit ihm hatten mir gezeigt, dass ich wusste, was ich an ihm schätzte. Gemeinsam würden wir alles schaffen.

Kapitel Max

Heute würde ich mit meinem Vater besprechen, wie der Termin in der kommenden Woche ablaufen sollte.

Wir trafen uns bald mit einem Geschäftspartner auf Sylt. Er kam aus München, doch da er, wie meine Eltern und ich auch, ein Haus auf der Insel hatte, nutzten wir die Gelegenheit, uns dort zu begegnen. Meine Eltern und ich waren flexibel und konnten auch mal für ein, zwei Tage spontan an die See fahren.

Ich griff zum Telefon und rief meine Eltern an.

»Guten Morgen, mein Junge. Wie kommt es, dass du so früh anrufst? Ich hoffe, es geht dir gut?«, begrüßte mich meine Mutter.

»Danke, Mama. Alles okay«, erwiderte ich betont beiläufig.

»Es ist gerade 8.30 Uhr - normalerweise bist du an einem Sonntag da erst vier, fünf Stunden zuhause«, stichelte meine Mutter. Aber es war nicht böse gemeint. Ich ging darüber hinweg.

»Ist Papa unterwegs oder ist er zuhause?«, fragte ich.

»Er ist da, warte, ich suche ihn gleich mal und reiche das Telefon weiter. Dann könnt ihr auch das Wochenende und den Termin mit Hermann Egerer planen.«

Ich erzählte ihr, dass ich mit Lennart und Paul zu dem Fahrtraining gefahren war.

»Wie schön! Das freut mich sehr zu hören. Bevor ich dir Papa gebe, wollte ich dich nämlich noch etwas fragen. Ich habe gestern gerade mit Ulrike telefoniert«, freute sich meine Mutter. »Sie erzählte, dass sie Clara mit ein paar Tagen auf Sylt überraschen wollen. Clara ist sehr angestrengt derzeit. Darüber hinaus wird Lennart die Luft auf Sylt guttun. Sie planen wohl das nächste Wochenende. Was für ein Zufall, oder?«

»Ich weiß nicht genau, worauf du hinauswillst«, stellte ich verunsichert fest.

»Die Situation der Familie lässt es derzeit nicht zu, dass sie sich eine Unterkunft auf der Insel mieten.« Sie machte eine Pause. »Wir dachten, vielleicht könnten die beiden bei dir im Gästebereich wohnen. Oder möchtest du das überhaupt nicht?«

Überrascht ließ ich ihre Frage sacken. Noch bis vor wenigen Tagen wäre ich in die Luft gegangen, hätte sie mir diesen Vorschlag unterbreitet. Aber Clara und ihre Familie hatten etwas in mir verändert. Auch wenn ich über ihre Idee schon einigermaßen erstaunt war, haute sie mich nicht vollkommen vom Hocker. Selbst darüber verwundert, dass ich ihren Vorschlag nicht kategorisch ablehnte, schwieg ich zunächst. Aber selbst, wenn ich zusagen würde, konnte ich mir keinesfalls vorstellen, dass Clara sich auch nur eine Sekunde mit dieser Idee anfreunden konnte. Ich war überzeugt, sie würde sowieso ablehnen. So gesehen konnte ich den Plänen meiner Mutter beruhigt zustimmen.

Weil weder meine Mutter noch Ulrike jemals davon erfahren hatten, was zwischen uns für die Funkstille gesorgt hatte, konnten sie nicht wissen, wie Clara mich hassen musste.

»Ich finde die Idee gar nicht so verkehrt. Also rein für Lennart würde ich zusagen«, sagte ich und tat betont beiläufig. *Allerdings kann ich mir kaum vorstellen, dass Clara dieses Angebot annimmt,* setzte ich in Gedanken hinzu, sprach es aber nicht aus.

»Ich kann dir gar nicht sagen, wie sehr mich das freut, mein Schatz«, sagte meine Mutter. Die Erleichterung war ihr anzuhören.

»Wenn ich dir so eine große Freude damit mache, dann ist die Sache ja schon beschlossen. Nur müsst ihr, wie gesagt, mal abwarten, ob Clara überhaupt Lust darauf hat.«

»Wie könnte sie auf diese Aussicht keine Lust haben? Nur, weil ihr jahrelang keinen Kontakt hattet, heißt das doch nicht, dass das für immer so bleiben muss, oder? Ihr wart *so* gute Freunde«, sagte meine Mutter.

Mein Vater und ich sprachen dann noch über unseren Termin und darüber, wann wir nach Sylt starten wollten.

Als wir aufgelegt hatten, musste ich zugeben, dass ich nervös war, wie es weitergehen würde. Würde Clara einwilligen, mit ihrer Familie in meinem Haus zu wohnen? Ob sie Paul von uns erzählt hatte? Wenn ja, würde er dem Kurzurlaub dann überhaupt zustimmen? Unsere Mütter ahnten ja von nichts, was auch gut war.

Als mich nachmittags eine Nachricht von Clara erreichte, sorgte dies für einen erneuten Adrenalinschub.

Hey, Max, wie du dir vorstellen kannst, bin ich nicht begeistert von den Plänen unserer Mütter. Aber für Lennart ist die Idee das Allergrößte. Und er ist für mich das Wichtigste. Ich hoffe, wir kriegen das hin. Ich möchte Paul und Lennart nicht enttäuschen. Paul weiß von uns. Vielleicht macht es das leichter. Gruß, Clara.

Ich legte das Handy beiseite, halb erleichtert, halb aufgeregt. Einerseits freute ich mich, Lennart eine schöne Zeit zu ermöglichen. Andererseits machte mir der Gedanke, dass Clara und ich gemeinsam auf unserer Insel sein würden auch Angst.

Ich beschloss, die Dinge auf mich zukommen zu lassen.

Kapitel Clara

Je näher der Tag der Abreise rückte, desto nervöser wurde ich. Die Vorfreude, endlich meine geliebte Insel wiederzusehen, war riesig. Gleichzeitig hatte ich Angst, dass Max sich wieder als der fiese Typ von damals entpuppen würde. Am Ende würde er womöglich noch Lennart enttäuschen. Oder unsere Orte auf Sylt und Max in meiner Nähe würden mich an alte Zeiten erinnern und ein Gefühlschaos war vorprogrammiert? Lennart konnte es kaum erwarten, endlich in den Urlaub zu starten und wurde von Tag zu Tag hibbeliger.

Als wir die letzte Strecke kurz vor der Verlade fuhren, waren wir alle aufgeregt. Bei meiner Mutter äußerte sich das darin, dass sie unentwegt plauderte. Ich antwortete schon nur noch mit zustimmenden Lauten. Ich sah es ihr nach, denn auch sie hatte lange keinen Urlaub mehr gemacht und uns die gesamte Fahrt über mit belegten Broten und Keksen versorgt. Der Urlaub hatte damit schon auf der Hinfahrt begonnen. Unser Sohn bekam gar nichts mit, denn er trug auf der Fahrt Kopfhörer, während er auf dem Tablet spielte und sich laufend diverse Köstlichkeiten reichen ließ.

Ich dachte an meinen Mann. Heute morgen bei unserer Verabschiedung wirkte er wie der Paul, in den ich mich verliebt hatte. Seine Gesichtszüge waren entspannt wie lange nicht mehr. Er freute sich mit uns auf unsere kleine Familienauszeit.

Ich nahm mir vor, meine Grübeleien beiseitezuschieben. Max hatte es nicht verdient, dass er in meinen Gedanken so viel Raum einnahm. Es war nett, dass wir bei ihm wohnen durften, was ich aber vielmehr Binas großem Herz zuschrieb.

Wir hatten Glück und konnten direkt auf den Zug fahren, der in den Startlöchern stand. Noch dazu wurde uns auf der oberen Ebene ein Parkplatz zugewiesen. Lennart war begeistert und legte sogar sein Tablet zur Seite, als wir die grünen Wiesen hinter uns ließen und rechts und links von den Schienen nur noch Wasser zu sehen war, das sanft an den Bahndamm plätscherte. Die Sonne schien und ließ das Meer bis an den Horizont silbrig glitzern. Das sanfte Ruckeln des Zuges fühlte sich beruhigend an. Der Urlaub konnte beginnen.

»Herrlich«, schwärmte ich und meine Mutter griff nach meiner Hand und drückte sie sanft.

»Wir machen uns eine schöne Zeit«, sagte sie und ich nickte.

»Das machen wir«, antwortete ich.

Der Zug rollte an Morsum und Keitum vorbei, wo ich die zauberhaften Reetdachhäuser bestaunte. Es kam mir vor, als sei ich nie weg gewesen. Der Zug ruckelte weiter nach Westerland. Mit Max war ich meistens in Kampen unterwegs gewesen. Wenn Max mit seinen Freunden zum Golfen gegangen war, nutzte ich oft die Zeit, um einen Ausflug nach Keitum, Braderup oder Munkmarsch zu machen. Dieser Teil der Insel faszinierte mich und ich genoss die Ruhe und die Weite, die das Watt ausstrahlte. Hier tobte das Meer nicht, wie auf der Seeseite. Hier räkelten sich keine Leute am Strand in der Sonne. Am Watt ging man mal auf sandig, grasigem Boden, mal auf kurzen Strandabschnitten spazieren und genoss das Zusammenspiel aus Wolken, Wind und Sonne und den Wechsel der Gezeiten. Die unberührte Ursprünglichkeit der rauen Natur und wie das Auge sich dank der Weite entspannte, faszinierte mich. Rauschte dann noch ein sanfter Wind durch das Dünengras, gab es für mich nichts Entspannenderes, als sich auf eine der Bänke oder in den Sand zu setzen und der Natur zu lauschen.

Darüber hinaus liebte ich die Häuser in Keitum. Ihre reetgedeckten Dächer, die trotz rauer Wetterverhältnisse Geborgenheit und Gemütlichkeit verkörperten, faszinierten mich. Vom Zug aus hatte ich einige dieser Häuser von Weitem sehen können und sie hatten mein Herz gleich einen verliebten Hüpfer vollführen lassen. Umrandet von Friesenwällen und Hecken mit Stockrosen darauf, lagen sie in diesem malerischen Ort in einer unvergleichlichen Gelassenheit da. Schon bei ihrem Anblick ging diese Magie auf mich über, die die Insel für mich ausstrahlte.

Der Zug erreichte sein Ziel. Westerland hatte in meinen Augen wenig Charme. Hier wuselte es in der Saison von Touristen und die Leute schoben sich durch die Hauptstraßen. Es wimmelte von Souvenirläden und neben Straßen-Künstlern und Cafés hatte man manchmal kaum den Eindruck, auf Sylt zu sein. Genauso gut hätte es jeder andere Ort an der See sein können.

Hier endete der Zug und ich fuhr auf die Straße Richtung Kampen. Der Weg war sofort wieder vertraut. Meine Mutter schaute sich interessiert um. Die imposanten Autos mit lauten Motorgeräuschen sorgten bei meinem Sohn für Jubelrufe.

Ich drehte extra eine Runde über den Strönwai, damit er die Chance bekam, derlei Fahrzeuge bestaunen zu können.

»Lasst uns doch hier einen Kaffee trinken«, schlug meine Mutter vor und deutete auf ein Café an der berühmten Meile, die noch recht schwach besucht war. »Was haltet ihr davon?«

»Mama, das ist sicher sehr teuer. Das muss gar nicht sein«, sagte ich und winkte ab.

»Keine Widerrede! Wenn wir schon mal auf Sylt sind, müssen wir es uns doch gut gehen lassen. Papa hat mich gebeten, ihm ein Foto zu schicken von dem ersten Kaffee, auf den er uns einlädt.« Meine Mutter zwinkerte mir zu.

Ich parkte ein und wir gingen in den Außenbereich des Cafés und bestellten zwei Cappuccini sowie eine heiße Schokolade für Lennart. Essen wollten wir alle gerade nichts, so gut hatte uns meine Mutter auf der Fahrt versorgt.

Die Sonne lugte weiterhin durch eine lockere Wolkendecke, die sich durch den Wind rasant verformte. Die Temperatur war gerade so, dass man mit einer dünnen Jacke draußen sitzen konnte. Wir schossen ein Selfie von uns für meinen Vater und schickten es ihm. Dazu sendeten wir ihm einen Gruß und das Versprechen, dass er beim nächsten Mal dabei sein würde. Zurück kam ein Emoji mit Kuss.

Von hier aus war es nicht weit bis zu Max' Haus. Das Reetdachhaus lag in einer der schönsten Straßen Deutschlands, wie ich damals immer sagte. Daran hatte sich bis heute nichts geändert. Im Gegenteil. Die Häuser waren inzwischen teilweise so aufwendig renoviert, dass die Straße noch einmal gewonnen hatte. Sie führte hinter den Dünen entlang und man konnte von hier aus beinahe das Meer rauschen hören. Unwirklich war der Gedanke, dass wir für ein paar Tage nun in einem dieser Häuser wohnen durften. Bei all den Vorbehalten dieser Aussicht gegenüber freute ich mich darauf. Es war das Haus, welches früher Max' Eltern gehört hatte. Einige Male war ich mit ihm dort gewesen. Ich hatte es immer *Strandhaus* genannt. Auch, wenn es nicht direkt am Strand, sondern am Rande der Dünen lag, war das für mich der richtige Name für das Anwesen. Mir fiel das Schild ein, welches Max als Kind einmal gemalt hatte, als wir auf der Insel waren. Darauf stand mein Name für sein Haus und ich hatte mich damals darüber gefreut. Viele Häuser auf der Insel besaßen Namen, die teilweise in Findlinge gemeißelt vor dem Haus zu lesen waren, und ich fand den Gedanken schön, dass das Haus den Namen trug, den ich ausgesucht hatte, wenn auch nicht in Stein gemeißelt.

Wir passierten ein taupefarbenes Holztor, welches elektrisch hinter uns schloss, nachdem es bereits wie von Geisterhand aufgefahren war. Wir fuhren die Auffahrt entlang, die aus runden Steinen gepflastert war. Sie harmonierten mit dem Friesenwall, der das Grundstück umfriedete.

Die Haustür öffnete sich und Max trat heraus. Leger gekleidet in Chino und hellblauem Hemd und mit einem smarten Lächeln auf den Lippen, kam er uns entgegen. Dieser Anblick erinnerte mich an früher und ließ mich kurz schlucken. Er begrüßte erst Lennart, der gleich aus dem Auto und auf ihn zu stürmte.

»Herzlich willkommen, Lenni«, sagte er und schlug zur Begrüßung mit der Hand in die ausgestreckte Kinderhand ein. »Hey, Max! Wow!« Lennart lief mit großen Augen gleich an ihm vorbei, weiter Richtung Haustür.

Dann ging Max zum Auto und half meiner Mutter beim Aussteigen. »Ulrike, schön, dass du auch da bist!« Meine Mutter nahm Max in den Arm. Es war ein so vertrautes und dennoch befremdliches Bild. Ich trat einen Schritt auf Max zu.

»Danke, Max. Hi«, begrüßte ich ihn und lächelte.

»Hallo, Clara«, kam für ihn ungewohnt unsicher zurück. »Ich freue mich, dass ihr hier seid.« Ungelenk standen wir uns gegenüber. Wir wussten beide nicht, wie wir uns begrüßen sollten.

»Echt super, dass du uns hier bei dir wohnen lässt. Andernfalls wäre es eventuell die Jugendherberge in Hörnum geworden«, stellte meine Mutter mit schiefem Grinsen fest und hob die Schultern.

»Was ja auch seinen Charme haben kann.« Beide lachten. »Ich hoffe aber, ein wenig wohnlicher als im Landheim habt ihr es hier«, sagte Max mit einem Augenzwinkern.

»Es sieht danach aus«, mutmaßte meine Mutter und ich nickte zustimmend.

»Habt ihr Hunger?«, erkundigte Max sich.

»Ein Eis wäre super«, rief Lennart, der schon auf der Terrasse stand.

»Eis habe ich leider nicht hier«, gab Max mit Bedauern zu.

»Danke, Max. Wir sind auch wirklich nicht hier, damit du uns bewirtest. Lennart bekommt schon sein Eis«, sagte ich in schrofferem Ton als gewollt. »Wo sollen wir denn die Koffer hinbringen?«

»Ach so, klar. Wartet, ich nehme euch was ab und dann läuft mir einfach hinterher.«

Max hob die Koffer und Taschen aus dem Kofferraum und lief einmal am Haus vorbei über einen Weg aus Pflastersteinen, in den einzelne Spots eingelassen waren. Auf der Rückseite des Hauses lag ein weiteres, kleines Haus. Ich hätte schwören können, es nie gesehen zu haben, als ich mit Max früher hier im Haus seiner Eltern gewesen war. Wenn ich mich nicht irrte, wirkte das kleine Gebäude, ebenso unter Reet, auch etwas moderner als das Haupthaus. Vermutlich war dieser Bereich nachträglich entstanden.

Max ging zu der Eingangstür des kleineren Hauses. Die Tür säumten links und rechts zwei Butzenfenster mit einem Rahmen, der oben abgerundet war. Darin standen einladend zwei Windlichter. Mir fiel gleich auf, wie geschmackvoll das Haus eingerichtet war.

Als wir eintraten, bestätigte sich der Eindruck. Dort empfing uns ein warmer Parkettboden in einem hellen Ton. Man stand in einer Diele, von der aus die Küche, der Wohnbereich und ein Bad abgingen. Eine weiße Holztreppe führte in den oberen Bereich.

»Oben sind die zwei Schlafzimmer. Ein Zimmer mit Doppelbett und eins mit zwei getrennten Betten. Dort sind auch Schränke für eure Sachen und ein Bad. Das andere ist hier unten«, erklärte uns Max und trug die Koffer in den ersten Stock. Lennart folgte ihm sofort und kurz darauf erklang ein langgezogenes »Cool!«, gefolgt von einem »Oma, schau dir mal die Zimmer an! Mega!« Oma tat, wie ihr geheißen, und stieg ebenso nach oben.

Ich ging in den Wohnbereich. Dieser war mit einem grauen Sofa und zwei schlammfarbenen Sesseln mit etlichen Kissen darauf gemütlich ausgestattet. Ein dicker Teppich gab dem Raum Wärme. In der Ecke stand außerdem ein Kamin.

Die Wände zierten Bilder vom Sylter Strand und dem Watt. In den Fenstern standen auch hier große Windlichter und ich stellte mir vor, dass deren Kerzenschein am Abend für eine wohlige Behaglichkeit sorgen würde. »Es ist traumhaft hier, findest du nicht?«, schwärmte ich, als meine Mutter wieder neben mir stand. »Und es scheint wirklich so zu sein, dass wir hier in einem eigenen Bereich ganz für uns sind«, staunte ich weiter. Meine Mutter nickte.

»Ja, du hast Recht. Es ist ein Traum. Hier kann man sich wahrscheinlich zu jeder Jahreszeit wohlfühlen«, stellte auch meine Mutter fest. Sie seufzte kaum wahrnehmbar und ich strich ihr sanft über den Rücken.

Max kam in diesem Moment die Treppe wieder herunter. Er hielt sich am Geländer fest und hatte den Blick konzentriert auf die Stufen gerichtet. Zu meinem Erstaunen steuerte er direkt die Küche an, ging einen Schritt schneller und setzte sich auf einen der Stühle. Bildete ich es mir ein, oder atmete er schwer? Einige Sekunden saß er da und starrte auf den Boden. Als er bemerkte, dass ich ihn anschaute, stand er wieder auf und straffte die Schultern. Dann deutete er aus dem Fenster.

»Hier vor der Terrasse ist ein Gartenhaus. Dort sind die Terrassenmöbel untergebracht. Schlüssel ist mit am Haustürschlüsselbund. Da ist auch einer von meiner Tür mit dran. Ich hab gerne zur Not einen zweiten im Umlauf, wenn das okay für euch ist? Sonst bringe ich ihn meinen Eltern.« Max stand weiterhin im Raum, als fühle er sich in irgendeiner Form verantwortlich für uns.

»Danke, Max. das mit dem Schlüssel geht klar. Wir packen mal aus und dann werde ich einen Spaziergang machen. Lennart und meine Mutter wollten vielleicht gleich das Aquarium besuchen.«, sagte ich.

»Wenn ich noch irgendetwas tun kann, lasst es mich wissen«, bot er an. Er wirkte, als wollte er noch etwas sagen, doch dann ging er zur Tür.

Ich schaute ihm nach. Irgendwas an dem Bild, wie er da so allein das Haus verließ, gegenüber uns drei Leuten, die als Familie hier waren, ließ mein Herz zusammenkrampfen. Weniger vor Wut, wie es bis vor Kurzem in jeglichem Zusammenhang mit dem Namen Max der Fall gewesen war. Es fühlte sich anders an. Dieser Anblick machte mich traurig. Max wirkte mit einem Mal ganz verändert, so bemüht und freundlich. Ich konnte nicht glauben, dass diese Wandlung von ungefähr kam. Ich war mir sicher, irgendwas in seinem Leben war passiert, dass er sich um 180 Grad gedreht hatte. Oder eher wieder zurückverwandelt hatte. Und in diesem Moment sah ich in dem gutaussehenden, großen Mann, der in leicht gebeugter Haltung ging, meinen besten Freund von früher. Den, der wieder mal zu weit auf einen Baum geklettert war und sich schwer damit tat, mich um Hilfe zu bitten. Obwohl er wusste, dass ich schon immer die besten Klettertipps parat gehabt hatte. Den Jungen, der das teuerste Spielzeug besaß, sich aber freute wie verrückt, wenn ich ihm eine der Zeitschriften schenkte, die mein Vater mir manchmal nach der Arbeit mitbrachte, oder die Bonbons vom Kiosk anstelle der feinen Schokoladen seiner Großmutter. Besonders die Zeitungen waren ein Highlight. Max liebte das billige Spielzeug, das an den Zeitschriften klebte.

Irgendwas an seiner veränderten Art sagte mir, dass mehr dahinter steckte, als eine plötzliche neue Einstellung zum Leben. Ich nahm mir vor, herauszubekommen, was der Grund sein könnte. Im selben Moment war mir klar, dass das eine heikle Mission für mich werden würde.

Kapitel Max

Clara und ihre Familie waren angereist und hatten begeistert ihre Unterkunft bezogen und ich freute mich darüber. Besonders die strahlenden Augen von Lennart bestätigten mich darin, dass es die richtige Entscheidung war, sie hier wohnen zu lassen. Wie Clara zu dem Urlaub stand, war mir noch nicht ganz klar. Ich hatte angeboten, ihnen zur Verfügung zu stehen, wusste aber, dass Clara das sowieso ablehnen würde, was sie dann auch höflich getan hatte. Beim Hereintragen ihrer Koffer hatte mein Körper mir mal wieder seine Grenzen aufgezeigt. Ich war froh, mich kurz hinsetzen zu können, als ich zweimal die Treppe samt Koffern hochgelaufen war. Ein Zustand, der mir überhaupt nicht behagte, wurde selbst bei banalen Alltagsdingen immer mehr zur ernüchternden Realität.

Ich entschied also, sie in Ruhe ankommen zu lassen, und machte mich auf den Weg nach Keitum. Dort lagen einige Geschäfte, die ich gerne besuchte. In Kampen hatte ich bereits meine Läden abgeklappert und erstmals nach Jahren nicht ein einziges Teil gekauft. Nichts hatte mir wirklich gefallen und ich konnte kaum nachvollziehen, warum ich mich je dafür interessiert hatte.

Im Gegenteil. Wenn ich mir die Monate vorstellte, die nun vor mir lagen, war Minimalismus etwas, das mich mehr und mehr beschäftigte. Klar, ich hatte eine Traumwohnung und auch hier auf Sylt lebte ich luxuriös. Aber war es notwendig, mehrere Uhren zu haben? So viel Kleidung ähnlicher Art, dass ich mich ein ganzes Jahr jeden Tag neu hätte einkleiden können?

Fakt war, dass man im Hier und Jetzt lebte. Man trug *eine* Uhr und fuhr in *einem* Auto. Nie war es möglich, alle seine Dinge gleichzeitig zu nutzen. Lange hatte ich genossen, schöne Dinge zu besitzen. Aber was hatte ich eigentlich davon? Jetzt, wo es mehr die Menschen waren, die ich an meiner Seite gebraucht hätte, fiel mir immer mehr auf, dass ich kaum etwas von den Dingen hatte, die ich besaß.

Schade, dass mir diese Erkenntnis erst jetzt kam.

Der heutige Tag lag unverplant vor mir. Die Straße nach Keitum führte mich vorbei an Munkmarsch. Ein Ort, dem ich bisher wenig Beachtung geschenkt hatte. Im Hotel am Yachthafen hatte ich lediglich mal gefrühstückt. Kurzerhand parkte ich meinen Wagen in der Nähe des Hotels. Ich entschied, den Weg nach Keitum zu Fuß zu gehen. Das Wetter war angenehm mild und trocken. Perfekt, um ein paar Schritte am Watt entlangzugehen und abzuschalten.

Über einen kleinen Weg gelangte ich an den Strand. Ich trat an den Rand des Wassers und lief einige Meter. Es war gerade Flut und das Meer kam bis an den Sandstrand heran. Die Luft war herrlich erfrischend. In einiger Entfernung sah ich den Kirchturm von St. Severin in Keitum. Ungefähr in der Höhe lag mein Ziel. Ich wechselte vom Weg am Wasser auf den etwas weiter in der Heide liegenden Weg aus Kies und Sand. Dort ging ich weiter.

Bisher bekam ich gut Luft und spürte nach einigen hundert Metern lediglich eine leichte Anstrengung. Das Seeklima tat meiner Lunge gut. Außer des Rauschens des Dünengrases hörte ich kaum ein Geräusch, bis auf ein paar Autos in der Ferne, die die Landstraße zwischen Munkmarsch und Keitum entlangfuhren. Menschen mit Hunden begegneten mir. Außerdem Kinder, die mit Stöckchen am Rande des Wassers im Schlick herumstocherten. Sie sammelten kleine Schätze aus dem Meer. Clara und ich hatten das als Kinder geliebt. Den Kindern zuzuschauen war ein zufriedenes Bild. Es sah nach einer unbeschwerten Kindheit aus. Die hatte ich, vor allem dank meiner Mutter Bina und Clara, gehabt. Clara war so etwas wie ein Gegenpol zu meinem Leben gewesen. Sie machte sich nicht viel aus Luxussachen. Sie war die Freundin gewesen, mit der ich hier am Watt entlanggehen und sicher sein konnte, Abenteuer zu erleben. Manchmal brauchten wir dafür nicht mehr als ein paar Stöckchen, Steine und Wasser. Mit ihr hatte sich das Leben wie ein einziges Abenteuer angefühlt. Clara hatte mir in meiner Jugendzeit oft gesagt, dass das Geld die Menschen verändere. Ich hatte das abgetan und dabei selbst nicht bemerkt, dass ich mittendrin steckte in dieser Veränderung, die in meinem Fall keinesfalls positiv war. Heute sah ich mich mit anderen Augen. Mein Auslandsaufenthalt hatte mich größenwahnsinnig werden lassen. Ich wurde zu jemandem, der meinte, sich immer mehr über sein nicht einmal selbstverdientes Geld profilieren zu können. Was zählte, war, wer die neusten Tennisschläger hatte, das bessere Handicap im Golf oder die angesagteste Uhr. Armselig war diese Entwicklung, aber der einzigen Person, die mir das hätte sagen können und mit Sicherheit auch sagen wollte, hatte ich in dieser Zeit immer weniger zugehört. Diese Person wäre Clara gewesen, wenn sie noch Teil meines Lebens gewesen wäre.

Ich wanderte über eine kleine Holzbrücke, die Lügenbrücke. Ich blieb einen Moment stehen und schaute über das glitzernde Wasser, das immer mehr auflief. Meine Mutter hatte mir einmal erzählt, dass man den Kindern früher gesagt habe, die Brücke würde einstürzen, wenn man über sie liefe und vorher gelogen hätte. Als Kind hatte mir dies Angst gemacht. Clara und ich spielten hier oft *Mutprobe*. Clara brauchte sich nie Sorgen zu machen, weil sie die ehrlichste Person der Welt war. Ich neigte hier und da schon zu einer kleinen Notlüge, daher ging ich nicht selten mit weichen Knien darüber. Dass sie letztlich nie einstürzte, war wohl damit zu begründen, dass die Brücke ihren Namen von ihrem erheblich instabileren Vorgänger erhalten hatte. Die Brücke diente als Zufluchtsort, wenn ein Sturm das Wasser so sehr aufkommen ließ, dass nur noch diese Erhöhung trockene Füße auf überfluteten Wiesen bot. Dieses Bild stimmte mich, ebenso wie das von der Lügengeschichte, nachdenklich. Beides passte irgendwie zu meiner eigenen Geschichte. Als ich oben auf der Holzbrücke stand, fiel mein Blick auf einige verwitterte Liebesschlösser, die Paare daran befestigt hatten. Seufzend setzte ich meinen Weg fort. Ich lief weiter in Richtung eines Wäldchens oberhalb des Watts. Dahinter ging es auf direktem Wege weiter in Richtung Keitum.

Ich war beeindruckt, wie angenehm die Atmosphäre hier am Watt vor Keitum war. Ich war mittlerweile unterhalb des Ortes angekommen. Gesprochen hatte ich bis auf ein vereinzeltes *Moin* überhaupt nicht. Ich zuckte förmlich zusammen, als ich plötzlich angesprochen wurde.

»Dich hier zu treffen verwundert mich«, erklang eine vertraute Stimme. Von der Seite, aus einem der Wege, die zwischen Friesenhäusern hindurch hinunter zum Watt führten, kam ausgerechnet Clara auf mich zu.

»Hey, ja, mich ehrlich gesagt auch«, sagte ich, schaute mich um und lachte. »Ich weiß nicht, wie lange ich diesen Weg nicht gegangen bin. Mein Auto steht in Munkmarsch und ich wollte hier in Keitum mal in ein paar Läden gehen. Da dachte ich mir, warum nicht mal die paar Kilometer am Watt entlangmarschieren?«

Clara lächelte. »Man staunt, Max Brahnfeldt.« Sie bedachte mich mit einem vielsagenden Blick. Ich musste ihm ausweichen, so deutlich spürte ich, wie er mich noch heute durchschaute. »Ich liebe diesen Ort ja schon immer. Früher bin ich oft dann hierhergefahren, wenn du mit deinen Jungs unterwegs warst. Ich bin mir sicher, du hättest mir einen Vogel gezeigt, wenn ich dir den Vorschlag gemacht hätte, einen solchen Marsch hierher zu den Geschäften zu Fuß zu bewältigen. Allein die Tüten mit den neuen Errungenschaften zurückzuschleppen - undenkbar ...« Claras Blick hatte nun etwas Spöttisches.

»Vielleicht bin ich auch älter geworden, oder weiser?«, fragend hob ich die Schultern. Ein skeptischer Blick traf mich.

»Wer weiß. Wenn das eine Alterserscheinung ist, wünsche ich dir mehr davon«, sagte Clara dann ziemlich direkt. Ich lachte.

»Bist du allein hier?«, fragte ich sie.

»Ja, die anderen wollten das Aquarium besuchen. Darauf hatte ich keine Lust. Ich hole sie da nachher wieder ab.«

»Lust auf einen Kaffee?« Ich wollte die Chance nutzen, mit Clara mal allein zu sprechen. Sie zögerte für einen Moment.

»Ich weiß nicht, eigentlich wollte ich ein paar Schritte gehen«, wich sie mir aus und deutete auf den Weg am Watt entlang, den ich entlanggekommen war. »Du willst doch sicher erstmal durch die Läden schlendern, oder?«

»Das läuft nicht weg. Ich mache dir einen Vorschlag. Wir gehen von hier aus wieder Richtung Munkmarsch zurück und dann fahre ich dich wieder hierher zu deinem Auto. Wäre das ein Deal?«, bot ich an.

Clara wirke nicht sofort überzeugt. Einige Sekunden sah sie mich an, als überlege sie, wie sie ihre Gedanken in Worte verpacken könnte. »Max, ich weiß nicht, ob es nicht besser ist, wir beschränken unsere gemeinsame Zeit hier auf das Nötigste.« Clara steckte die Hände in die Jackentaschen und schob mit dem Fuß Sand hin und her.

»Okay, kein Problem. Das verstehe ich«, sagte ich.

»Das glaube ich dir zwar nicht, aber nett von dir.« Clara schaute mich von schräg unten mit ihren großen blauen Augen an und ihr Blick war herzlich. Sie war eine sehr starke Person, dass sie sich heute mir gegenüber trotz allem so offen verhielt.

»Oder ich mache dir einen Vorschlag«, sagte sie dann plötzlich, wenn auch zögerlich.

»Jetzt bin ich aber gespannt«, gab ich zurück und war es wirklich.

»Wir gehen zusammen Richtung Munkmarsch und du erzählst mir, was dich dazu gebracht hat, uns bei dir wohnen zu lassen.

Überhaupt - dein ganzes Auftreten, deine Freundlichkeit. Würde ich es nicht besser wissen, würde ich meinen, ich stehe dem bisher verschollenen Zwillingsbruder von Max Brahnfeldt gegenüber.« Wir schauten uns für eine Sekunde tief in die Augen, erkannten für einen winzigen Augenblick die Vertrautheit von früher und mussten beide schmunzeln. Dann wendete sie den Blick ab und drehte sich in Richtung Munkmarsch.

»Eine Schande, dass sein Bruder nicht viel mehr von diesen Eigenschaften mitbekommen hat. Zumal er als Kind 'n ganz netter Kerl war.«

Ich knuffte sie in die Seite. Ohne eine Antwort abzuwarten, ging sie, weiterhin mit den Händen in den Taschen, los in Richtung Munkmarsch.

Ich machte ebenso kehrt und trat neben sie.

»Meinst du nicht, dass Menschen sich im Leben ändern können?«, fragte ich ganz unverfänglich.

»Doch, schon. Aber sie machen nach Jahren als selbstverliebter Eisklotz nicht aus dem Nichts heraus eine 180-Grad-Kehrtwende«, stellte Clara fest.

»Oh, danke.« Mehr fiel mir so schnell nicht ein.

»Ich sage nur, wie es ist. Also los, was ist mit dir passiert?« Clara schaute mich bohrend von der Seite an.

Unmöglich konnte ich ihr die Wahrheit sagen.

»Clara, nimm es doch einfach so hin. Und keine Sorge, ich möchte euch auch nicht belagern und mich in irgendeiner Form in euer Leben drängen. Ich muss nur zugeben, dass das Zusammentreffen mit Lennart mich in der Tat verändert hat. Bisher hat noch kein Kind das bei mir geschafft«, gab ich ehrlich zu.

»Das das ausgerechnet meinem Sohn gelingt, ist wirklich kaum zu glauben. Okay, wenn es sonst keinen bestimmten Grund gibt, dann will ich dich auch nicht weiter damit löchern. Ich hätte schwören können, dass deine Wandlung eine Ursache hat.« An ihrem unnachgiebig prüfenden Blick erkannte ich, dass sie mir meine Begründung nicht abnahm und mich mit dieser Aussage eher aus der Reserve locken wollte. Sie fragte jedoch nicht weiter. »Gleich sind wir an der Lügenbrücke.« Clara deutete nach vorne und schaute mich prüfend an. Ein Grinsen breitete sich über ihrem Gesicht aus.

»Ich habe keine Angst«, sagte ich trocken und hob unschuldig die Hände.

»Na dann.« Clara zuckte abschätzend die Schultern und grinste. Weil ich befürchtete, mich in immer schlechteren Ausreden zu verfangen, schwieg ich sicherheitshalber. Außerdem ging es mir nicht besonders gut. Der Weg machte mir allmählich zu schaffen. Clara legte einen ordentlichen Schritt vor. Ich spürte deutlich, dass ich aus der Puste war. Ich konzentrierte mich darauf, gleichmäßig zu atmen und mir nichts anmerken zu lassen.

Aber auch, wenn jahrelang Funkstille zwischen uns geherrscht hatte, Clara konnte ich nur schwer etwas vormachen.

Als ich plötzlich spürte, dass mir die Luft wegblieb, musste ich einmal tief Atem holen und nestelte nervös in meiner Jackentasche nach dem Notfall-Spray. Gleich im Auto würde ich es nehmen. Clara sollte das nicht mitbekommen. Panisch bemerkte ich, dass ich es nicht dabeihatte. Wo hatte ich es nur stehenlassen?

»Max, du bist ganz blass und atmest so schwer. Ist dir nicht gut?«, fragte sie. Ich bemühte mich um eine möglichst lockere Haltung und lächelte.

»Danke, alles okay. Aber ich scheine nicht gut in Form zu sein.« Ich hielt mir die Hand auf die Brust und mein Grinsen musste mehr als schief wirken. Ich spürte, wie meine Stirn schweißnass wurde.

»Vielleicht solltest du weniger rauchen«, sagte sie.

»Ich rauche seit einigen Monaten nicht mehr.« Stolz schaute ich sie an.

»Das ist ja schon mal gut.« Ein skeptischer Blick traf mich. Ich wich ihm aus. »Warum bist du dann so kurzatmig?«, wunderte sich Clara.

Ich schaute sie von der Seite an, wie sie locker eine blonde

Strähne hinters Ohr klemmte. Der schulterlange Zopf wehte im Wind und mir fiel auf, wie natürlich hübsch Clara war. Sie war nicht übermäßig geschminkt, eher dezent. Ihr klassischer Kleidungsstil, die Bluse und das hellblaue Hemd, darüber eine dünne Steppjacke, gefielen mir. Sie sah mich mit einem fragenden Lächeln im Gesicht an.

»Ich jogge eigentlich regelmäßig«, erklärte ich rechtfertigend. Clara winkte ab. »Dann versteh' ich aber nicht, warum dieser kleine Weg dich dermaßen außer Gefecht setzt. Ohne dir zu nahe treten zu wollen, aber du erinnerst mich an meinen Opa«, stichelte Clara und bedachte mich mit einem belächelnden Gesichtsausdruck. Mit einem Mal wurde ihr Blick ganz ernst und sie starrte mich an. Was war denn nun los?

Ich tastete nach meinem Gesicht, weil ich vermutete, sie habe dort irgendwas Aufsehenerregendes gesehen. Womöglich waren die Schweißperlen zu offensichtlich. Aber ich hatte den Eindruck, dass es etwas anderes war, was sie stutzen ließ.

»Alles okay?«, fragte ich unsicher.

»Schon gut. Mir fiel gerade was ein. Hat nichts mit dir zu tun«, erklärte Clara hastig. Dann schaute sie in die Ferne übers Wasser.

Für den Rest des Weges sprach sie kein Wort und ihr Schweigen beunruhigte mich. Warum war sie plötzlich so erschrocken gewesen? Hatte ich mich irgendwie verraten? Ich meinte, dass ich sehr wenig Informationen preisgegeben hatte. Im Prinzip konnte sie keinen Verdacht geschöpft haben.

Wir kamen bei meinem Auto an und Clara lehnte ab, dass ich sie bis nach Keitum zurück mitnahm.

»Bist du dir sicher, dass du die Strecke nochmal zu Fuß gehen möchtest?«, fragte ich daher, bevor ich einstieg.

»Ganz sicher. Mach's gut, Max.« Dann machte sie kehrt, hob im Weggehen noch die Hand zum Gruß, bevor sie beide Hände tief in den Taschen vergrub und wieder zurück in die andere Richtung lief. Sie ließ mich irritiert zurück.

Kapitel Clara

Ich fuhr nicht mit Max zurück, sondern wollte allein wieder nach Keitum gehen, um nachzudenken. Er verschloss sich mir ja sowieso und war nicht ehrlich. Andererseits brauchte ich selbst Zeit, um zu überlegen, ob ich überhaupt mehr erfahren und mich darauf einlassen wollte, Max Brahnfeldt damit noch mehr Platz in meinen Gedanken einzuräumen.

Ich hatte erst meine Skrupel gehabt, mit Max spazieren zu gehen, aber mich reizte der Gedanke, zu erfahren, was wirklich mit ihm los war. Es konnte doch nicht sein, dass ein Mensch sich ohne Grund mit einem Mal so veränderte. Auch, wenn ich ihn zu dieser Veränderung nur beglückwünschen konnte, war mein Interesse als alte Freundin geweckt. Ich bildete mir ein, dass mehr dahintersteckte, als er zugab. Gab es einen Grund, sein Leben gerade jetzt zu überdenken? War es nur eine Art Midlife-Crisis und er hatte panisch festgestellt, dass es schade ist, so wohlhabend zu sein, und das Geld mit niemandem ausgeben zu können, außer in losen Beziehungen oder mit den Kumpels an der Bar? Vielleicht fehlte ihm etwas. Aber dass es ihn zu einem komplett neuen Menschen machte, war verdächtig.

Als ich einen lockeren Spruch in Richtung *du erinnerst mich an meinen Opa* gemacht hatte, überkam mich plötzlich wie ein eiskalter Schauer aus tausend kleinen Eisflocken die Erkenntnis, was eine Erklärung sein konnte. Der Gedanke an den Opa war das Stichwort. Als wir Jugendliche waren, war sein Großvater an einer schweren Atemwegserkrankung erkrankt. Max hatte ein enges Verhältnis zu ihm und liebte ihn über alles. Es war ihm schwergefallen, zu sehen, wie sein Vorbild, das Familienoberhaupt der Brahnfeldts nach und nach abbaute. Sein Großvater hatte eine bemerkenswerte Ausstrahlung. Ganz ähnlich wie Max. Wann immer er einen Raum betrat, galt die Aufmerksamkeit der Menschen allein ihm, so präsent war er.

Ich hatte ihn auch so kennengelernt. Als er dann aber selbst bei kleinen Wegen nach Luft schnappte, sich ohne sichere Bank in der Nähe kaum noch bewegte und auf etliche Medikamente und viel Liegen im Bett angewiesen war, war er nicht mehr derselbe und baute massiv ab. Max erschien es würdelos und er wurde wütend, wenn seine Großmutter immer wieder hilflose Versuche startete, eine neue Therapie zu beginnen. So hart das damals für mich klang, Max wünschte seinem geliebten Großvater, dass er endlich gehen durfte.

Dazu passte auch, was mir jetzt wieder einfiel. Kurz bevor ich meine Familie am Aquarium in Westerland abgeliefert hatte, war ich nochmal ins Haus gelaufen, weil ich meine Sonnenbrille vergessen hatte. Ich hatte bemerkt, dass eine Spray-Dose auf dem Gartentisch stand. Der Behälter sah nach einem Medikament aus. Ich überlegte erst, ob meine Mutter sie vergessen hatte? So genau wusste ich nicht, welche Medikamente sie nahm. Ich lief kurz zum Auto und zeigte sie ihr. Meine Mutter verneinte und sagte, vermutlich gehöre sie Max. Ich hatte das Medikament dann auf den Briefkasten an seinem Haus gestellt, bevor wir starteten. Nun ahnte ich, was es mit diesem Spray auf sich haben konnte. Max war krank und womöglich war das auch der Grund für seine Veränderung.

Mein Herz raste und ich überlegte, wie der Name der Krankheit lautete, die der alte Brahnfeldt damals gehabt hatte. Was ich aber noch wusste, war, dass auch er damals immer so eine Art Notfall-Spray bei sich getragen hatte wie das, welches ich am Morgen gefunden hatte. Er hatte es am Ende beinahe pausenlos verwenden müssen. Ich hatte Max damals Recht gegeben, dass ich mir kaum etwas Schlimmeres vorstellen konnte, als mit der Angst zu leben, dass einem irgendwann einfach die Luft wegbleiben und man ersticken würde. Es gab für Max' Großvater die Möglichkeit, bei Voranschreiten seiner Krankheit immer an ein mobiles Atemgerät angeschlossen zu sein, was er aber ablehnte, sehr zum Unmut seiner Frau, die an seiner Sturheit verzweifelte.

Mein Magen zog sich zusammen und schmerzhaft verkrampfte er sich zu einem Klumpen. Hatte Max etwa dieselbe Krankheit wie sein Großvater? Wusste er das und hatte deshalb die Weichen in seinem Leben ruckartig umgestellt, weil er sich nun ganz neue Fragen stellte?

Vor lauter Aufregung darüber, glühten meine Wangen, als ich in Keitum ankam. Es machte mir Angst, dass Max das Schicksal seines Großvaters, der diese Krankheit ja erst im hohen Alter bekommen hatte, mit noch nicht einmal vierzig Jahren ereilen könnte.

Ich wollte mit meiner Mutter sprechen, um sie zu fragen, ob sie sich erinnerte, wie die Krankheit des alten Brahnfeldt hieß. Aber das wäre zu auffällig. Sie würde sofort Verdacht schöpfen. Aber was sollte ich sonst tun? Max direkt darauf anzusprechen, konnte nach hinten losgehen.

Ich schaute mit meinem Handy im Internet, ob ich etwas finden konnte. Ich fand einige Krankheiten, auf die die Symptome passten, war aber am Ende nicht viel schlauer, nur noch mehr beunruhigt. Alles, was ich jetzt las, führte zu Mutmaßungen und half mir nicht weiter. Angestrengt überlegte ich weiter. Es erschien mir der einzige Weg, ihn direkt darauf anzusprechen. Ich hoffte auf die Gelegenheit, Max noch einmal allein zu treffen. Alter Groll hin oder her, wäre es wirklich so und Max wäre krank, wollte ich für ihn da sein. Mit einem Mal konnte ich ausblenden, wie sehr ich ihn zwischendurch gehasst hatte. So wie er es sich offenbar zum Ziel gemacht hatte, Lennart ein paar Glücksmomente zu zaubern, hatte er es ebenso verdient.

Ich lief noch eine Runde durch Keitum. Sylt war einzigartig für mich. Auf nur wenigen Kilometern konnte man wählen zwischen einem Spaziergang am tosenden Meer und der stillen Weite des

Watts. Je nach Gemütslage konnte man den Weg seiner Stimmung anpassen. Glich mein Inneres derzeit eher der Seite zum offenen Meer hin, wo Wellen mich durcheinanderwirbelten wie einen Spielball, suchte ich gerade die Ruhe, die mich wieder erden würde und innerlich aufräumte. Deshalb war ich heute auch gleich nach Keitum gefahren.

Vieles an diesem Ort faszinierte mich. Keitum verzauberte mich mit seinen traditionellen Kapitänshäusern. Hinter Friesenwällen schlummerten liebevoll gepflegte Bauerngärten, die die Häuser, die wie aus einer vergangenen Zeit wirkten, umrandeten. Dieser Ort, in dem es so viele Schätze für das Auge zu entdecken gab, machte es seinem Besucher leicht, abzuschalten und die Zeit zu vergessen. Die Jahreszahlen an den Häusern ließen mich darauf besinnen, wie unscheinbar kurz ein Leben war. Während man selbst nach rund 80 Jahren starb, würden diese Häuser hier stoisch weiterhin den Gezeiten trotzen, wie sie es seit Jahrhunderten taten.

Keitum fühlte sich an wie eine Reise in die Vergangenheit, in der ich gleichzeitig die Schönheit und das Besondere der Gegenwart wahrnahm wie kaum woanders.

Das hatte ich mir auch für heute gewünscht, als ich mich für die zwei Stunden, die meine Familie nun erstmal beschäftigt sein würde, auf den Weg in das alte Kapitänsdorf, zu meinem Herzensort Keitum, machte. Außerdem hatte ich endlich meine Freundin Maja anrufen wollen. Ich musste vorsichtig an unser Telefonat herangehen, weil sie sicher mit Entsetzen reagieren würde, wenn sie erfuhr, was wir hier gestartet hatten. Jetzt war ich so aufgewühlt, dass ich unmöglich Maja anrufen konnte. Der Gedanke daran hing wie eine schwarze Wolke über mir.

Ich ging zu meinem Auto und fuhr zurück nach Westerland, wo ich demnächst meine Familie wieder treffen würde. Noch hatten sie sich nicht gemeldet, so dass ich die Zeit bis dahin nutzte und hinunter an die Promenade ging. Es wehte hier ein stärkerer

Wind und der blaue Himmel und das schäumende Meer boten ein faszinierendes Bild. Ich stützte die Arme auf das Geländer der Promenade und schloss für einen Moment die Augen. Ich spürte die Sonne auf meiner Haut und wie meine Haare mir quer durchs Gesicht flatterten. Auf meinen Lippen schmeckte ich einen Hauch Salz. Ich öffnete die Augen wieder. Eine ältere Dame hatte sich neben mich gestellt. Sie lehnte sich wie ich gegen den Wind. Ich sah ihr zufriedenes Lächeln und die Fältchen um ihre Augen bildeten einen hellen Kontrast zu der ansonsten sonnengebräunten Haut. »Ist es nicht ein wunderbarer Ort?«, fragte sie mit geschlossenen Augen. Ich schaute mich um, um sicherzugehen, dass ich gemeint war. Es stand um uns herum jedoch gerade niemand anderes.

»Ein einzigartiges Fleckchen Erde, da gebe ich Ihnen Recht«, sagte ich und lächelte sie an. Sie hatte die Augen wieder geöffnet und schaute mich warmherzig an. »Wissen Sie, je älter man wird, desto mehr weiß man diese Momente an schönen Orten zu schätzen. Ich kann ihnen nur den Rat geben, den Augenblick zu genießen und dankbar zu sein für vieles, was so selbstverständlich scheint.« Ihre Worte klangen wehmütig, aber weise.

»Da ist bestimmt was dran«, antwortete ich.

»Wie oft haben mein Peter und ich gehadert damit, dass wir zu wenig Geld und zu viele Ärgernisse hatten. Dabei hatten wir gar keine. Aber das haben wir damals nicht begriffen. Als es meinem Mann gesundheitlich immer schlechter ging, da wussten wir, was wirkliche Probleme sind.« Die Dame schaute wieder aufs Meer hinaus und ich sah, dass ihre Augen wässrig schimmerten.

»Das tut mir sehr leid«, sagte ich leise, erstaunt, wie sehr sie sich mir als fremder Person öffnete.

Sie wandte den Blick vom Meer ab und kramte in ihrer Handtasche. Heraus zog sie ein Portemonnaie, darin war ein Foto eines strahlenden Paares, von der Kleidung her ein Foto aus den 70er Jahren. Es rührte mich, dass sie mir das Bild zeigte.

Ihre faltigen, dünnen Hände strichen liebevoll über das Gesicht des Mannes.

»Was hätten wir für ein paar Jahre getan. Ach, was sage ich. Für jeden einzelnen Tag. Hätten wir uns doch bloß mehr gefreut und weniger geärgert.« Sie hob resigniert die Schultern.

Ich musste schlucken.

»Er war schon lange krank. Aber man ging falsch damit um. Damals war die Medizin noch nicht so weit. Vielleicht hätte er heute viel länger damit gelebt, wenn die Ärzte mehr gewusst hätten. Aber was bringt das schon. Vielleicht.« Mit einem Mal war der Blick der Dame peinlich berührt. »Oh, bitte entschuldigen Sie! Ich erzähle Ihnen hier meine Lebensgeschichte. Das ist sonst gar nicht meine Art. Manchmal hat man das Gefühl, kaum ein Mensch auf dieser Welt kann den Kummer verstehen. Dann hört man auf zu sprechen. Da gehen dann vor lauter Schweigen manchmal die Pferde mit einem durch, wenn man in ein freundliches Gesicht wie Ihres schaut.« Sie lächelte liebevoll und ich errötete leicht. »Ich bin ein wenig gefühlsduselig. Grad hier auf Sylt. Wir waren so gerne hier.«

»Sie müssen sich doch nicht entschuldigen. Überhaupt nicht«, beruhigte ich sie.

»Er ist vor zehn Jahren verstorben. Hier auf Sylt haben wir unseren letzten Urlaub verbracht. Außerdem war das der Ort, an dem es ihm immer am besten ging. Hier konnte er durchatmen wie nirgendwo anders. Deshalb bin ich wieder hier. Heute hätte er Geburtstag und er wäre bestimmt stolz, dass ich es ohne ihn geschafft hab, wieder hierherzufahren.« Ihr Blick war so herzlich, als sie von ihrem Mann sprach. Es rührte mich.

»Warten Sie, dort drüben gibt es vorzügliche kleine Küchlein. Setzen Sie sich doch hier auf diese Bank und ich hole uns zwei, auf Peter?« Erwartungsvoll schaute ich sie an und deutete auf eine Bank, die unweit des Geländers stand.

»Ach, wie lieb! Sie sind ja ein Engel«, freute sie sich und ging langsam los zur Bank. Ich hatte den Eindruck, sie war wirklich glücklich über meinen Vorschlag. Sie war sicher einsam. Dafür sprach auch, dass sie mir so offen ihre Geschichte erzählte.

Ich kam mit zwei Teilchen köstlichen Gebäcks zurück. Die Dame bedankte sich sichtlich gerührt und ließ sich die Leckerei auf der Zunge zergehen. »In Gedenken an Peters Geburtstag!«, sagte ich und sie strahlte übers ganze Gesicht.

»Was für eine Krankheit hatte Ihr Mann?«, fragte ich sie. »Nur, wenn Sie möchten, ich will nicht indiskret sein«, fügte ich hinzu. Sie seufzte. »Ach es klingt so banal. Er hatte Asthma. Mit zeitweise wirklich schlimmen Anfällen. Mit der Zeit kamen Depressionen und Angststörungen hinzu. Begleiterkrankungen, die nicht selten sind.« Sie schaute auf ihre Hände.

Mein Magen krampfte zusammen und ich bereute, sie das überhaupt gefragt zu haben.

»Heute gibt es diese Krankheit ja weiterhin. Auch durchaus in beängstigendem Maße und mit diesen Begleiterscheinungen, aber ein befreundeter Arzt, mit dem ich viel darüber rede, sagt, dass das heutzutage eine Krankheit ist, die man absolut im Griff hat. Sie schränkt ein und macht den Alltag hier und da beschwerlicher, aber das große Unglück des jahrelangen Leids, das uns widerfahren ist, müssen die Menschen heute nicht mehr durchleiden. Damals wurde die Krankheit im Anfangsstadium leider eher stiefmütterlich behandelt, was den Verlauf immer schwieriger machte. Die Ärzte standen dem Ganzen manchmal eher unbeholfen gegenüber.«

Während ihre Erzählung mich eben noch ziemlich aufwühlte, fühlte ich nun plötzlich so etwas wie Dankbarkeit. Als öffnete das, was die Frau mir sagte, mir die Augen.

Mir fehlten in diesem Moment die Worte, so dass ich meinen Blick aufs Meer richtete und zustimmend nickte. Gerne hätte ich ihr erzählt, dass ich in einer ähnlichen Situation war, aber ich konnte es nicht. Ich konnte es nicht, weil es sich so unfair anfühlte. Sie hatte, weil die Medizin erst heute so ausgereift war, vielleicht ihren Mann viel zu früh verloren. Mein Sohn litt unter der gleichen Krankheit, genoss dazu aber die beste Versorgung und musste bei Weitem keine Angst davor haben, dass die Krankheit ihn das Leben kosten würde. Sie war schlimm und bestimmte aktuell unseren Alltag, aber sie war nicht lebensbedrohlich.

In dem Moment, in dem ich mit dieser fremden Dame auf der Bank mit Blick aufs Meer saß, war ich ganz bei mir und entschied, die Dinge anzunehmen, aber sie nicht unverhältnismäßig mein Leben bestimmen zu lassen. Ich hatte die Chance, alles für meinen Sohn zu geben, mit ihm und Paul das Leben zu genießen. Ich sollte sie nutzen. Nur zu gut kannte ich das Gefühl, dass man am liebsten weglaufen würde aus einer belastenden Situation und die Nerven blank lagen. Nicht jede Ehe überstand eine solche Situation.

Nach einiger Zeit verabschiedete sich die alte Dame. Sie bedankte sich und entschuldigte sich noch einmal, dass sie mir so traurige Dinge erzählt hatte, dabei war ich ihr dankbar. Das sagte ich ihr auch, nahm sie sogar fest in den Arm und hoffte insgeheim, sie noch einmal wiederzutreffen. Ich schaute ihr hinterher, als sie mit schweren Schritten die Einkaufsstraße herunterging.

Meine Mutter rief an. Sie waren startklar und würden in meine Richtung kommen.

Nach wenigen Minuten trafen wir uns.

»Mama, es war super! Da hast du echt was verpasst«, freute sich mein Sohn. Meine Mutter nickte und stimmte ihm zu. »War echt klasse! Vieles wusste ich selbst nicht.«

»Wollen wir eine Kleinigkeit essen gehen?«, schlug meine Mutter vor.

»Sehr gerne! Wie wäre es mit einem Schnitzel am Munkmarscher Hafen?« Ich kannte die kleine Hafenkneipe von einem meiner Ausflüge ohne Max. Ich hatte mich sehr wohl dort gefühlt. Es gab bodenständige, maritime Gerichte in entspannter Atmosphäre.

Alle stimmten zu und wir fuhren dorthin.

Kapitel Max

Warum Clara so plötzlich nicht mit mir nach Keitum fahren wollte, begriff ich nicht. Mir hatte der Weg mit ihr gefallen. Sie war eine tolle Frau. Wie wohl mein Leben verlaufen wäre, wenn ich rechtzeitig meine Augen geöffnet und verstanden hätte, was für ein bemerkenswerter Mensch Clara war? Dass sie weitaus mehr war als meine Kinder- und Jugendfreundin. Eine Frau mit einem Herz aus Gold. Von nicht einer Einzigen nach ihr hätte ich das sonst behaupten können. Warum nur verstand man manche Dinge erst im Rückblick? Aber diesen Gedanken zu Ende zu denken, war sinnlos. Clara hatte ihr Glück in Paul und ihrem Sohn gefunden. Vielleicht sollte es so sein. So würde ihr wenigstens erspart bleiben, frühzeitig ohne Mann dazustehen. Meine Beschwerden hatten während des Spazierganges leider deutlich zugenommen. Es ließ sich nur schwer verbergen, dass ich mit meiner Atmung kämpfte. Es ärgerte mich, dass ich das Spray nicht fand. Ich war mir sicher, ich hatte es noch in der Hand gehabt, bevor ich losfuhr.

Aber auch etwas anderes hatte ich bei meinem Spaziergang erlebt. Die Ruhe am Wasser hatte mir neue Energie gegeben. Ich rannte nicht wie in den Jahren zuvor irgendwelchen Events und Menschen hinterher, die angesagt waren. Ich war im Hier und Jetzt und dort zufriedener, als ich es mir je hatte vorstellen können. Ich nahm mir vor, solche Wege öfter in meinen Alltag einzubauen. Jetzt, wo ich hier auf der Insel war, war es umso besser. Traumhafter als vor dieser Kulisse konnte es nicht sein.

Ich fuhr nach Hause, um dort nach dem Spray zu suchen. Als ich auf mein Haus zu ging, entdeckte ich zu meiner großen Verwunderung mein Notfall-Spray, welches auf dem Kasten stand. Ich erschrak. Irgendwer hatte es gefunden. Wahrscheinlich in der Nähe der Tür, so dass er oder sie es auf den Briefkasten stellte. Ich nahm schnell zwei Schübe und ging dann ins Haus. Ich hoffte, dass es nicht meine Eltern waren, die spontan vorbeigekommen waren. Meine Mutter würde nicht eher Ruhe geben, bis ich ihr erklärte, was es mit dem Spray auf sich hatte. Wenn sie sich nicht sowieso aus der Zeit mit meinem Großvater daran erinnerte und von selbst darauf kam.

Als ich mich aufs Sofa gelegt hatte, rief mein Bekannter Felix an. Ich wunderte mich, denn wir hatten ewig nichts voneinander gehört.

»Hey, Felix! Grüß dich!«

»Max! Wie geht's dir? Ich hörte, du bist auf Sylt?«

Kurz überlegte ich, das zu leugnen. Ich hatte keinerlei Ambitionen, mich mit ihm ins Nachtleben zu stürzen. Ich rechnete dieser Lüge aber wenig Erfolgschancen aus. Früher oder später würden wir uns über den Weg laufen.

»Oh, ja. Aber nur für einen Termin mit meinem Vater und einem Geschäftspartner. Quasi mehr auf der Durchreise.«

»Schade! Ich hatte gehofft, wir machen einen auf alte Zeiten und ziehen mal wieder um die Häuser. Sag mal, kann es sein, dass Clara hier ist? Ich meine, ich hab sie vorhin gesehen, als sie ins Auto stieg.«

»Äh ja, sie ist mit ihrer Familie auch hier«, stammelte ich.

»Sie hat Familie? Krass. Habt ihr wieder Kontakt? Hab irgendwie gedacht, ihr zwei kommt früher oder später zusammen. Sie sieht ja immer noch Hammer aus. Kennt man denn den Mann? Macht er hier auch was?« Er lachte überheblich und mich nervten seine Fragen.

»Ich kann dir zu ihrem Mann nichts sagen. Du, vielleicht hören wir uns die Tage nochmal.«

»Okay, melde dich, wenn du es dir doch noch anders überlegst.«
Ich legte ohne weitere Verabschiedung auf.

Wütend pfefferte ich das Handy in die andere Ecke des Sofas. Klar, dass zu jedem Mann erst einmal die Frage gestellt werden musste, was er konnte und wer er war. Ich beglückwünschte mich selbst, dass ich wenigstens zu Felix schon rechtzeitig den Kontakt hatte abebben lassen. Sollte er doch weiterhin seine Glückseligkeit im Sylter Partyleben suchen. Dies geschähe bis auf Weiteres ohne mich. Bitter lachte ich auf, weil mir bewusst wurde, wie viel traurige Wahrheit höchstwahrscheinlich in diesem Gedanken steckte. Aber noch war es nicht so weit, und ich wollte noch ein paar Angelegenheiten zu Ende bringen. Mit diesem Vorsatz griff ich nach meinem Tablet, surfte durchs Netz und schaute nach Orten und Erlebnissen auf Sylt, die einem Jungen in Lennarts Alter Spaß machen könnten.

Normalerweise hörte ich im Hintergrund immer leise Musik. Nun fiel mir etwas auf, was ich schon in den letzten Nächten vereinzelt bemerkt hatte. Nämlich, dass sich mein Atem anders anhörte als sonst. Ein Pfeifen begleitete mein Ausatmen. Je mehr ich mich darauf konzentrierte, desto wahnsinniger machte mich diese Tatsache.

Überhaupt fühlte ich mich nicht gut.

Ich legte das Tablet erst einmal zur Seite und schloss für einen Moment die Augen. Ich wollte Lorenz am nächsten Tag mal anrufen, um abzuklären, was ich für ein besseres Wohlbefinden tun könnte und ob das Pfeifen zum fortschreitenden Verlauf meiner Krankheit dazugehörte.

Ich musste eingeschlafen sein, jedenfalls war es schon dämmerig draußen und ich war ganz verwirrt, als ich die Augen wieder öffnete.

Das Gefühl einer grippeähnlichen Erschöpfung war bedauerlicherweise weiterhin da. Vielleicht deutete ich da aber auch zu viel hinein. Es war ja nicht ausgeschlossen, dass ich eine Erkältung bekam. Heute war es aber sogar so, dass ich noch nicht einmal

Lust hatte, mir ein Abendessen zu machen. Stattdessen ging ich ins Schlafzimmer, zog mich um und nach einem kurzen Stopp im Badezimmer legte ich mich ins Bett.

Ich lag im Bett und fühlte mich todmüde. Mein Kopf jedoch hatte zum Wachbleiben aufgerufen und drehte nochmal auf. Die Gedanken überschlugen sich und ich wurde immer hibbeliger. Um wieder zur Ruhe zu kommen, wollte ich lesen. Ich hatte meine Bücher auf dem Handy gespeichert. Viel las ich in den letzten Jahren nicht. Aber ich hatte mir vor ein paar Tagen ein Buch gekauft. Ein leichter Krimi, der mich Abschalten lassen sollte. Mein Handy hatte ich auf dem Sofa vergessen.

Ich stand noch einmal auf und ging ins Wohnzimmer. Ich sah, dass genau in dem Moment die Familie Sevening auf dem Grundstück eintraf.

Ich griff nach meinem Handy und wollte gerade wieder nach oben gehen, da drehte ich mich nochmal um und durch das kleine Butzenfenster neben der Haustür konnte ich im Weggehen Clara erkennen. Sie schien an meiner Tür gewesen zu sein. Was sie wohl dort gesucht hatte?

Verwirrt ging ich wieder in mein Schlafzimmer. Da wurde mir plötzlich klar, was Clara vor meiner Tür wollte. Garantiert war sie es gewesen, die das Spray gefunden und dort hingestellt hatte. Wie ich sie kannte, hatte sie nun kontrollieren wollen, ob ich es bemerkt hatte.

Unruhe beschlich mich. Ob sie nun ahnte, was mit mir los war? Nicht, dass sie den Namen des Sprays gegoogelt hatte. Dann hätte sie sicher herausgefunden, gegen welche Beschwerden es geeignet war und wäre im Bilde. Vielleicht hatte sie beim Spaziergang dann Eins und Eins zusammengezählt und war deswegen so schweigsam gewesen.

Ich ging wieder nach oben und legte mich mit dem E-Book wieder ins Bett. Nun war es aber nicht nur meine angestrengte und pfeifende Atmung, die mich wachhielt, sondern auch die Überlegung, ob Clara nun nicht nur eine Ahnung, sondern sogar eine konkrete Vermutung hatte.

Sollte ich sie ansprechen? Wenn ich sie darum bitten würde, meinen Eltern nichts von der Diagnose zu erzählen, würde ich mich sicher auf sie verlassen können. Es bestand jedoch die Gefahr, dass ihr ausgeprägter Hang zur Ehrlichkeit siegte und sie so lange keine Ruhe geben würde, bis ich meinen Eltern gegenüber mit offenen Karten spielte.

Ich entschied, nicht krampfhaft ein Geheimnis um das Spray zu machen, weil ich fürchtete, dass dies erst recht nach hinten losgehen würde, und ging lieber in die Offensive. Also schrieb ich ihr eine Nachricht.

Einer von Euch hat mein Allergie-Spray gefunden. Vielen Dank dafür!

Es war zwar eine kleine Notlüge, aber das musste sein, wenn ich meinen Plan durchziehen wollte.

Ich hatte angezeigt bekommen, dass sie die Nachricht gelesen hatte. Sie antwortete jedoch nicht und ich war dadurch nicht beruhigter.

Neben der Nervosität überkam mich auch eine gewisse Wut auf mich selbst. Warum nur hatte ich zugelassen, die Familie so nah an mich heranzulassen? Obwohl ich es ja selbst in der Hand hatte, wie oft wir uns begegneten. Sie wohnten hier und wollten ein paar schöne Tage verbringen. Wir konnten uns jederzeit aus dem Weg gehen. Aber andererseits wollte ich gerne was mit Lennart unternehmen.

Kapitel Clara

Es beruhigte mich, dass das Spray nicht mehr auf dem Briefkasten stand. Wenn Max auf das Medikament angewiesen war, war es wichtig, dass er es gefunden hatte. Er schrieb mir, es handele sich um ein Allergie-Spray. Ich antwortete nicht darauf. Wir hatten ein leckeres Essen am Hafen genossen und waren nachmittags nochmal durch Westerland geschlendert. Paul und ich hatten telefoniert. Er freute sich für uns, dass wir auf Sylt sein konnten. Wir entschieden, als es dämmerte, nach Hause zu fahren und dort mit Brot, Wurst und Fisch zu Abend zu essen. Zu jeder Tageszeit in ein Restaurant zu gehen, war absolut nicht drin für uns. Aber das war in Ordnung und bei dem traumhaften Haus blieb ich besonders gerne zum Essen daheim.

Ich war abends nicht ganz bei der Sache gewesen, weil meine Gedanken, ob ich es wollte oder nicht, immerzu um Max kreisten.

Er sollte mir egal sein. Ich konnte aber nicht abstellen, dass es nicht so war. Plötzlich sah ich ihn als meinen Kinderfreund Max. Der Max, der immer strahlte und für alles eine Lösung hatte. Ein Sonnenschein, der so viele Menschen um sich herum mit seiner lebenslustigen Art für sich gewann.

Direkt daneben stand der erwachsene Max. Ein einsamer Mann, der zwar einiges erlebt und ebenso viel erreicht hatte, wenn man an monetäre Werte dachte, der aber auch verdammt allein dastand. Und, ob es richtig war oder nicht, zerbrach mir der Gedanke das Herz. Er versteckte etwas. Dass es ihm gesundheitlich nicht gut ging, war offensichtlich. Aber auch seine Veränderung deutete für mich auf irgendwas hin. Es war hundertprozentig nicht nur eine banale Krankheit, die ihm den Alltag erschwerte, sondern es steckte mehr hinter seinem Wandel.

»Wollen wir noch ein Gläschen zusammen trinken?«, fragte meine Mutter nach dem Essen und deutete auf die Flasche Weißwein im Kühlschrank. Ich hoffte, dass ein Glas Wein meinen wirren Kopf zur Ruhe bringen würde, und nickte zustimmend.

Gemeinsam machten meine Mutter und ich es uns auf dem Sofa gemütlich, nachdem Lennart ins Bett gegangen war.

»Was ist das nur für ein bezauberndes Haus, findest du nicht?«, schwärmte meine Mutter.

»Ein Traum, ja«, gab ich ihr Recht. »Aber was nützt einem diese ganze Pracht, wenn man allein ist?«, fragte ich mehr mich selbst als meine Mutter.

»Meinst du, dass Max einsam ist? Er hat sicher viele Freunde um sich herum. Die, mit denen ihr damals gemeinsam um die Häuser gezogen seid. Denkst du nicht, dass er mit den Leuten noch Kontakt hat?« Meine Mutter schaute mich fragend an. Als ich nicht sofort antwortete, fügte sie hinzu: »Das waren doch alles so Typen wie er.« Sie rollte mit den Augen und zwinkerte dann. »Dass du dich da irgendwann abgekapselt hast, war absehbar. Du brauchtest nie diesen ganzen Luxus. Das machte dich schon immer aus.« Sie lächelte und schaute gedankenverloren in ihr Glas. »Eine Zeit lang dachte ich, Max wäre da wie du. Aber dem war ja leider nicht so.« Sie hob bedauernd die Schultern, legte den Arm um mich und strich mir über den Rücken.

Ich nickte zwar, meine Gedanken gingen aber in eine andere Richtung. Es stimmte, dass ich mir aus dem ganzen schicken Drumherum nichts machte. Aber Max, er hatte mir so viel bedeutet, bis diese Leute ihn veränderten. Bis sein Leben ihn veränderte.

»Ich mochte Max sehr gerne, Mama. Mir war egal, ob er viel oder wenig Geld hatte.« Müde lächelte ich. »Er war so oder so mein Held.« Sicherheitshalber senkte ich den Blick, als meine Mutter versuchte, mir in die Augen zu schauen.

»Liebling, wie geht es dir damit, dass wir hier wohnen?«

Matt zuckte ich mit den Schultern.»Damals passte es einfach nicht mit unserer Freundschaft«, wich ich ihrer Frage aus.»Aber Mama, findest du nicht, dass Max ganz verändert wirkt?« Meine Mutter nickte zaghaft.»Ja. Als du mir damals erzähltest, dass du nicht länger mit den Jungs und Max um die Häuser ziehen willst, klang es, als habe das Geld oder der Umgang seinen Charakter verdorben. Bina erzählte oft davon, dass er nie eine Frau mit nach Hause brachte. Und ihr beiden habt euch irgendwann auch gar nicht mehr getroffen. Ich fand das sehr schade damals.« Meine Mutter kicherte mit einem Mal verlegen.»Bina und ich, wir haben uns so oft heimlich gewünscht, dass ihr ein Paar werdet.«

Mein Puls schnellte in die Höhe und ich presste ein schiefes Lächeln hervor.»Habt ihr das wirklich? Das habt ihr uns nie erzählt«, sagte ich und knuffte sie empört in die Seite.

»Ihr habt uns damals ja auch nicht erzählt, dass da mehr war zwischen euch«, haute meine Mutter plötzlich nonchalant eine Tatsache raus, von der sie doch in meinen Augen bisher gar nichts gewusst hatte. Ich musste sie ziemlich perplex angestarrt haben, jedenfalls prustete sie mir beinahe einen Schluck Wein entgegen.

»Liebes, du bist doch nun selber Mutter. Glaubst du wirklich, wir haben nie gemerkt, dass da mehr war? Warum sonst verabschieden sich gute Freunde, die seit Jahren ein Herz und eine Seele waren, auf Nimmerwiedersehen voneinander? Und, wenn ich raten darf, war Max auf den Geschmack gekommen, hier und da immer andere Frauen mit nach Hause zu bringen, während du von der treuen Liebe und Kindern träumtest?« Abwartend schaute sie mich an und ich blickte ihr in die weisen, von Lachfältchen umrahmten Augen.

»Ach, Mama«, sagte ich nur und nahm sie in den Arm.

»Was sagt eigentlich Maja zu unserem Kurztrip? Wenn ich mich recht erinnere, stand sie mit Max eher auf dem Kriegsfuß, oder?« Meine Mutter schaute mich fragend an.

In diesem Moment wurde mir heiß und kalt. Was war ich eigentlich für eine Freundin? Ich hatte über mein ganzes Gedankenchaos hinweg nicht mehr daran gedacht, mich bei Maja zu melden. Als ich durch Keitum spazieren wollte, hatte ich sie anrufen wollen. Dann hatte ich Max getroffen und es vollkommen vergessen.

»Mama, ich hab mich bei ihr gar nicht gemeldet!«, stieß ich hervor und schlug mir selbst vor die Stirn. Schnell nestelte ich nach meinem Handy in der Hosentasche. »Sie wird nicht begeistert sein, dass wir hier bei Max wohnen«, gab ich zerknirscht zu.

In diesem Moment hörten wir, wie die Zimmertür von Lennart nochmal aufging und Lennart nach einem von uns verlangte. Meine Mutter ging nochmal zu ihm.

»Lennart hat kaum die Kurve gekriegt«, erklärte sie seufzend, als sie wieder ins Wohnzimmer kam. »Er ließ sich nur vom Einschlafen überzeugen, weil ich ihm versprochen habe, dass wir morgen Max fragen, ob er was mit uns macht.« Meine Mutter zuckte mit den Achseln und hob entschuldigend die Hände.

»Wir schauen mal«, sagte ich betont beiläufig. »Möchtest du noch ein Glas Wein?«

Meine Mutter nickte und setzte sich zu mir.

Ich tippte eine Nachricht an Maja.

Liebes, meine Familie hat mich mit einem Kurztrip nach Sylt überrascht. Eine süße Idee, ich bin ganz überwältigt. Ich rufe dich morgen mal an. LG!

Dahinter setzte ich einen Kussmund.

Wow! So eine Familie wünsche ich mir auch!

Hinter Majas Nachricht stand ein zwinkernder Emoji.

Ich wurde nur mit der Aufgabe überrascht, heute für die gesamte Fußballmannschaft die Trikots zu waschen. Mehr muss ich wohl nicht sagen.

Ich musste schmunzeln. Sie schien mir nicht böse zu sein, dass ich mich kaum gemeldet hatte. Von Paul hatte sie offenbar noch nicht gehört, wo wir waren. Das verwunderte mich nicht. Paul und sie sprachen selten miteinander, weil wir Frauen sonst beinahe jeden Tag Kontakt hatten und sie deswegen eh immer auf dem Laufenden war. Ich musste mir keine Sorgen machen, dass sie von Max erfuhr, bevor ich es ihr sagte.

»Bei Max war es schon dunkel, als wir kamen. Ob er schon schläft?« Meine Mutter schaute grübelnd aus dem Fenster.

Ich zuckte die Schultern und rief noch einmal Paul an.

»Wie geht es euch? Hat Lennart Spaß mit Max?«, erkundigte sich mein Mann. »Er hat so von ihm geschwärmt.«

»Gibt es eigentlich noch ein anderes Thema außer Max für euch?« Meine Frage hatte nachdrücklicher geklungen als beabsichtigt. Obwohl es mich in der Tat nervte, dass sich beinahe alle Gespräche um Max drehten. Dabei genügte mir meine eigene Grübelei über diesen Mann.

»Oh, sorry«, entschuldigend ruderte Paul zurück. Für ein paar Sekunden drohte die Stimmung zu kippen. Bevor es dazu kam, lenkte Paul vom Thema Max ab.

»Was habt ihr denn für morgen geplant?«

Ich erzählte ihm, dass wir eine Runde shoppen gehen wollten und erkundigte mich nach seinem Tag. Wir quatschten noch ein wenig und verabschiedeten uns bald. Paul musste morgen wieder früh raus und wollte zeitig ins Bett gehen.

Wir zappten durchs Fernsehprogramm und ich war erleichtert, dass es mir gelang, dank der gemütlichen Stimmung und einer seichten Komödie im TV endlich abzuschalten. Wir redeten nicht mehr viel. Die Nordseeluft hatte uns müde gemacht und eine gewisse Bettschwere setzte ein, zu der der Wein sein Übriges tat.

Meine Mutter war die Erste, die sich ins Bad verabschiedete. Während sie sich fürs Schlafen fertig machte, kuschelte ich mich in die Sofakissen. Ich schrieb Paul noch eine Nachricht.

Ich denke an dich. Ich liebe dich, Paul.

Ich dich auch. Ihr fehlt mir, mein Schatz.

Hinter Pauls Worten stand ein rotes Herz. Ich freute mich über seine Nachricht, und es fühlte sich fast wie früher an, als das

Wissen um das, was wir aneinander hatten, und Unbeschwertheit unsere Tage noch viel mehr bestimmten. Paul schien dasselbe zu empfinden.

Clara, ich brauche wieder mehr dieser Momente. Mehr du und ich. Ohne Vorwürfe, ohne Schuldzuweisungen und böse Worte. Schaffen wir das?

Seine Nachricht berührte mich. Wenn ich ehrlich war, ging es mir nicht anders.

Ich schluckte, denn er sprach aus, was zwischen uns schwelte und immer wieder aufkam, von uns beiden aber oft entweder in einem krachenden Streit oder in quälendem Stillschweigen beiseitegeschoben wurde.

Ich glaube an uns.

Hinter meine Antwort setzte ich ein Herz. Seine lieben Worte ließen mich wieder die Zuversicht spüren, dass wir vieles gemeinsam meistern konnten, wenn wir uns gegenseitig nur nicht aus dem Blick verloren und nicht alles in unserem Leben sich um Lennart und finanzielle Sorgen drehte.

Ich stand auf, schnappte mir mein Handy und ging auch in Richtung Bad. In diesem Moment ging eine Nachricht ein.

Gibt's was Neues? Die Nachricht kam von Max' Mutter Bina. Ich erschrak, denn ich hatte Bina gar nicht abgespeichert. Ich hatte versehentlich das Handy meiner Mutter gegriffen. Ich drehte mich um und sah, dass mein Handy noch auf dem Sofa lag.

Bevor ich das Handy meiner Mutter brachte, stoppte ich und überlegte, was es mit der Nachricht auf sich haben könnte, konnte mir aber keinen Reim darauf machen. Ich hoffte, sie erkundigte sich einfach so danach, wie man auch fragte, wie der Tag gewesen sei. Ich beruhigte mich mit diesem Gedanken.

Dass mir das aber nicht gelingen wollte, daran war eine zweite Nachricht schuld.

Sollten wir mit Clara sprechen? Ich kann Max kaum darauf ansprechen. Er wird sofort wütend.

Selbstverständlich gehörte es sich absolut nicht, anderer Leute

Nachrichten zu lesen. Das stand fest. Aber in diesem Moment war mir das egal. Ich ging zum Bad und klopfte energisch an die Tür. Meine Mutter kam mit halb abgeschminktem Gesicht zum Vorschein und schaute mich erschrocken an. Auch ich zuckte zusammen angesichts der tiefschwarzen Augenränder, die der verwischten Mascara geschuldet waren.

»Clara, Liebes! Ist was passiert?«, sagte sie mit flatteriger Stimme.

»Mama, hier, dein Handy. Du hast es unten vergessen.« Mit diesen Worten streckte ich ihr das Handy entgegen.

»Ach, danke. Ja, ich wollte es doch laden«, sagte sie und drehte sich kopfschüttelnd um, um sich weiter abzuschminken. Ich blieb noch einen Moment stehen.

»Mama, gibt es irgendetwas, was ich wissen sollte?«, fragte ich und fand selbst, dass das klang wie aus einem Film. Ein abgedroschener Satz, auf den fast immer etwas wie *nicht, dass ich wüsste* oder *ich weiß nicht, wovon du sprichst* folgte, oft begleitet von einem irritierten Blick.

Meine Mutter sagte zunächst gar nichts, sondern griff nach ihrem Handy und schaute auf das Display.

»Und ich dachte, ich hätte dich zu einer gewissen Diskretion erzogen.« Ein gespielt ernüchtertes Lächeln folgte.

»Und ich dachte, wir sind immer offen miteinander, Mama«, schoss ich ihr entgegen.

»Ach so, so offen wie du und Max damals uns gegenüber?« Die Frage meiner Mutter, die mehr eine Feststellung war, saß.

»Mama, das ist was vollkommen anderes. Ich war jung. Max und ich hatten eine Abmachung. Eine Abmachung unter alten Freunden. Ich muss ja auch nicht *alles* mit meinen Eltern besprechen, oder?«

»Und wenn ich auch eine Abmachung habe? Mit meiner alten Freundin?« Meine Mutter hatte sich in der Zwischenzeit auch das zweite Auge abgeschminkt, wusch sich noch die Hände und schob mich dann sanft in Richtung ihrer Zimmertür.

Wir betraten ihr Zimmer. Ich setzte mich auf ein kleines Sofa unterm Fenster und meine Mutter schloss leise die Tür, bevor sie neben mir Platz nahm. Sie wickelte sich eine flauschige Decke um die Beine. Nur mit ihrem Nachthemd bekleidet war es zu kühl in dem Raum. Das Fenster stand noch immer offen. Die Luft war einfach so angenehm, man konnte kaum genug davon bekommen.

»Bina schreibt ja gerade selbst, dass wir mit dir reden sollen. Und das war von Anfang an auch mein Vorschlag. Sie meinte nur, es sei besser, wenn das erst hier auf der Insel geschehen würde. Womöglich hättest du am Ende noch alles abgeblasen.«

»Na, jetzt bin ich aber gespannt«, erklärte ich und merkte, wie ich unruhig wurde.

»Wie du auch schon festgestellt hast, wirkt Max verändert. Er hat seinem bisherigen Leben gerade komplett den Rücken zugewandt. Alles, was ihm mal wichtig war und Freude bereitet hat, ist ihm plötzlich gleichgültig. Das ist natürlich auch seiner Mutter aufgefallen. Sie macht sich Sorgen, dass etwas nicht stimmt. Aber wie das immer so ist mit den erwachsenen Kindern, wir bekommen längst nicht mehr alles mit. Max sagt, es sei alles in Ordnung.«

Mit einem Mal wurde ich hellhörig. Binas Verdacht bestätigte auch meine Vermutung. Wenn sogar sie als Mutter keine Idee hatte, was nicht stimmte, war die Sache womöglich noch ernster als gedacht. Mir wurde ganz schlecht bei dem Gedanken.

»Und was ist Binas Vermutung?«

»Sie sagt, ihr fiel auf, dass er weniger Sport mache. Vielleicht plagen ihn Schmerzen? Es kann so viel sein. Sie macht sich große Sorgen, hat aber keine konkrete Idee, was los sein könnte«, erklärte meine Mutter. »Und sein Arzt hält sich natürlich an seine Schweigepflicht. Freundschaft hin oder her.«

»Hat Max denn ihr gegenüber gar nichts angedeutet? Und weiß Konrad auch nicht mehr?«, überlegte ich. Meine Mutter schüttelte den Kopf.

»Du kannst Bina ja sagen, dass mir das ebenso aufgefallen ist.

Aber ich weiß auch nicht mehr als ihr. Ich möchte eigentlich auch verhindern, dass Max in unserem Familienleben so viel Raum einnimmt.«

Ich musste gar nichts weiter dazu sagen. Meine Mutter legte den Arm um meine Schultern und strich mir dann sanft über den Rücken.

»Ich weiß, dass es nicht ganz leicht ist für dich, hier zu sein. Die Phase, die du und Paul gerade durchleben müsst, ist eine Herausforderung. Sich zwischen den kräftezehrenden Strapazen des Alltags mit weniger Geld und mehr Kummer nicht gegenseitig zu verlieren, ist eine Herausforderung. Ich hoffe, Max bringt dich nicht allzu sehr durcheinander.« Ihr Blick war liebevoll mütterlich, keineswegs vorwurfsvoll. Ich schaute ihr lange in die Augen, ohne etwas zu sagen, sondern hob nur leicht die Schultern. Wir umarmten uns fest und dann verabschiedete ich mich, um auch schlafen zu gehen. Als ich im Bett lag, schrieb ich Max noch eine Nachricht.

Kapitel Max

Ich lag noch lange wach. Erst recht, als mich spät abends noch eine Nachricht von Clara erreichte, die fragte, ob ich mit Lennart am nächsten Tag was gemeinsam unternehmen wollte. Die Frauen wollten zu einer Shoppingtour aufbrechen und Lennart hatte vor dem Einschlafen den Wunsch geäußert, mich zu treffen. Ich fragte sie, ob Lennart gerne schwimmen ging. Weil das Wetter wechselhaft angesagt war, war das vielleicht das Richtige und Lennart würde Freude daran haben. *Super Idee! Er liebt das. Lass' uns morgen telefonieren.* Zufrieden legte ich das Handy beiseite. Ich würde mit dem Jungen vorm Schwimmen in meinem Wagen eine Runde über die Insel fahren. Dies würde sogar mit meiner leicht angeschlagenen Konstitution kein Problem sein. Das hoffte ich jedenfalls.

Meine Mutter hatte noch geschrieben, ob ich zum Essen kommen wolle. Ich antwortete, dass ich früh schlafen wolle. Dann rief sie an und fragte, ob alles in Ordnung sei und ob ich ihr nicht sagen wolle, warum ich plötzlich so verändert sei. Der Versuch, sie zu beruhigen und abzuwimmeln, scheiterte, und am Ende stritten wir am Telefon.

Als dann zu guter Letzt auch noch Clara schrieb, dass sie hoffte, das Spray würde mir helfen, war ich kurz davor, das Handy gegen die Wand zu scheppern. Ich beließ es aber dabei, es lediglich auszuschalten.

Am nächsten Tag wachte ich erst auf, als es schon neun Uhr war. Schnell schaltete ich das Handy wieder an, um zu checken, ob

Clara sich gemeldet hatte. Glücklicherweise hatte sie vor einigen Minuten erst geschrieben. Sie schlug 10 Uhr als Zeitpunkt für unser Treffen vor und ich sagte zu, sprang aus dem Bett und unter die Dusche.

Gestärkt durch das kühle Wasser und die frische Nordseeluft, die durch das weit geöffnete Fenster ins Bad strömte, ging ich in die Küche. Ich hatte mich in Rekordzeit fertig gemacht und sogar noch Zeit für einen Kaffee. Ich trat mit meinem Becher auf die Terrasse, als ich von dort aus sah, dass auf meinem Briefkasten eine Tüte vom Bäcker lag.

Ich ging hinüber und warf einen Blick in die Tüte. Der köstliche Duft von Quarkbrötchen zog in meine Nase und augenblicklich lief mir das Wasser im Mund zusammen. Schon seit ich nach Sylt fuhr, waren diese Brötchen meine Leidenschaft. Der schwere, satte Teig und der süße Geschmack weckten Erinnerungen an früher. Bei diesen Brötchen war es mir unmöglich, nur eins davon zu essen. Schmunzelnd atmete ich auf, als ich in der Tüte gleich drei der Exemplare entdeckte.

Ebenso fand ich einen handgeschriebenen Zettel in der Tüte. *Als kleines Dankeschön. Fehlt nur eine Honigmilch. Lass' sie Dir schmecken. PS: Sie hatten sogar schon auf, als ich da war ;-)*

Die Brötchen kamen von Clara. Ihre Notiz ließ mich schmunzeln. Der Hinweis galt einem unserer Abende, an dem wir die Nacht zum Tag gemacht hatten. Wir hatten so lange gefeiert, dass wir uns vom Taxifahrer kurzerhand vor dem Haus unseres Lieblingsbäckers absetzen ließen, um zu frühstücken. Was wir nicht bedacht hatten, war, dass dieser erst um 6.30 Uhr öffnete. Wir waren zunächst hinunter zum Watt gegangen und hatten uns dann rund eine Stunde lang auf die Stufen vor der Bäckerei gesetzt und geredet. Es war einer der Abende gewesen, an denen wir *nur* Freunde waren.

Mit einem Mal waren die Erinnerungen an unsere Partyzeiten und die tiefe Vertrautheit, die uns verband, wieder da. Das Gefühl, auf derselben Wellenlänge durch den Tag zu surfen, war großartig.

Diese Zeiten waren vorbei, aber ich würde sie nie vergessen. Ich spürte, wie mich eine Wehmut überkam und bevor ich dieser weiter nachging, schnappte ich mir die Brötchen und setzte mich auf die Terrasse.

Ich biss in ein Brötchen und der Geschmack war unverändert köstlich. Meine Laune stieg sofort und ich genoss das obligatorische zweite Brötchen.

Als ich das dritte Brötchen musterte und überlegte, es mir lieber für später aufzuheben, kam Lennart auch schon um die Kurve.

»Hey, Max«, rief er.

»Lennart, guten Morgen. Hast du gut geschlafen?«

Der Junge nickte. »Ich hab' Mama schon gesagt, ich bleib einfach hier auf Sylt. Hier muss ich kein einziges Mal husten in der Nacht.« Lennart strahlte über das ganze Gesicht.

»Es freut mich, dass es dir hier so gut geht. Und soll ich dir was verraten? Mir geht's genauso. Hier schlafe ich wie ein Stein und kann sensationell durchatmen. Das ist die Luft hier. Schön salzig und frisch.« Gedanklich fügte ich hinzu, dass es auch mir gesundheitlich deutlich besser gehen würde, wäre ich dauerhaft an der See. Wobei das mehr gefühlt so war. Rein medizinisch betrachtet machte die Luft für mich wohl keinen Unterschied.

»Brauchen wir nur noch einen Job für Mama und Papa hier. Dann könnten wir bleiben«, überlegte Lennart.

Ich musste lachen. »Ja, klingt so einfach.«

»Max, grüß dich!« Clara kam um das Haus herum. »Haben dir die Brötchen geschmeckt?«

»Perfekt war das, danke! Sie waren vorzüglich!« Dankbar lächelte ich.

»Wollen wir aufbrechen? Ich hole nur schnell meine Tasche.« Mit diesen Worten verschwand ich im Haus.

»Max, darf ich das letzte Brötchen essen?«, klang es von draußen. Es war Lennart.

»Klar! Bediene dich«, antwortete ich. Nach einigen Sekunden hörte ich ein »Die sind der Hammer! Jetzt weiß ich, warum Mama die anderen alle allein verputzt hat!« Ich musste grinsen.

»Danke, Max. Lennart freut sich sehr, dass ihr gemeinsam was unternehmt.« Clara lächelte. Dann reichte sie mir eine kleine Tasche. »Dies ist ein Notfall-Medikament. Sollte Lennart mal Probleme mit der Atmung haben, hilft ihm das recht schnell.« Sie erklärte mir kurz die Handhabung, die mir von meinem Medikament bekannt vorkam, und ich steckte die Tasche zu meinen Sachen.

Wir stiegen ins Auto und fuhren einmal durch Kampen. Uns begeisterten vor allem die eindrucksvollen Fahrzeuge, die vor den Häusern parkten. Hier war vom Oldtimer bis zum neusten Modell alles versammelt, was Rang und Namen hatte. Nicht immer hatte man direkten Blick auf die Autos, zu abgeschottet lebten die meisten ihrer Eigentümer. Spätestens bei einem Aufenthalt am Strönwai konnte man aber innerhalb weniger Minuten eine Vielzahl dieser Boliden bestaunen.

»Ich schlage vor, damit wir so richtig entspannt ein wenig staunen können, gehen wir nach dem Schwimmen mit Clara und Ulrike hier einen Kaffee trinken und ein Eis essen, was meinst du?«, schlug ich vor. Lennart freute sich.

Im Schwimmbad angekommen, musste ich nach einigen Bahnen im Wasser feststellen, dass ich längst nicht mehr in Topform war. Vor nicht allzu langer Zeit hatte ich so viel Zeit im Fitnessstudio verbracht, dass mein Körper in einem guten Zustand gewesen war. Seit ich mein Sportprogramm heruntergefahren hatte, baute ich muskeltechnisch immens ab.

»Lennart, was machst du für Sport?«, erkundigte ich mich, als

Lennart innerhalb kürzester Zeit zum dritten Mal die Rutsche heruntergesaust war.

Ich stand vorm Becken des Wellenbades und schaute ihm zu. »Grad kann ich nicht so richtig Sport machen. Der Arzt sagt, das ist zu anstrengend. Aber Schwimmen ist super. Das mache ich oft mit Papa.«

»Hast du mit deiner Mutter denn was Gemeinsames, was ihr gerne macht? Dass ihr auch mal Zeit habt nur für euch?«

Lennart stieß Luft durch die Lippen. »Mama zeichnet gerne. Handlettering ist ihr Hobby. Ich war ja manchmal nicht in der Schule, da haben wir zuhause ganz viel gezeichnet. Mama macht das gerne.« Lennart grinste. »Das klingt gut«, sagte ich.

»Und mit deiner Oma unternimmst du auch viel?«

Lennart nickte, wirkte aber traurig. »Mama und Papa lieben es, was essen zu gehen. Früher hat Oma dann oft auf mich aufgepasst. Aber dann hatte ich einen dieser ganz schlimmen Anfälle. Oma war fix und fertig.« Lennart presste angestrengt die Kiefer aufeinander. »Ich glaube, Oma hat jetzt Angst und traut sich nicht mehr, lange mit mir allein zu sein.«

»Okay.«

Lennart lief wieder los in Richtung der Rutschen, die wir dann auch zwei, drei Mal gemeinsam erprobten. Es war ein Riesenspaß und wie eine Zeitreise zurück in die Kindheit. Wir vergaßen komplett die Zeit und es hätte noch ewig so weitergehen können.

Während einer kleinen Verschnaufpause gönnten wir uns ein Eis.

»Geht's dir gut, Lenn?«, fragt ich Lennart. Sein Strahlen von einem Ohr zum anderen war Antwort genug.

»Es ist richtig, richtig cool hier! Spitzenidee, Max!«

»Freut mich. Ich find's auch Weltklasse«, gab ich zu. »Ich kann nicht sagen, wie lange ich nicht mehr eine Wasserrutsche hinuntergerutscht bin«, staunte ich.

In diesem Moment rief Clara an. Sie erkundigte sich, ob es Lennart gut ging.

Als ich Lennart das Handy gab, rollte er mit den Augen. »Mama nun wieder.« Er machte eine abwertende Handbewegung. Dann hörte er kurz zu, was Clara sagte. Offenbar gefiel es ihm nicht. »Glaubst du, ich wünsche mir, krank zu sein, oder was?« Lennart drückte mir das Handy wieder in die Hand, biss ein letztes Mal von seinem Eis ab und knallte dann den Rest auf eine Serviette, die auf dem Tisch lag. Dann stampfte er von dannen in Richtung Rutsche.

»Clara?«, fragte ich. »Ich dachte, er erzählt dir selbst, wie klasse es ist. Das war jetzt nicht mein Plan, dass ihr streitet. Sorry. Es ist alles in Ordnung, wirklich. Wir haben echt Spaß. War, glaube ich, nicht böse gemeint von Lennart. Er war richtig gut drauf bis eben.« Noch während ich das aussprach, merkte ich, dass Clara es falsch auffassen könnte, was sie leider auch tat.

»Das freut mich ja auch. Schön, dass ihr Spaß miteinander habt. Aber das ist kein Grund, dass er meine Bedenken so ins Lächerliche zieht. Was hat er dir denn noch alles über seine Eltern erzählt?

»Clara, hey! Was ist denn nun plötzlich los?« Ich stand auf und hielt Ausschau nach Lennart, bis eben hatte ich ihn immer im Blick. Grad war er wohl auf der Rutsche. Zumindest sah ich ihn nicht.

»Entschuldige«, sagte sie dann. »Das hat mit dir nichts zu tun. Es freut mich ja, wenn ihr Spaß habt. Danke, Max.« Clara klang versöhnlicher.

»Alles klar! Wir melden uns, wenn wir Richtung Kampen fahren. Lennart ist grad zur Rutsche gelaufen. Ich folge ihm mal.« Ich verabschiedete mich von Clara und legte auf.

Ich erschrak, als eine junge Frau plötzlich auf mich zu lief. »Sie gehören doch zu dem Jungen mit den hellblauen Shorts, oder?«, rief sie schon von Weitem. Ich zuckte zusammen. »Ja!« Ich lief ihr entgegen und folgte ihr dann. »Was ist passiert?« Mein Herz raste.

»Er bekommt ganz schlecht Luft. Der Bademeister war gleich bei ihm. Kommen Sie.«

»Das Set!«, rief ich und griff nach der Tasche, die ich mit Handtüchern am Beckenrand hatte liegen lassen. Meine Stimme überschlug sich vor Aufregung. Ich rannte, so schnell es der feuchte Boden zuließ, in Richtung der Tasche. Mein Herz schlug mir bis zum Hals und ich war völlig erschöpft, als ich bei unseren Sachen ankam, obwohl die Strecke keine lange gewesen war. Ich fand das kleine Täschchen mit einem Kreuz schnell und sprintete so schnell zurück zur Rutsche, wie die nassen Fliesen es zuließen. Lennart saß auf dem Boden der Treppe zur Rutsche und seine Atmung klang flach und fiepsig. Mir jagte der Anblick einen eiskalten Schauer über den Rücken und für einige Sekunden war ich wie gelähmt.

Dann holte ich ein Spray heraus, hielt es Lennart vor den Mund und er inhalierte zwei Hübe. Seine gerade eben noch japsenden Atemzüge wurden dank des Sprays schlagartig wieder ruhiger. Ich schluckte, weil ich die Wirkung so gut kannte. Auch ich merkte, dass dieser spontane Sprint mir zugesetzt hatte. Nach der Aufregung machte sich auch meine Atmung bemerkbar. Ich stützte Lennarts Rücken mit einer Hand und hielt mir mit der anderen den Brustkorb.

Lennart war schon wieder zu Scherzen aufgelegt und fragte mich, ob ich auch einen Zug von seinem Spray nehmen wolle.

Ich schloss Lennart erleichtert in die Arme, als dieser sich langsam aufrappelte und aufstand. »Er hat schweres Asthma. Tausend Dank für Ihren Einsatz«, sagte ich mit anerkennendem Blick in die Runde. Erleichtert lächelten die junge Frau und der Bademeister.

»Alles klar. Es sieht aus, als habe er sich gefangen. Meinen Sie, Sie kommen zurecht? Sie brauchen keinen Arzt?«, erkundigte sich der junge Mann in roter Kleidung und mit Basecap. Seine Wangen waren vor Aufregung ganz rot und Schweiß stand ihm auf der Stirn. »Danke, nein. Wir setzen uns vielleicht einmal kurz hin. Ich kann ihnen kaum sagen, wie dankbar ich bin. Bitte bestellen Sie sich, was sie wollen. Die Runde geht auf mich.«

»Keine Ursache, dafür sind wir da.« Lennarts Retter lächelten und gingen dann herüber zu ihrem Raum, von dem aus sie den Überblick über das Bad hatten. Ich legte den Arm um Lennart, der, zwar noch etwas wackelig auf den Beinen, aber wieder mit ein wenig Farbe im Gesicht, zu einer naheliegenden Liege schlich und sich daraufsetzte.

Auch ich setzte mich. Mir steckte ein gehöriger Schreck in den Gliedern und ich verstand, was Lennart damit meinte, dass Ulrike mit dieser Verantwortung und der Situation ihre Probleme hatte. Und ich hatte heute, im Gegensatz zu ihr damals, das Notfall-Spray zeitnah parat gehabt.

»Wollen wir lieber aufbrechen?«, fragte ich Lennart. Dieser nickte.

»Ich geh kurz zur Toilette. Und keine Sorge, das schaff ich allein.« Lennart grinste matt, stand auf und deutete das Victoryzeichen mit den Fingern an. Ich lächelte.

Ich blieb noch einen Moment auf den Liegen sitzen. Die Tür zu den Toiletten hatte ich von hier aus im Blick.

Als Lennart wieder da war, gingen wir zur Umkleide, duschten und traten hinaus in den angenehm kühlenden Wind. »Herrlich!« Wir sogen die Luft tief ein. Sie war viel angenehmer als die stickige, feuchte Luft im Bad.

»Und jetzt? Wollen wir Ulrike und Clara anrufen und einen köstlichen Milchreis oder ein Eis im Strönwai essen und dabei die Autos bestaunen?«, fragte ich Lennart. Lennart stimmte begeistert zu. Ich griff zum Handy, um mich zu erkundigen, wo Clara und Ulrike gerade waren.

Kapitel Clara

Meine Mutter und ich schlenderten durch einige Geschäfte, tranken Kaffee und ließen die Sonnenstrahlen, die sich langsam den Weg durch die Wolkendecke bahnten, unsere Gesichter wärmen. Nach gut zwei Stunden saßen wir auf einer Bank, direkt am Meer in Kampen. Nach der Shoppingtour waren wir mit dem Auto zu der Aussichtsplattform gefahren, von der aus man einen eindrucksvollen Blick über den Strand vor Kampen hatte. Zu unseren Füßen tobte das Meer mit imposanter Kraft immer weiter gen Kliffkante. Die weißen Schaumkronen tanzten und ganz weit draußen sah man einige Schiffe. Am Wasser spielten Hunde und Kinder rannten quietschend vor den ankommenden Wellen weg. Einige badeten im Wasser, manche davon, der Freikörperkultur folgend, nackt. Die blau-weiß gestreiften Strandkörbe waren Richtung Sonne ausgerichtet und passten zum Blau des Himmels.

Der Wind wirbelte unsere Haare in alle Richtungen. Ich war dankbar, hier mit meiner Mutter zu sitzen und diesen Ort zu genießen. Ich legte meinen Kopf an ihre Schulter.

»Mit Papa wäre ich jetzt wahrscheinlich ins Wasser gegangen«, sagte ich und schmunzelte, als meine Mutter sich schüttelte.

»Brr! Da muss ich leider passen, mein Schatz!« Sie lachte und hob bedauernd die Schultern. Wenn es darum ging, irgendwo in der Natur baden zu gehen, war seit jeher mein Vater derjenige gewesen, der sich mit mir ins Wasser traute, während es meiner Mutter zu frisch war. Ich drückte ihre Hand.

»Ich werde mir irgendwann Lennart schnappen und die Tradition mit ihm fortsetzen. Schade, dass Papa nicht mitgekommen ist, oder?«, fragte ich sie.

»Sicher. Aber das wäre ihm alles zu viel geworden. Das war jetzt zu spontan. Du kennst ihn ja.« Mit einem Augenzwinkern legte meine Mutter die Hände in den Schoß. »Vielleicht fahre ich mit ihm ja auch noch einmal auf die Insel. Das wäre wunderbar. Jetzt, wo ich mal wieder hier bin, weiß ich erst, was ich immer so geliebt habe an diesem Ort. Wie lange waren wir nun nicht hier.« Meine Mutter schloss schwärmerisch die Augen und reckte ihr Gesicht weiter gen Sonne.

»Wie kommt es eigentlich, dass ihr nie in Konrad und Binas Haus gewohnt habt in all' den Jahren? Das wäre doch perfekt gewesen und ich bin mir sicher, sie hätten nicht viel Geld verlangt, wenn überhaupt.«

»Irgendwie hat es sich nie ergeben«, antwortete meine Mutter, dabei war uns beiden klar, dass sie bisher einfach zu stolz gewesen waren, dieses in Anspruch zu nehmen. »Hast du mit Max eigentlich irgendwann nochmal über die Sache zwischen euch gesprochen?«, unterbrach meine Mutter mit einem Mal meine Gedanken und lenkte damit von sich ab.

»Über die Sache? Du meinst über das Ende unserer Freundschaft?«, fragte ich.

»Nenn es, wie du möchtest.« Meine Mutter lächelte sanft.

»Nicht direkt, nein.«

»Und darüber, dass er sich ganz schön verändert hat seitdem?« Meine Mutter ließ nicht locker.

»Das habe ich tatsächlich schon einmal angesprochen. Da hat er aber nur ausweichend gesagt, dass man sich halt im Leben verändert.«

»Verstehe.« Meine Mutter legte nachdenklich die Stirn in Falten. »Dann ist er nicht ehrlich. Ich bin auch der Meinung, dass seine Wandlung einen Grund hat. Irgendwas muss es geben, das ihn zum Nachdenken gebracht hat.«

»Mama, selbst wenn. Wir haben genügend eigene Sorgen. Meine Kapazitäten sind mehr als erschöpft. Die Wehwehchen eines Max Brahnfeldt gehören nicht zu den Dingen, mit denen ich mich zusätzlich belasten möchte.« Meine Antwort klang schroff und zurechtgelegt. Ich spürte selbst, wie wenig überzeugend ich sprach. Meine Mutter reagierte nicht darauf, sondern schwieg. Nach einiger Zeit sagte sie: »Ich werde den Gedanken nicht los, dass es einen Grund hat, warum wir ausgerechnet mit ihm hier auf Sylt sind.« Irritiert sah ich meine Mutter an. »Er ist der Einzige, den ich kenne, der ein Haus auf Sylt hat und der uns, nicht ohne den Wink seiner großherzigen Mutter zu beherzigen, spontan angeboten hat, dort zu wohnen. Das ist der Grund«, stellte ich nüchtern fest. »Ja, und warum hat er zugestimmt? Also entweder will er dir gegenüber was gutmachen oder er denkt sich was dabei.« Ich schüttelte den Kopf. »Ach, Mama. Dein gutes Herz in Ehren, aber dass Max nach Jahren das schlechte Gewissen so sehr plagt, dass er mich und meine Familie in sein Haus einlädt, um etwas gutzumachen, kann ich mir beim besten Willen nicht vorstellen. Vielleicht Lennart zuliebe, aber wer weiß. Vielmehr scheint er verdammt einsam geworden zu sein mit seiner Art zu leben. Womöglich wird ihm gerade bewusst, dass Geld einen nicht in den Arm nimmt und eine Garage voller Autos auch nicht hilft, wenn man allein ist.« Als geschähe es ihm recht und er wäre mir gleichgültig, hob ich die Schultern.

»Seit ihr nicht mehr gemeinsam um die Häuser gezogen seid, hat er bestimmt nie wieder so gute Freunde wie dich gehabt. Vielleicht hast du recht und er ist wirklich einsam.« Meine Mutter lachte plötzlich auf. »Stell' dir vor, Bina hat neulich gesagt, er habe ihr erzählt, er wandere aus. Manchmal glaube ich auch, Bina hat uns ganz bewusst mit Max auf die Insel geschickt.«

Verwunderte starrte ich meine Mutter an. »Max will auswandern? Das hat er gesagt? Und wohin um alles in der Welt will er gehen?« Immer wieder gab ich mir ja Mühe, mich von Max abzulenken, was mir aber kaum gelang. Dieser Mann stellte mich tatsächlich vor Rätsel. Und was sollte es bedeuten, dass Bina uns bewusst auf die Insel geschickt haben könnte?

»Long Island oder so. Kann das sein?« Meine Mutter schaute mich fragend an.

Ich schluckte. Wie kam es, dass er vorhatte, ausgerechnet nach Long Island auszuwandern? Statt einer Antwort hob ich nur die Schultern.

»Wie auch immer. Also wenn er auswandert, ist Bina natürlich untröstlich. Aber einen Mann wie Max kann man nicht aufhalten. Auch der Plan, uns mit ihm hierherzuschicken, wird daran kaum etwas ändern.« Meine Mutter schaute nachdenklich in die Ferne, als sie das sagte.

Mit einem Mal erstarrte ich innerlich. Mir gefror das Blut in den Adern und mein Puls beschleunigte. Die Worte meiner Mutter hallten in meinem Kopf nach.

»Ist dir nicht gut?« Besorgt legte meine Mutter ihre Hand auf mein Knie.

»Doch, doch. Alles super. Ich muss nur ganz dringend mal aufs Klo«, log ich und sprang auf. »Lass' uns doch nach Hause fahren, okay?«

»Okay.« Meine sichtlich irritierte Mutter rappelte sich auf, sog noch einmal demonstrativ die frische Luft ein und ging dann zum Auto.

Meine Beine fühlten sich an wie Pudding und ich misstraute ihnen, dass sie mich sicher tragen würden. Glücklicherweise saß ich bald im Auto und lief nicht länger Gefahr umzukippen. Meine Mutter erzählte mir etwas. Ich hörte aber nicht wirklich zu und warf hier und da ein *Mhm* und *Ach ja, stimmt* ein.

In Max' Haus angekommen, lief ich schnell ins Bad und ließ mir eiskaltes Wasser übers Gesicht laufen.

Ich fürchtete, Max würde jeden Moment wieder mit Lennart hier aufschlagen. Also entschied ich, noch eine Runde am Watt entlangzulaufen, um meine Gedanken zu sortieren und einen Moment für mich zu sein.

»Mama, ich brauche noch ein paar Schritte an der frischen Luft. Bleibst du hier und nimmst die zwei in Empfang?« Sie war gerade damit beschäftigt, ihre Jacke aufzuhängen, und stand mit dem Rücken zu mir. Ob meine Mutter die unterschwellige Bitte wahrgenommen hatte, dass ich allein sein wollte?

Ich wusste es nicht. Als sie jedoch nickte und mit den Worten, dass sie sich einen Kaffee machen wolle, in die Küche ging, war ich beruhigt. Ich lief los in Richtung Kampener Watt. In diesem Moment brauchte ich die Ruhe am Watt, so aufgewirbelt fühlte ich mich.

Ich ging vom Haus aus, welches am Rande von Kampen unweit der Dünen lag, einige hundert Meter in Richtung Hauptstraße. Diese überquerte ich und kam bald auf die Straße, an der die Häuser mit Wattgrundstücken lagen. Von dieser ging irgendwann ein kleinerer Weg ab, der direkt zum Watt führte. Über diesen Pfad, der wie aus einer anderen Welt wirkte, so ruhig und verwunschen, ging ich leicht bergab. Auch wenn Kampens Küste neben dem Watt auch das offene Meer bot, was ich sehr liebte, war ich gerne auf der Wattseite unterwegs. Am Fuße der Straße konnte ich durch die Grundstücksgärten hindurch schon das Glitzern des Meeres sehen. Es schien auflaufendes Wasser zu sein. Dichte sattgrüne Hecken säumten die Straße. Hier gab es keinen Fußweg, also lief ich am Rande des Weges. Am Ende der Straße führte ein kleiner Weg zwischen zwei Gärten hindurch, den man nur zu Fuß passieren konnte. Er war nicht wirklich befestigt, sondern der Boden war sandig und mit Wurzeln durchzogen. Ich musste mich konzentrieren, dass ich nicht ins Stolpern kam. Diese Grundstücke hatten eine Traumlage und begeisterten durch die Abgeschiedenheit und die Privatsphäre, die die Eigentümer genießen durften. Hinter Friesenwällen, die mit den riesigen Heckenrosen und Kriechkiefern bepflanzt waren, konnte man die Pracht der imposanten Traumhäuser unter Reet nur erahnen. Auch Max lebte in einem dieser Refugien. Hinter der prachtvollen Fassade verbarg er aber offenbar ein bitteres Geheimnis. Nach außen hin schien es, als hätte er sich immer schon sehr glücklich schätzen können. Aber war es nicht auch traurig, wenn man all' die Freude darüber nur mit sich selbst teilen konnte? Hier und da vielleicht mit einer tief beeindruckten Affäre, die womöglich nach der ersten und meist auch letzten gemeinsamen Nacht in seinem Haus den Traum träumte, mit ihm den großen Fang gemacht zu haben. In meinem Kopf flogen die Gedanken nur so durcheinander. Max hatte Bina gegenüber geäußert, dass er auswandern wollte. So weit, so gut. Aber abgesehen davon, dass ich mir das beim besten Willen nicht vorstellen konnte, beunruhigte mich diese Aussage.

Als wir damals zum Feiern nach Sylt kamen, flogen einige von Max' Freunden in die USA in die Hamptons. Sie erzählten, dass dieser Ort Sylt ähnelte. Max hatte dann immer gesagt, Long Island sei der einzige Ort, der Sylt Konkurrenz machen würde. Gut möglich, dass er darüber nachdachte, dorthin zu gehen. Erst der Satz meiner Mutter, dass man einen Menschen wie Max nicht aufhalten könne, hatte mir die Augen geöffnet. Schlagartig war ich wie in die Vergangenheit zurückversetzt. In die Zeit, als Max' Großvater mit der schweren Krankheit kämpfte. Stur wie er war, hatte er sich von niemandem reinreden lassen. Ein Brahnfeldt sei hart im Nehmen, würde aber keine unnötigen Qualen auf sich nehmen, hatte Max immer gesagt, und auch, dass man einen Mann wie seinen Großvater nicht aufhalten könne. Dass Max neulich beim Spaziergang recht angeschlagen wirkte, fügte sich in das Bild von Max' Opa in dieser Zeit. Eines Tages hatte Max mir anvertraut, dass sein Opa ihm, lange vor der Diagnose, mal gesagt habe, dass er es niemals zulassen würde, dass er einmal dahinsiechen und irgendwem zur Last fallen würde. Max war ihm schon immer sehr ähnlich, und auch wenn die Vorstellung, seinen Opa zu verlieren, mit das Schlimmste für ihn war, respektierte er dessen Entschluss. Max' Oma jedoch kannte ihren Mann zwar zu gut, hatte aber bei Weitem keinerlei Verständnis für diese, in ihren Augen egoistische Entscheidung. Ich verstand sie und gab ihr Recht, schlug mich auf ihre Seite. Aber Max nicht. Wir stritten oft über dieses Thema.

Mit einem Lächeln erzählte mir Max am Tage seiner Beerdigung, dass sein geliebter Opa nun endlich in *Neuseeland* sei. Ich hatte nicht verstanden, was Neuseeland damit zu tun haben sollte, dass sein Opa verstorben sei. Max hatte mir dann gesagt, dass *Neuseeland* der Sehnsuchtsort seines Großvaters gewesen sei und nun dafür stehe, dass er ohne Sorgen sei. Ich ahnte, dass er *Long Island* benutzte, so, wie sein Großvater von *Neuseeland* sprach. Dieser Ort war womöglich ein Synonym für Pläne in Max' Kopf, die ich mir gar nicht näher ausmalen durfte. Max' Opa hatte damals *Neuseeland* wie eine Geheimsprache benutzt, wenn er mit Max darüber sprach, dass er nicht länger leben wollte. Erzählte Max deshalb nun von *Long Island*? Das Puzzle in meinem Kopf fügte sich. Mein Herz raste und mein Magen verkrampfte so, als müsste ich mich übergeben.

Mit einem Mal wollte ich mich erkundigen, ob mit Lennart alles in Ordnung war. Ich rief Max an. Wie so oft reagierte Lennart genervt, als ich fragte, wie es ihm ging. Es kam zum Streit, bei dem er das Telefonat einfach beendete und das Handy an Max weitergab. So emotional aufgeladen, wie ich war, bekam Max meine Wut darüber ab. Max versicherte mir aber, dass sie Spaß hatten und das beruhigte mich für den Moment und ich entschuldigte mich.

Ich kam am Watt an und lief den langen Holzsteg hinunter, der ans Wasser führte. Ein winzig kleines Reetdachhaus, das trotz seiner Größe als Millionenobjekt galt, lag links hinter Wällen versteckt. Der Steg führte bis ans Meer. Ein kleiner Abschnitt mit Sand lag am Fuße des Holzsteges. Dort angekommen setzte ich mich, zog meine Schuhe aus und vergrub meine Füße im kühlen Sand. Möwen kreisten über dem Wasser, einige schwammen in den seichten Wellen. Ein glitzernder Schleier schien über der Wasseroberfläche zu liegen und funkelte unter dem Sonnenlicht wie tausend Diamanten. Der Anblick strahlte Ruhe aus. Kein Geräusch war zu hören, außer das Rauschen des Windes und ganz in der Ferne das Kreischen der Möwen, das der Wind bis zu mir trug. In meinem Innern jedoch tobte ein Sturm, der mich komplett durcheinanderwirbelte. Wie ein Tornado aus Angst und dem drängenden Wunsch, irgendwas zu tun, drehte sich alles in mir. Konnte an meiner Erklärung etwas dran sein? Dafür sprach die Wandlung, die Max augenscheinlich durchlebt hatte. Offenbar hatte unser eher zufälliges Zusammentreffen neulich bei seinen Eltern bewirkt, dass er mit Teilen seiner Vergangenheit aufräumen und Frieden schließen wollte. Womöglich hatte Bina das sogar bewusst arrangiert? Am Ende sah sie unsere alte Freundschaft als eine Art rettenden Anker, wenn sie selbst nicht mehr an ihren Sohn herankam.

Fakt war, dass es auf mich wirkte wie eine Fügung des Schicksals. Auch wenn wir eigene Sorgen hatten, wir hatten das Glück, dass es irgendwie weitergehen würde. Wenn das stimmte, was ich vermutete, sah das bei Max anders aus.

Ich überlegte krampfhaft, was ich tun konnte. Ich fürchtete, Max würde von sich aus die Karten nicht offenlegen. Ich musste mit ihm reden und ihm die Pistole auf die Brust setzen. Im Prinzip hatte ich ja nichts zu verlieren. Er könnte uns aus seinem Haus werfen, was er aber sicher Lennart nicht antun würde. Was aber sollte sonst geschehen?

Ich würde ihn ganz direkt damit konfrontieren, was es mit *Long Island* auf sich hatte.

Während ich aufs Meer schaute und darüber grübelte, wie ich meine Vermutung ansprechen sollte, lauschte ich meinem Herzen. Warum berührte mich Max auf diese Art? Ich liebte Paul, da war ich mir sicher. Das, was uns zeitweise unsere Liebe vergessen ließ, war etwas, was wir in den Griff bekommen konnten, hoffte ich. Für uns, und vor allem für Lennart. Aber auch, wenn mir dieser Gedanke Angst machte, sprang mein Herz doch noch immer auf Max an. Ich wollte das nicht zulassen und es fühlte sich unfair und falsch meiner Familie gegenüber an, aber es war so. Er war da, dieser zusätzliche Herzschlag, wenn Max mir in die Augen schaute. Vielleicht täuschte das Gefühl und es war die tiefe Vertrautheit von Kindheitstagen an, die wiederauflebte. Ich atmete tief durch, schmeckte den salzigen Film auf meinen Lippen und den leichten Wind auf meiner Haut.

Vielleicht war es unsere Freundschaft, die gerade wieder aufflammte und mein vernachlässigtes Herz deutete dies als eine Verliebtheit? Ich wollte an diese Erklärung glauben und musste aufgrund des beklemmenden Gefühls in meinem Herz schlucken. Leider wurde ich zu einem Zeitpunkt mit dieser alten Freundschaft konfrontiert, an dem sie auf eine harte Probe gestellt werden würde. Denn als Freundin würde ich es nicht zulassen, dass er den Weg weiterverfolgte, den er eingeschlagen hatte.

Ich seufzte.

Siedend heiß fiel mir ein, dass ich Maja noch immer nicht angerufen hatte. Ich griff nach meinem Handy und wählte ihre Nummer. Die Verbindung war nicht gut, kam aber zustande.

»Maja, Liebes, tut mir leid, dass ich mich noch gar nicht gemeldet habe. Wie geht es dir?«, fragte ich.

»Clara, gut geht's mir! Viel interessanter ist aber, wie es dir geht. Habt ihr es schön? Wo wohnt ihr denn? Ich hab ja gestaunt über deine Nachricht. Eine tolle Idee. Dein Mann liebt dich wirklich, meine Süße.« Maja war so hingerissen von dieser Überraschung, dass es mir schwerfiel, den Bogen zu Max so zu spannen, dass sie nicht ausflippen würde.

»Ja, ich habe mich auch gefreut«, sagte ich eher verhalten.

»Oh, toll! Du hast dich also gefreut, das klingt ja nahezu euphorisch.« Maja schnaubte empört.

»Ach ja«, sagte ich matt.

»Sorry, aber du sagst immer, ein Urlaub wäre ein Traum, aber einfach nicht drin. Dass dein Mann dich dann nach Sylt einlädt, wow! Ein bisschen mehr Begeisterung wäre irgendwie gar nicht so verkehrt, wenn du mich fragst.« Ich sah förmlich, wie Maja den Kopf über mich schüttelte.

»Maja, wir wohnen bei Max«, fiel ich direkt mit der Tür ins Haus.

»Ihr wohnt bei Max?« Majas Stimme überschlug sich beinahe. »Bist du wahnsinnig?«, krächzte sie.

»Es war nicht meine Idee. Paul und meine Mutter haben diesen Plan geschmiedet«, erklärte ich.

»Okay, das macht es aber nur unwesentlich besser. Du hättest das nicht zulassen dürfen!« Sie war regelrecht ärgerlich.

»Ja, rate mal, warum meine Euphorie sich so in Grenzen hält. Aber ganz ehrlich, Lennart ist vollkommen aus dem Häuschen, seit diese Idee entstanden ist. Was bitte sollte ich tun?«

»Liebes, egal wie verzwickt eure Situation gerade ist. Dass du einen Kurzurlaub bei Max Brahnfeldt verbringst, so schlimm kann die Lage gar nicht sein.« Maja war, wie ich erwartet hatte, geschockt.

»Maja, glaub mir, ich habe auch wenig Spaß an dieser Konstellation. Wenn ich ehrlich bin, warte ich schon darauf, dass es endlich wieder nach Hause geht.« Was ich sagte, stimmte nicht. Zwar wäre es verlockend, das Weite zu suchen und mir nie wieder Gedanken um Max zu machen, dass mir das nicht gelingen würde, stand jedoch ebenfalls fest. Und ob ich das noch wollte, wusste ich gar nicht. Ich konnte jedoch unmöglich Maja davon erzählen. Auch nicht, wenn sie meine beste Freundin war. Max war ein rotes Tuch.

»Maja, ich gehe gleich wieder zu meiner Familie, ich wollte nur kurz ein paar Schritte laufen. Lass' uns ein andermal wieder telefonieren. Bis bald!«

»Bis bald, Clara. Und mach keinen Blödsinn. Versprich mir das!« Majas Tonfall war mahnend und kurz angebunden. Mir ging es nicht unbedingt besser, als wir aufgelegt hatten.

Ich stand auf, klopfte den Sand von meiner Hose und zog die Schuhe wieder an. Dann lief ich über den Holzsteg zurück.

Heute Abend wollte sich meine Mutter mit Bina und ihrem Mann treffen. Lennart und ich wollten uns was Leckeres kochen und einen ruhigen Abend zu zweit verbringen.

Als ich nach Hause kam, erfuhr ich jedoch, dass meine Pläne für den Abend hinfällig waren. Max hatte angeboten, uns in sein

Lieblingslokal in Westerland einzuladen. Eine kleine Bude, die direkt hinter den Dünen am Strand lag. Ein Lokal mit lockerer, entspannter Atmosphäre, wo man ebenso Currywurst und Pommes wie auch gute Steaks bestellen konnte. Lennart war sofort begeistert, also willigte auch ich ein. Wir verabredeten uns für 18 Uhr. Die Zeit bis dahin wollte ich nutzen, um zur Zerstreuung ein paar Kärtchen mit Sprüchen im Handlettering zu zeichnen. Max' Haus bot in unserem Schlafzimmer einen wundervollen Platz dafür. Vor dem Fenster, aus dem man den Garten einsehen konnte, stand ein Schreibtisch mit einem bequemen Stuhl davor. Ich setzte mich. Von dort aus sah man noch den Rand des Reetdaches hervorstehen. Das verlieh dem Blick aus dem Fenster besondere Gemütlichkeit, weil es Geborgenheit ausstrahlte.

Ich zog meinen Block hervor, öffnete die Schachtel mit meinen Stiften und zeichnete die Worte *Sehnsuchtsort. Ort, an dem das Herz zu Hause ist*. Ich malte Buchstaben für Buchstaben und schraffierte die Flächen in schimmernden Pastelltönen. Am Rand der Schrift verzierte ich die Worte mit maritimen Symbolen. Ich zeichnete einen Anker und den Umriss einer Muschel. Die Stifte flogen über das Papier und führten mich nach diesem Bild nahezu selbstständig zum nächsten Wort. *Syltliebe*.

Während ich das Wort zeichnete, ließ ich alle Assoziationen zu, die mir einfielen, und gab ihnen Raum in meinem Bild. Neben dem Symbol für Freiheit, einem fliegenden Vogel, malte ich ein gelbes Herz, daneben ein zerbrochenes. Als ich es fertiggestellt hatte, legte ich es in eine Schublade.

Kapitel Max

Ulrike hatte erzählt, dass Clara einen Spaziergang machen wollte und noch nicht wieder zurück sei. Wir machten, bevor wir nach Hause fuhren, ohne die Frauen Halt in Kampen, um einen Kaffee zu trinken. Lennart bekam einen Kakao.

Wie erwartet, kam Lennart beim Anblick der Luxuskarosserien an Kampens berühmtem Strönwai kaum aus dem Staunen heraus und war vollkommen begeistert von dem Spektakel, das sich ihm angesichts der Fuhrparks der Reichen und Schönen bot. Tief brummende Motoren röhrten an uns vorbei. Es bollerte hier und da ein Motorrad und aus einigen Fahrzeugen halbstarker Erwachsener, die offenbar jungen Damen imponieren wollten, wummerten Bässe lauter Musik.

»Traumautos, oder?«, fragte ich Lennart und dieser nickte fasziniert.

»Von sowas träume ich echt. Und was ist dein Traum? Ich meine, solche Autos hast du ja schon. Wovon träumt jemand wie du?« Fragend hob Lennart die Augenbrauen.

Lennarts Frage traf meinen wunden Punkt. Ich hätte damit rechnen müssen, dass diese folgte. Einen Moment lang rührte ich nachdenklich in meinem Kaffee.

»Du hast recht. Die meisten Träume habe ich mir bereits erfüllt. Aber was ich schon immer gerne machen wollte, ist ein Segelflug über die Insel.«

Erstaunt hob mein Gegenüber die Augenbrauen. »Hast du das noch nie gemacht?« Lennart schien überrascht.

Ich schüttelte den Kopf. »Nein, in der Tat noch nicht. Schon oft dran gedacht, aber irgendwie schiebe ich es immer auf das nächste

Jahr. Ich hab dir doch von meiner Höhenangst erzählt.« Ich zuckte die Schultern, schüttelte den Kopf über mich selbst und grinste schief. Lennart schmunzelte.

»Mama hat mir immer ein Buch vorgelesen.« Er machte eine Pause und schien zu überlegen, wie es hieß.

Ich hob erwartungsvoll die Augenbrauen.

»So ein Buch mit einem *Fliewatüüt*. Da hab ich gesagt, dass ich unbedingt mal in sowas fliegen will.« Lennart strahlte.

»Klar, Boy Lornsen – ein Sylter Kinderbuchautor.« Ich war begeistert. Durch meine Familie, die seit Jahrzehnten den Sommer auf Sylt verbrachte, hatten mich diese Bücher durch meine Kindheit begleitet. Wie schön, dass auch Clara sie ihrem Sohn vorgelesen hatte.

»Da gibt's hier ganz ähnliche kleine Hubschrauber - Gyrocopter heißen die.« Ich griff nach meinem Handy und gab den Begriff ein, um Lennart ein Foto davon zu zeigen.

»Genau! Das ist bestimmt megacool!« Lennart nickte energisch und seine Augen leuchteten.

Mir kam eine Idee. Ich kannte Nils, den Piloten. Nils war gleichzeitig ein passionierter Surfer. Von ihm habe ich überhaupt erst von den Dingern erfahren, als wir mal ins Gespräch kamen. Das *Fliewatüüt* war ja jedem ein Begriff.

»Wollen wir jetzt mal nach Hause?«, fragte Lennart. Seine Stimme klang müde. Wir machten uns auf den Weg.

Als wir an meinem Haus ankamen, begrüßte uns Ulrike. »Wir waren noch kurz in Kampen. Darf ich euch heute Abend wenigstens in mein Lieblingslokal einladen?«, fragte ich sie.

Ulrike lächelte. »Eine sehr schöne Idee. Aber ich bin mit deiner Mutter verabredet, ich werde also nicht dabei sein.«

»Ach, und wo seid ihr verabredet?«

»Ich besuche deine Eltern zuhause.«

»Aha. Wusste ich gar nicht. Aber dann machen wir uns einen netten Abend zu dritt. Aber nur, wenn Clara keine anderen Pläne hatte?«

»Nein, ich denke nicht. Ich bin mir sicher, Clara freut sich.«
Ich überlegte, ob sie das Bistro von einem unserer Sylt-Aufenthalte kannte, war mir aber nicht sicher. Hoffentlich willigte Clara in meinen Plan ein. Womöglich wurde es ihr auch zu eng, ständig mit mir im Schlepptau was zu unternehmen. Aber wie ich sie kannte, würde sie uns das dann schon zu verstehen geben.

Ich grübelte darüber, wie es mir gelingen könnte, dem Jungen seinen größten Traum zu erfüllen. Für mich war es in finanzieller Hinsicht kein Problem, noch dazu hatte ich mit Nils den perfekten Kontakt hierfür. Ich musste allerdings auch akzeptieren, wenn Paul oder Clara das nicht annehmen wollten.

Sie wussten ja nicht, dass es mir tatsächlich ein großer Wunsch war, diesem Jungen unvergessliche Erinnerungen zu bereiten. Ob für ihn, für mich oder für Clara, genau konnte ich nicht sagen, was mein Antrieb war.

Ich sah vor meinem inneren Auge den Sohn, den ich nie haben würde, und bedauerte es mit einem Mal. Warum hatte ich das Gefühl nicht einige Jahre früher gehabt? Als ich die Frau, mit der eine Zukunft möglich gewesen wäre, an meiner Seite hatte? Diese beeindruckende Frau hatte ihre Liebe gefunden und einen tollen Sohn bekommen. Sie war zu beneiden. Und ich im Gegenzug allenfalls zu bemitleiden.

Ich seufzte.

»Ist alles in Ordnung mit dir?«, fragte Ulrike und ich zuckte leicht zusammen.

»Du machst manchmal einen echt angestrengten Eindruck. Ich finde, du bist auch etwas blass. Geht es dir nicht gut? Manchmal kündigt sich eine Erkältung ja so an, dass man sich nicht so fit fühlt.«

»Mag sein. Ach, geht schon. Das Klima hier macht müde.« Ich stellte dankbar fest, dass Ulrike nicht weiter nachhakte.

Ich ging hinüber zu meinem Eingang, während Ulrike und Lennart in das Gästehaus gingen.

»Dann sehen wir uns später, so gegen 18 Uhr? Es sei denn, Clara hat andere Pläne«, schlug ich vor. Ich wollte auch unbedingt noch mit Clara über den Vorfall im Schwimmbad sprechen, damit sie informiert war.

»Perfekt! Bis dahin!« Ulrike und Lennart verschwanden im Haus.

Kurze Zeit später stand ich in der Küche und holte mir ein Wasser aus dem Kühlschrank. Als ich gerade aus dem Fenster schaute, kam Clara die Einfahrt entlang. Sie trug eine helle Chino und eine weiße Bluse. Als Gürtel hatte sie ein Tuch verwendet. Ihre blonden Haare flogen im Wind und ihr Gesicht glühte, wahrscheinlich von der frischen Seeluft. Anscheinend war sie jetzt erst von ihrem Spaziergang zurückgekehrt. Wie sie da durch das Tor inmitten der sattgrünen Hecken ging, wirkte sie wie eine bildhübsche Schauspielerin. Sie umgab eine Ausstrahlung, die mich faszinierte. Paul durfte sich sehr glücklich schätzen.

Ich trat vor die Tür.

»Clara, hast du einen Moment?«, rief ich.

»Klar, ich muss nur kurz ins Bad, dann komme ich rüber.« Ihr Blick verharrte ein paar Sekunden auf mir, bevor sie nach dem Schlüssel griff. Sie war schmal geworden. Schlank war sie schon immer, inzwischen war sie beinahe ein wenig zu dünn.

Sie verschwand im Haus und ich trat für einen Moment auf die Terrasse. Der Wind ging mit einem Rauschen durch die Bäume im Garten nebenan.

Die Sonne lugte zwischen den niedrigen Kiefern, die mein Grundstück umgaben, hervor und warf lange Schatten auf den Rasen. Am Rande des Gartens saß vor dem Friesenwall und einem riesigen hellblauen Hortensienstrauch ein Kaninchen und mümmelte in aller Ruhe am Gras. Ein paar Meter weiter hatte sich ein weiteres Kaninchen der Länge nach ausgebreitet, streckte alle Viere von sich und schien sich durch nichts aus der Ruhe bringen zu lassen. Vögel hüpften unter der Hecke umher und pickten nach etwas Essbarem. Ein Vogel lauerte unweit meines Hauses und wirkte unruhig. Als ich ihn näher betrachtete, sah ich, wie er ein kleines Nest anflog, welches er sich an der Dachrinne neben meiner Terrasse gebaut hatte. Ein hohes Piepsen erklang, als der Vogel mit Nahrung im Nest landete. Es war ein idyllisches Bild. In all' den Jahren, die ich nun hierherfuhr, hatte ich mir nie bewusst Zeit genommen, still hier zu sitzen, nur die Tiere zu beobachten und dem Rauschen der Kiefern zu lauschen. Ich erinnerte mich daran, wie ich als Kind von Clara gezwungen worden war, mit ihr Heidi zu schauen. Ich mochte den Film nicht, aber das Rauschen der Kiefern war etwas, was ich bis heute damit verband und was mir immer in Erinnerung blieb.

Mit einem Mal zuckte ich zusammen. Jemand war neben mich getreten und legte mir zaghaft die Hand auf den Rücken. Als ich mich zu der Person umdrehte, schaute ich direkt in Claras Augen.

»Bist du etwa unter die Tierfreunde gegangen? Du verwunderst mich immer mehr«, stellte sie mit einem amüsierten Grinsen fest und deutete mit dem Kopf in Richtung des Kaninchens.

»Wenn ich dir jetzt erkläre, dass ich gerade an den Film Heidi gedacht habe, wohl erst recht, oder?« Ich grinste und Clara schüttelte amüsiert den Kopf. »Allerdings!«

»Schau mal, das Vogelnest.« Ich stellte mich hinter Clara, legte die eine Hand auf ihre Schulter und deutete mit der anderen zu dem Nest. Ich spürte, wie ihre Schultern sich verkrampften, und zog meine Hand weg. Der Duft ihrer Haare umwehte mich und ich ertappte mich dabei, wie ich ihn einsog.

»Eine Bachstelze! Sie füttert ihre Jungen. Wie goldig!« Clara freute sich, dann drehte sie sich skeptisch zu mir um. »Das war aber nicht das, was du mit mir besprechen wolltest, oder?«

»Lennart ging es kurz nach deinem Anruf beim Schwimmen nicht gut. Das Spray hat ihm aber sofort geholfen«, erklärte ich.

»Danke, Max. Lennart hat es mir gerade schon erzählt. Ich hab schon einen Schreck bekommen. Aber er sagte auch, dass es ihm sofort wieder besser ging. Lennart ist ja der Meinung, mein nerviger Anruf hat dazu geführt, dass es ihm schlechter ging.« Sie machte ein zerknirschtes Gesicht. »Tausend Dank jedenfalls, du hast genau richtig reagiert.« Sie schaute mich lange an.

»Hast du noch eine Minute?«, sagte sie dann.

»Klar, was gibt's?« Mit gespielt lockerer Geste legte ich den Arm um sie und neigte erwartungsvoll den Kopf zur Seite.

»Ich habe den Eindruck, dass der Umgang mit einem solchen Medikament dir nicht fremd ist. Muss ich mir Sorgen um dich machen?« Clara schaute sich um, ob jemand aus dem Gästehaus hinter ihr herkam. Die anderen zwei waren aber im Haus geblieben.

Ich lachte nervös. »Wie gesagt«, stammelte ich.

»Wenn das okay für dich ist, würde ich gerne reingehen. Falls du dich von der Fauna für ein paar Minuten losreißen kannst.« Sie schmunzelte, rang jedoch nervös mit den Händen.

Ich knuffte sie in die Seite und legte den Arm um sie. »Für dich? Selbstverständlich!« Ich deutete ihr mit einer einladenden Geste an, einzutreten.

Sie wand sich aus meinem Arm und ging vor mir her ins Haus. Ich bemerkte erneut das süßlich nach Vanille und Aprikose duftende Parfüm. Es kam mir vor, als hätte sie den Duft in all den Jahren nicht gewechselt.

Sie trat ins Wohnzimmer, als sei sie nie weg gewesen und der Raum altvertraut. Im Prinzip war mein Haus das für sie ja auch. Nur, dass einige Jahre zwischen dem letzten Besuch und heute lagen.

»Möchtest du irgendwas trinken?«, fragte ich.

»Danke, nein. Dein Haus ist so wunderschön. Ein absoluter Traum. Du musst sehr glücklich sein.« Mit dieser Feststellung ließ sie sich auf eins der weißen Sofas zwischen die dicken weißen Kissen fallen.

»Worauf möchtest du hinaus?« Ich bemühte mich, mir meine Nervosität nicht anmerken zu lassen. Auch, wenn uns Jahre trennten, in denen unsere Freundschaft auf Eis lag, war da plötzlich diese Ehrlichkeit, die wir immer voneinander eingefordert und ohne zu zögern einander entgegengebracht hatten.

Ich setzte mich neben sie.

Auch, als ich sie damit konfrontierte, dass ich mir keine Beziehung mit ihr vorstellen konnte, war ich ehrlich. Ein Leben als Paar passte nicht in meine Lebensplanung. Es hätte sich verlogen angefühlt, hätte ich sie im Ungewissen darüber gelassen.

»Max, ich möchte wissen, was los ist mit dir.« Claras Stimme bebte. Ich sah, dass ihre Unterlippe zitterte. Das hatte ich zuletzt an ihr gesehen, als ich ihr damals gesagt hatte, dass ich uns nicht als Paar sah.

»Clara, das habe ich dir doch schon gesagt. Mir geht's gut. Ich frage mich, wie du darauf kommst, dass dem nicht so sein sollte?« Ich bemühte mich um einen betont beiläufigen Gesichtsausdruck.

»Im Ernst? Und deine Kurzatmigkeit, das Spray, das du vergessen hattest? Warum brauchst du das, wenn es dir doch so *gut* geht?« Sie setzte das *gut* in imaginäre Anführungszeichen, die sie mit den Händen malte.

»Clara, das Spray erleichtert mir hier und da die Atmung. Was ist schon dabei?«

Clara legte den Kopf schief und ihre kugelrunden, blauen Augen wurden schmal.

»Max, ich hatte mir für mein Leben fest vorgenommen, dir darin nie wieder einen Platz einzuräumen. Keine Ahnung, wie ausgerechnet mein Mann und mein Sohn es geschafft haben, mich doch vom Gegenteil zu überzeugen. Und soll ich ehrlich sein? Ich bereue es gerade.« Clara schaute mich mit ernsthaftem Blick an.

Beschämt senkte ich den Blick. Die Ellenbogen auf die Knie gestützt, vergrub ich mein Gesicht in meinen Handflächen.

»Und weißt du, warum ich es bereue? Weil ich nun noch ein Problem habe, weil du mir leider nicht egal bist. Weil tief in meinem Herzen noch immer die kleine Clara neben Max durch die Wälder zieht und auf Bäume klettert. Sie schaut auf zu der etwas größeren Clara, die Max in den Arm genommen hat. Als einziger Mensch, vor dem ein Max Brahnfeldt seine Tränen nicht unterdrücken musste, als sein geliebter Opa starb. Der Brahnfeldt-Patriarch, so stur, dass niemand ihn aufhalten konnte.«

Mit diesem Satz hatte sie mich und um meinen Magen herum verkrampfte sich alles. Ich schaute ihr in die Augen. Kaum hörbar flüsterte sie Worte, die mich augenblicklich erstarren ließen. »*Long Island*. Dass ich nicht lache. In den letzten Tagen ist mir einiges klar geworden. Dein Großvater hat mit dir über *Neuseeland* gesprochen und niemand sonst hat verstanden, was er wirklich meinte, als er seine egoistischen Pläne tatsächlich umsetzte, so war es doch, oder?« Clara stieß die Worte wie angewidert aus. »Früher *Neuseeland*, heute *Long Island*?« Ihre Lippen zitterten, ihr Blick fixierte mich.

Sie wusste es, kannte mich einfach zu gut trotz all der Jahre des Stillschweigens zwischen uns. Ich trat zum Fenster und starrte wieder in Richtung des Kaninchens. Es war verschwunden.

»Aber die große Clara, die von heute, glaubt noch immer nicht daran, dass Aufgeben eine Option ist. Nur leider weiß sie, dass man einen Brahnfeldt kaum vom Wege abbringen kann, wenn er sich einmal dafür entschieden hat.«

Ich stand mit dem Rücken zu ihr. Nun war es meine Unterlippe, die zuckte. Ich biss mir darauf und verschränkte die Arme, so dass Clara nicht sehen konnte, wie ich beide Hände verzweifelt zur Faust ballte.

Ich hörte, wie sie aufstand und auf mich zu kam. Ich starrte weiter aus dem Fenster. Wie konnte es sein, dass diese Frau mich noch heute durchschauen konnte, wo wir doch lange Zeit getrennte Wege gegangen waren?

Ich spürte ihre warme Hand auf meiner rechten Schulter. Sie lehnte ihren Kopf an meine linke Schulter und für ein paar Minuten standen wir einfach nur da.

»Clara, bitte akzeptiere, dass ich manche Dinge in meinem Leben nur mit mir selbst ausmachen kann.«

Ich drehte mich nicht zu ihr um, sondern hoffte inständig, dass sie gehen würde. Das tat sie und als sie die Tür hinter sich zuzog, war mir, als versagten meine Beine, während mein Körper alle Kraft für die Emotionen benötigte, die mich vollkommen übermannten. In meinem Schlafzimmer setzte ich mich auf den Rand meines Bettes, ballte die Fäuste und schlug wütend neben mich auf die Matratze. Ich wollte schreien, meiner Wut freien Lauf lassen. Der Wut auf mich, auf den Drang, immer alles mit mir selbst ausmachen zu müssen, und darauf, dass ausgerechnet ich diese Krankheit hatte. Aber auch Wut auf die Situation, denn ich fürchtete, dass Clara nicht lockerlassen würde, bis ich ihr die Wahrheit sagte, die sie offenbar längst selbst herausgefunden hatte.

Ich tigerte in meinem Wohnzimmer auf und ab. Clara war eine kluge Frau. Sie durchschaute, was ich ihr verschwieg. Aber was sollte es bringen, ihr zu sagen, dass ich vor den immer präsenter werdenden Symptomen weglief, die früher oder später meinen Alltag fest im Griff haben würden? Clara kannte mich gut. Sie hatte damals mitbekommen, wie mein Großvater mit seiner Krankheit umging, auch wenn *Neuseeland* lange das Geheimnis meines Opas und mir geblieben war. Erst als mein Großvater seine Pläne tatsächlich umgesetzt hatte, vertraute ich ihr an, was wir mit *Neuseeland* gemeint hatten. Jetzt, nachdem sie von *Long Island* erfahren hatte, ahnte sie, welche Konsequenz eine bittere Prognose mit der Aussicht auf mangelnde Lebensqualität auch für mich haben würde. Verzweifelt schüttelte ich den Kopf. Meine Nerven flackerten, als ich die Bilder von früher vor mir sah.

Wir hatten damals oft gestritten, wenn sie mich darum bat, ich solle nochmal mit meinem Großvater reden, nachdem dieser wieder einmal angedeutet hatte, dass sein Leben so nicht lebenswert sei. Ich kam mir damals verlogen vor gegenüber meiner Oma und Clara. Aber ich konnte ihnen unmöglich davon erzählen, was mein Großvater mir anvertraut hatte. Mein Opa hätte mich gehasst. Meine Oma hätte es niemals zugelassen, den alten Herrn ziehen zu lassen.

Ich musste sie davon überzeugen, dass ich wirklich vorhatte, das Land zu verlassen. Ich hatte mir den Plan vor meinen Eltern so stimmig zurechtgelegt. Warum sollte sie mir dieses Vorhaben nicht abnehmen? Immer wieder sah ich Claras bildhübsches Gesicht und den skeptischen Gesichtsausdruck. Sie drückte bei mir Knöpfe, die niemand anders je hatte betätigen können. Für den Bruchteil einer Sekunde wünschte ich, es gäbe einen Neustart für uns. Eine zweite Chance. Mit ihr an meiner Seite konnte ich mir vorstellen, so manche Strapaze zu meistern. Genauso schnell verwarf ich diesen Gedanken aber wieder. Auch wenn sich das Zurücknehmen dieses Gedankens anfühlte, als befinde sich mein Herz in einem Würgegriff: Clara war verheiratet, noch dazu mit einem echt netten Kerl. Und sie hatte einen tollen Sohn.

In meinem Kopf arbeitete es wie in einem Mahlwerk. Ich zerpflückte jeden einzelnen Weg, den ich gehen könnte, und kam doch zu keinem Schluss, welcher der richtige sein würde.

Als Clara und Lennart um kurz vor 18 Uhr vor der Haustür standen, war Claras Blick kühl, aber sie ließ sich nichts anmerken. Wir fuhren in das Bistro und Clara war sofort begeistert. Die kleine Holzbude direkt hinter der Düne hatte Flair. An den Wänden hingen Holztafeln mit Sprüchen darauf, man saß auf bequemen, massiven Bänken an rustikalen Tischen. Aufgrund der naturbelassenen Möblierung musste man mit Bedacht den Standort seines Weinglases auswählen, so uneben war die Oberfläche der Tische an einigen Stellen. »So unperfekt wie ein Baum nun einmal wächst, ist er hier verarbeitet worden«, erklärte die Bedienung. Mir war dieser Gedanke so bisher nie gekommen, aber er gefiel mir.

Das Personal war locker drauf. Sie hatten immer ein Lächeln und je nach Gast manchmal auch einen humorvollen Spruch auf den Lippen. Wir genossen ein leckeres Essen. Von Currywurst über Schweinefilet bis hin zum Steak war alles dabei und wir ließen es uns gut gehen.

Lennart war vor das Bistro gegangen und spielte mit ein paar anderen Jungs dort im Sand Fußball.

Als er nicht mehr zu sehen war, beugte ich mich ein Stück näher zu Clara, die über Eck neben mir saß. Ihre stahlblauen Augen sahen mich halb kalt, halb flehend an.

»Clara, bitte lass die Sache ruhen. Ich plane in der Tat, in den nächsten Monaten einiges in meinem Leben zu verändern. Ich bin selbst noch nicht so weit, dass ich konkret sagen kann, was es sein wird. Aber das ist auch ein positiver Aspekt, den ich immer geschätzt habe an meinem Leben als Single: Ich kann die Dinge mit mir selbst ausmachen. Und das möchte ich auch. Das meine ich keinesfalls beleidigend. Du weißt, das war schon immer so. Ich möchte niemanden damit belasten, dass ich für mein Leben Pläne habe, die so manch einer womöglich nicht nachvollziehen kann.«

»Aha.«

Claras Antwort saß.

»Was heißt *aha*?« Ich konnte nicht leugnen, dass mich ihre Reaktion aus dem Konzept brachte.

»Max Brahnfeldt, ich habe mich im Leben schon einmal mit einer deiner feigen Ausreden abspeisen lassen, obwohl ich dir schon damals den Kopf hätte waschen sollen. Eigentlich sollte es mir vollkommen egal sein, was du mit deinem Leben anstellst. Aber ich habe ein Herz. Vielleicht ist das was, was du nicht nachvollziehen kannst. Aber das hindert einen manchmal daran, wie ein Eisklotz durchs Leben zu walzen, ohne nach rechts und links nach den Menschen zu schauen, die ihm mal etwas bedeutet haben. Und stell dir vor, ein solches Herz formt sich sogar dann zum Sprungtuch, wenn der allergrößte Vollidiot, der es einmal mit Füßen getreten hat, aus dem brennenden Hochhaus springt.« Mit diesen Worten stand sie auf, knallte die Serviette auf den Tisch und schaute mir tief in die Augen.

»Sag Lennart, ich geh zum Meer, falls er mich sucht«, zischte sie mir entgegen und verschwand mit energischem Gang in Richtung Ausgang. Vor der Tür traf sie Lennart, legte den Arm um ihn und fragte ihn etwas. Dann gingen sie Arm in Arm die Treppe hinauf Richtung Strand. Diese Frau machte mich sprachlos. Völlig konfus leerte ich mein Glas in einem Zug. Ohne dass ich rechtzeitig aufstehen konnte, kam plötzlich Nils an meinen Tisch. Er freute sich, mich zu sehen, und redete auf mich ein. Auch ich hätte mich gerne mal wieder mit ihm unterhalten. Nicht zuletzt über den Plan, Lennart mit seiner Hilfe den Traum vom Fliegen zu ermöglichen. Aber das hier war der falsche Zeitpunkt. Also blieb ich sitzen und hörte ihm zu, wie er mir von seinem Leben auf Sylt erzählte. Er zeigte mir etliche Fotos auf seinem Smartphone.

Kapitel Clara

Ich musste raus aus der Situation. Weg von Max, dessen Art mich wieder einmal wütend machte und innerlich kochen ließ. Wann würde dieser sture Hund endlich zulassen, dass andere Menschen ihm halfen, indem er Nähe zuließ? Warum nur igelte er sich ein hinter der Aussage, er sei halt wie er sei? Im nächsten Moment erklärte er mir, dass er nach Jahren einiges überdacht und sein Leben verändert habe. Da stimmte doch etwas nicht.

Ich wünschte mir in manchen Momenten, dass der Hass, den ich lange Zeit für ihn empfand, zurückkehren würde. Dass es mir gleichgültig wäre, was er mit seinem Leben anstellte oder auch nicht. Aber leider war der Hass wie verflogen. Vor mir stand der zwar immer noch sture Max, der aber zugleich nicht verbergen konnte, dass er sich verändert hatte. Manchmal war es fast so, als wäre dort der Max, den ich irgendwann als besten Freund verloren hatte.

Ein wenig tat es mir leid, dass ich ihm vorgeworfen hatte, er habe kein Herz. Das stimmte nicht, schließlich bewies er gerade, vor allem Lennart gegenüber, dass er sehr wohl an andere Menschen dachte. Aber ich war wütend und wollte ihn durch diese Provokation aus der Reserve locken. Ich hoffte, dass er mir die Wahrheit sagen würde. Ob das geglückt war, wusste ich nicht.

Mit Lennart, der sich mir angeschlossen hatte, stieg ich die Treppe zum Strand hinauf.

»Diesen Sonnenuntergang solltest du dir nicht entgehen lassen«, erklärte ich meinem Sohn.

Während wir oben am Dünenkamm ankamen, wehte uns ein kräftiger Wind entgegen und ich hielt stützend die Hand an Lennarts Rücken. Lennart lachte und klammerte sich an mich. Er wirkte so glücklich, dass ich ihn gerührt an mich drückte. Es ging ihm gut, hier auf der Insel. Und mit Max.

»Wow! Schau mal, bald geht die Sonne unter«, rief Lennart begeistert und zeigte auf den glühenden Feuerball über dem Meer, das wie eine glatte Fläche vor uns lag. Einzig ein goldgelber Kegel in Richtung Sonne war hell, das Wasser drumherum schimmerte dunkel. Der Himmel leuchtete in den verschiedensten Orangetönen.

»Mama, ich möchte, dass Max das auch sieht. Kann ich ihn kurz holen?«

»Klar! Da freut er sich«, antwortete ich und schaute ihm hinterher, wie er die Treppe heruntersprang.

Dann drehte ich mich wieder dem beeindruckenden Schauspiel zu.

Ich ließ gerade die Atmosphäre auf mich wirken und kam ein wenig zur Ruhe, da erreichte mich eine Nachricht meiner Mutter. »Bina ist verzweifelt. Ich würde ihr so gerne helfen. Weißt du was Neues?«

Ich rollte die Augen und seufzte.

»Ach, ich hab doch auch keine Ahnung, was der Typ vorhat. Soll er doch für immer auf Long Island versauern. Einen Brahnfeldt kann man sowieso nicht aufhalten. Das sollte sie doch am besten wissen«, sagte ich zu mir selbst und trat wütend eine Fuhre Sand hoch. In diesem Moment klingelte mein Handy und ich zuckte erschrocken zusammen.

»Paul!« Meine Stimme klang dünn.

»Ist alles in Ordnung?«

»Doch, alles gut. Ich schaue mir gerade den Sonnenuntergang an.«

»Das klingt gut. Schade, dass ich nicht bei euch sein kann. Wie geht es Lennart?«, fragte Paul.

»Bis eben hat er noch mit mir hier gestanden. Jetzt ist er mit Max im Bistro. Scheint doch spannender zu sein, als der Sonnenuntergang. Und ich dachte schon, ich hätte meinen Sohn zu einem kleinen Romantiker erzogen, schade!« Wir lachten beide.

»Sonst hat er ja glücklicherweise viel von seiner Mutter«, machte Paul mir ein Kompliment.

»Es wäre so schön, wenn du grad hier bei mir wärst, Paul«, sagte ich. Paul fehlte mir. Als wir uns kennengelernt hatten, hatte ich immer gesagt, sich an seinen starken Oberkörper zu schmiegen fühle sich an, als ordne man ein Puzzleteil seinem passenden Gegenstück zu. Ich fühlte mich beim Gedanken an ihn so wohl, wie lange nicht mehr. Ich vermisste ihn.

»Ich vermisse dich auch sehr, Clara. Weißt du, dass ich ganz besonders stolz darauf bin, dass du meine Frau bist?«, sagte er mit sanfter Stimme. Der Gedanke an das tiefe Blau seiner Augen fühlte sich an wie eine geborgene Wärme. Hier an diesem Ort, wo ich ihn besonders vermisste, spürte ich sie seit langer Zeit endlich wieder.

»Schön, dass wir uns haben, mein Schatz. Und danke, dass ihr mir diesen Urlaub ermöglicht habt«, sagte ich. Es war ein großes Glück, dass wir an diesem Ort sein durften, in diesem wunderschönen Haus auf dieser Insel, die so viel Magie versprühte wie kaum ein anderer Ort, den ich kannte.

Als wir aufgelegt hatten, stand ich noch ein wenig da, mit dem Blick auf die Sonne, die immer weiter hinter dem Horizont versank, bis nur noch ein schmaler, heller Streifen zu sehen war. Innerhalb weniger Sekunden tauchte auch dieser ab und hinterließ den Himmel in einem sanften pastellfarbenen Rosa. Auch wenn das Telefonat mir wieder einmal gezeigt hatte, was Paul mir bedeutete, war ich unruhig. Immer wieder wanderten meine Gedanken zu Max. Ich seufzte und ging die Treppe hinunter.

Lennart und Max standen schon vor dem Bistro und winkten mir zu, als sie mich sahen.

»Wie konntet ihr einen so wunderschönen Sonnenuntergang sausen lassen?« Ich stemmte empört die Hände in die Hüften. Lennarts strahlende Augen jedoch waren Erklärung genug.

»Mama, Nils hat uns eingeladen. Er will mir das Surfen beibringen!« Lennart hüpfte aufgeregt auf der Stelle.

Max hob entschuldigend die Arme.

»Okay! Das klingt gut, Nils weiß aber auch, dass wir nur wenige
Tage hier sind?«, fragte ich.

»Ach, Mama! Ich lern das bestimmt in ein paar Stunden.« Lennarts Optimismus war mitreißend und ich musste schmunzeln.

»Hängt ganz von Nils' Künsten ab«, stellte ich fest.

»Die sind allererste Klasse! Dafür garantiere ich«, schaltete sich
Max in das Gespräch ein.

»Na, dann. Aber für heute wäre ich dankbar für ein Bett und
eine Mütze Schlaf, wenn ich ehrlich bin.«

»Geht mir genauso. Clara, ich wäre ganz dankbar, wenn du
fährst? Irgendwie geht's mir nicht so gut.

Max schaute mich fragend an. Ich hob die Schultern. »Klar!
Kein Thema.« Max lächelte, reichte mir den Schlüssel und wir
brachen auf zum Auto. Die Sekunde, in der sich unsere Hände
berührten, sorgte für eine Gänsehaut bei mir und ich schämte
mich meinem Mann gegenüber dafür.

Wir starteten und entschieden, noch eine Runde durch Kampen
zu drehen, sehr zur Freude meines Sohnes. Lennart, der neben
mir auf dem Beifahrersitz sitzen durfte, drehte die Musik lauter
und die Bässe irgendeines angesagten Songs wummerten. Wir
lachten und es tat gut, endlich mal wieder unbeschwert fröhlich
zu sein. Ein Blick auf den Platz hinter mir ließ mich erschrocken
wieder auf die Straße schauen. Ich hatte direkt in Max' Augen ge-
blickt, so dass unsere Blicke sich getroffen hatten. Ich spürte, wie
dies für Durcheinander in meinem Bauch sorgte. Lennart bekam
von alldem nichts mit, er feierte die kleine Tour durch den Ort.

Wir konnten uns nur schwer dazu durchringen, unsere Aus-
fahrt zu beenden, steuerten dann aber doch bald Max' Haus an.
Dort angekommen, stellte ich den Wagen vor seiner Haustür ab.

Er stieg aus und kam auf mich zu. »Danke, Clara«, sagte er. Sein
Lächeln war warmherzig. Nichts mehr war zu erkennen von dem

arroganten und überheblichen Mann, der er vor einigen Jahren plötzlich geworden war. Im Gegenteil. Er wirkte sanft, in manchen Momenten beinahe zerbrechlich. Ich wusste, dass ich diesen Gedanken nicht denken durfte, aber auf eine mir unheimliche Art bereute ich, dass Max diese Art nicht damals schon gehabt hatte. Ich war mir sicher, zwischen uns wäre einiges anders verlaufen. Schnell schalt ich mich innerlich dafür, überhaupt darüber nachzudenken. Mit Blick auf meinen Sohn, der am liebsten gar nicht wieder aus Max' Auto aussteigen wollte, kroch das schlechte Gewissen in mir hinauf.

Als Max noch einen Schritt nähertrat und die Hand ausstreckte, zuckte ich sogar zusammen. Unsicher legte ich ihm den Schlüssel in die Hand und für den Bruchteil einer Sekunde umschloss Max meine Hand mit seiner. Mir wurde flau im Magen. Max sah mich an, zog die Hand zurück und steckte den Schlüssel in die Hosentasche. Daraufhin blieb er noch einen Moment stehen.

»Danke für den schönen Abend!«, sagte er dann und nahm mich in den Arm. Millionen kleiner Blitze schienen mich zu durchfahren und gleichzeitig blieb mir die Luft weg. Mir wurde beinahe schwindelig. Diese körperliche Nähe war zu viel für meinen Gefühlshaushalt. Konzentriert atmete ich. Ich erwiderte seine Umarmung ungelenk und schielte dabei zu Lennart hinüber. Dieser spielte noch am Radio des Autos.

Max löste unsere Umarmung. Seine Hand ruhte ein paar Sekunden zu lange auf meinem rechten Arm. Als er sie, während er mir tief in die Augen schaute, wegzog, wurde mir eiskalt.

Max ging zu Lennart und nahm auch ihn freundschaftlich in den Arm. Während ich die zwei beobachtete, fühlte es sich unwirklich an, dass mein Sohn und der Mann, der als mein ehemals bester Freund später mein Herz in tausend Stücke zerfetzt hatte, so vertraut miteinander wirkten. Was hatte sich mein Leben nur dabei gedacht, dass es diese Wendung einbaute, dass ich Max noch einmal begegnete?

Aber dann dachte ich daran, dass ich noch nie an Zufälle geglaubt hatte. Es hatte einen Grund, warum wir hier waren. Ich war mir sicher, ich würde bald komplett hinter sein Geheimnis kommen. Eine nicht zu erklärende Angst flammte in mir auf, dass es nichts Schönes sein würde, was uns zusammengeführt hatte. Obwohl die Zeit, die wir hier verbrachten, komplett dagegensprach, denn sie war, so sehr ich mich auf eine Art dagegen wehren wollte, wunderschön. Wie lange hatte ich nicht mehr so unbeschwert gelacht wie heute? Meinen Sohn so glücklich und strahlend zu sehen, tankte auch meine Akkus mit unzähligen Glücksgefühlen auf. Dennoch drohte mir mein schlechtes Gewissen jedes Mal, wenn mir bewusst wurde, dass Max für Durcheinander in meinen Gedanken sorgte. Aber was es war, was mich so aufwühlte, konnte ich selbst nicht genau sagen.

Wir gingen in unsere Häuser und ich war dankbar, bald schlafen zu dürfen. Lennart ging direkt ins Bett. Die Schuhe meiner Mutter standen schon neben der Haustür im Flur. Mir fiel ein, dass ich ihr gar nicht auf ihre Nachricht geantwortet hatte. Leider hatte ich ihr ja auch nichts Neues zu berichten.

Als ich aus dem Bad kam, fiel ich erschöpft ins Bett. Ich hatte das Fenster noch weit geöffnet und genoss den leichten Windzug, der hineinkam. Es war so still vor dem Haus. Das war beinahe unheimlich.

Paul schrieb mir. »Bist du noch wach?« Ich rief ihn nochmal an. »Ja, hallo, mein Schatz«, begrüßte ich ihn. »Ich liege im Bett. Die Luft ist so herrlich. Und diese Stille. Es ist wirklich so wunderschön hier. Ich wünschte echt, du wärest auch hier. Sylt ist einfach herrlich. Und erst recht dieses Haus. Einfach traumhaft. Eben haben wir noch eine Runde mit dem Auto durch Kampen gedreht. Lennart hatte solchen Spaß. Du hättest ihn sehen sollen.«

»Ich hoffe, du bist glücklich mit uns«, hörte ich ihn dann sagen.

»Gebe ich dir denn das Gefühl, dass es nicht so ist?« Ich gab mir Mühe, nicht angegriffen zu klingen.

»Nein. Aber wenn ich Max' Leben so sehe, geht mir oft durch den Kopf, was ein Mann wie er dir alles hätte bieten können.« Pauls Worte klangen tieftraurig.

»Hör doch auf! Du müsstest doch am besten wissen, dass mir das absolut nicht wichtig ist. Ich liebe dich, Paul. Was Max sich alles ermöglichen kann, finde ich toll, aber das hat doch mit uns nichts zu tun.« Ich war traurig darüber, was in seinem Kopf vorging.

»Aber ganz bestimmt hast du schon oft darüber nachgedacht, dass das nicht das Leben ist, was du dir gewünscht hast. Da bin ich mir sicher.« Seine Behauptung traf mich.

»Und was macht dich da so sicher?« Verzweifelte Wut kochte in mir hoch. Was wollte er bezwecken damit, dass er eine Vermutung nach der nächsten in den Raum stellte? Erst vor ein paar Stunden schien doch alles gut. Unser Telefonat war so herzlich. Für ein paar Minuten gab es nur uns zwei und liebevolle Worte, trotz der Distanz. Das war selten, aber es gab diese Momente, und sie fühlten sich so gut an.

»Ich hab einfach so ein Gefühl, dass Max dir nicht egal ist.« Ich war augenblicklich wieder hellwach. Ich spürte, wie Röte meine Wangen emporkroch. Ich ärgerte mich darüber und war froh, dass er mich nicht sehen konnte.

»Du hast also so ein Gefühl?«, wiederholte ich fassungslos.

»Ach, schon gut. Vergiss einfach, was ich gesagt habe.«

Ich lachte. Es war kein fröhliches, eher ein hysterisches Lachen.

»Moment, du unterstellst mir hier irgendwelche Gefühle Max gegenüber und willst dann, dass wir einfach einschlafen und ich soll es vergessen? Geht's noch?«

»Warum regst du dich denn jetzt so auf? Max ist ein echt smarter, äußerst attraktiver Mann. Er hat einen tollen Job, lebt im Luxus und noch dazu verbindet euch irgendwas, was schon deutlich vor meiner Zeit stattfand. Entschuldige bitte, dass das hier und da in meinem Kopf für gewisse Gedanken sorgt.«

Genau das, was ich am meisten befürchtet hatte, war eingetreten. Und ich konnte Paul noch nicht einmal böse sein. Es war eine Frage der Zeit gewesen. Und ich Idiotin hatte es kommen sehen, aber nicht den Mut gehabt, rechtzeitig die Reißleine zu ziehen. Aber wie sollte ich das auch tun, ohne dabei meinen Sohn vor den Kopf zu stoßen, der Max anhimmelte und endlich wieder unbeschwert lachte, seit er ihn getroffen hatte.

Mit dem Blick zum Fenster, hinaus in den Sternenhimmel, lag ich da und spürte das Blut in meinem Hals pulsieren.

»Dann möchte ich, dass wir abreisen. Das höre ich mir keinen Tag länger an. Schließlich warst du es, der mich zu der ganzen Sache hier überredet hat. Du bist dann aber auch derjenige, der das jetzt Lennart erklären darf.« Ich schoss die Worte in die Dunkelheit des Raumes.

»Lennarts Liebe zu diesem Mann macht es mir auch nicht gerade einfacher«, kam von Paul zurück. »Als Vater ist das auch nicht besonders angenehm.«

Ich sprang aus dem Bett auf. »Hör auf, Paul. Lennart mag Max unheimlich gerne. Was ja auch verständlich ist. Er erlebt so tolle Sachen mit ihm. Es ist unfair, ihm daraus einen Vorwurf zu machen, nur, weil du eifersüchtig bist, was Max und mich angeht. Du bist doch sein Vater – niemanden anders liebt er mehr!«

Ich lief zur Zimmertür und griff nach meiner Strickjacke, die dort hing. Ich brauchte frische Luft, musste mich kurz bewegen.

»Da haben wir es doch aber! Du meinst also, ich habe Grund, eifersüchtig zu sein?«

»Ich setze mich noch auf die Terrasse. Schlaf gut«, zischte ich und ersparte mir damit, mich mit einer Antwort weiter in Rage zu reden. Ärgerlich legte ich auf.

Ich schlich die Treppe herunter und schenkte mir in der Küche noch ein Glas Weißwein ein. Dazu nahm ich eine Tüte Chips und eine Decke und ging auf die Terrasse.

Die Polster des Strandkorbes, der dort stand, wärmten angenehm und ich breitete die Decke über mich.

Der Streit mit Paul hatte mich aufgewühlt. Meine Gedanken

kreisten immer wieder um seine Worte. Warme Tränen rannen meine Wangen hinunter und kühlten im selben Moment durch den seichten Wind ab. Ich legte den Kopf in den Nacken und schaute in den sternenklaren Himmel. Hier in Kampen war es nachts so dunkel, dass man den Eindruck bekam, man könnte jeden einzelnen Stern sehen.

Wie ein überwältigend großes Zelt aus Glitzersteinen auf dunklem Samt lag der Himmel über mir. Eine feine Sichel hing stoisch inmitten des Sternenmeers.

Langsam kam ich wieder zur Ruhe.

Ich trank meinen Wein und ließ die Stille um mich herum auf mich wirken. Sie war eine Wohltat. Plötzlich hörte ich, wie jemand ein Fenster öffnete. Es war ein Fenster an Max' Haus. Ich lehnte mich im Strandkorb zurück. So konnte er mich nicht sehen, weil dieser mit dem Rücken zu Max' Haus stand.

Ein Husten erklang. Dieses Husten kam aus der Richtung des Fensters und klang furchtbar, beinahe, als würde er keine Luft mehr bekommen. Ohne weiter darüber nachzudenken, schoss ich aus dem Strandkorb hoch und schaute, ob ich was erkennen konnte.

»Max?«, rief ich in Richtung des offenen Fensters, an dem ich niemanden sah. Weiterhin drang jedoch ein furchterregendes Husten zu mir. Ich meinte, meinen Namen schwach zu hören. Es war aber, als könne Max nicht sprechen vor lauter Keuchen.

Ich lief zur Tür, die erwartungsgemäß zu war. Nervös überlegte ich. Max hatte uns bei unserer Ankunft gesagt, dass er uns einen Schlüssel für sein Haus geben wollte. Für den Notfall hatte er uns diesen hinterlassen.

Ich lief schnell in unser Haus. An dem kleinen Schränkchen neben der Tür fand ich ihn gleich. Ich stob wieder raus und rüber zu seinem Haus.

Drinnen suchte ich erstmal nach dem Lichtschalter, fand ihn und rannte die Treppe hoch. Ich erstarrte für ein paar Sekunden. In seinem Schlafzimmer lag Max auf dem Boden vor dem Fenster und rang nach Luft. Bilder meines Sohnes inmitten eines Atemnotanfalls erschienen vor meinem inneren Auge. Eine lähmende Angst überkam mich und wie ferngesteuert griff ich nach meinem Handy und wählte den Notruf. Atemlos schilderte ich, was geschehen war und wo wir uns befanden.

Nach dem Telefonat griff ich nach einem Kissen und legte es Max unter den Kopf. Ich nahm ein weiteres, hob Max' Oberkörper so weit es mir gelang an und schob das Kissen hinter seinen Rücken, in der Hoffnung, das würde ihm die Atmung erleichtern. Ich kannte diese Position von Lennart, dem es half, wenn sein Oberkörper erhöht lag. Max röchelte und mir wurde beinahe schlecht vor Sorge darüber, was hier gerade geschah. Schwach zeigte er zum Nachttisch, wo ich das Spray stehen sah. Schnell griff ich danach, hielt ihm die Dose vor die Lippen und sprühte einfach drauflos. Das entspannte den Klang seiner Atmung, wie ich erleichtert feststellte. Von Lennarts Arzt hatte ich die Anwendung einer sogenannten *Lippenbremse* gelernt. Konzentriert riet ich Max, durch die Nase einzuatmen und durch die leicht aufeinandergelegten Lippen wieder auszuatmen. Es schien ihm zu helfen, dass der Luftstrom gebremst wurde, da dies wohl die Atemwege erweiterte. Dann lief ich ins Bad, hielt ein Handtuch unter Wasser und legte es ihm zur Beruhigung auf die schweißnasse Stirn.

Auch um sein Handgelenk legte ich ein feuchtes Tuch und streichelte ihm sanft über die Wange.

»Der Arzt wird gleich hier sein, Max. Es wird alles gut. Bleib stark, gleich wird dir geholfen«, flüsterte ich mehrfach. Halb um ihn, halb aber auch, um mich selbst zu beruhigen.

In diesem Moment hatte ich ein Déjà-vu. Ich sah Max, wie er mit fünf oder sechs Jahren in den Pool seiner Eltern fiel. Er konnte damals noch nicht schwimmen. Ich hatte nur sehr mühsam schwimmen gelernt und war noch lange Zeit unsicher im Wasser. Aber als ich ihn da sah, bin ich reingesprungen. Meine Mutter sagte damals, ich hätte ihm das Leben gerettet, während ich mein eigenes riskiert hätte. Ich erinnerte mich noch heute an sein kalkweißes Gesicht und die blauen Lippen, die gar nicht aussahen wie mein Max. Es hatte für mich ewig gedauert, bis endlich der Arzt da war. Aber Max war, als die Ärzte sich um ihn kümmerten, wieder wach geworden und hatte gleich einen seiner lustigen Sprüche gemacht. Ob er sich daran erinnerte? Auf unerklärliche Weise war ich wieder in seiner Nähe, als er erneut in Lebensgefahr war. Ein Wunder, dass ich gerade heute vor dem Fenster war, wo doch so viele Jahre des Schweigens zwischen uns lagen.

Ich erkannte so etwas wie ein zaghaftes Lächeln auf seinen Lippen. Seine Augen waren glasig und starrten an mir vorbei.

Er trug nur Boxershorts. Sein Brustkorb hob und senkte sich schon ein wenig ausgeglichener. »Ist dir kalt?«, fragte ich. Max schüttelte zwar ganz matt den Kopf, dennoch zog ich die Decke vom Bett und legte sie über ihn.

»Danke«, flüsterte Max schwach und ich fühlte Erleichterung. Sein Gesicht war kreidebleich. In diesem Moment flackerte blaues Licht im Garten.

»Ich mache kurz die Tür auf«, sagte ich und lief zur Tür. Die Sanitäter und ein Arzt kamen herein und folgten mir zu Max ins Schlafzimmer.

»Waren Sie bei ihm, als es passiert ist?«, fragten sie.

»Nein, ich habe nur vom Nachbarhaus mitbekommen, dass er am Fenster stand. Er hat schrecklich gehustet, als bekäme er keine Luft. Plötzlich sah man niemanden mehr und hörte nur ein Keuchen. Ich saß auf der Terrasse nebenan.«

»Ist er krank?«, fragte der Arzt.

Ich zuckte die Schultern und schaute mahnend in Max' Augen. Dieser deutete schwach auf das Spray.

Mit wissendem Blick nickte der Arzt. »Verstehe. Sie müssen sofort ins Krankenhaus.«

Fachmännisch stabilisierten sie Max, der wieder ein wenig an Gesichtsfarbe gewann, und hievten ihn auf eine Trage.

»Kann ich noch irgendwas tun?«, fragte ich.

»Haben Sie sein Portemonnaie eventuell? Wegen der Karte und seinem Ausweis?«

Mein Blick wanderte zu Max' Schreibtisch, auf dem neben dem Autoschlüssel auch eine Brieftasche lag. Ich zeigte sie Max und dieser nickte schwach.

Ich reichte sie dem Arzt und sie trugen Max in den Rettungswagen.

Mittlerweile war auch meine Mutter vom Trubel im Garten aufgewacht. Sie stand im Schlafanzug an der Haustür und verstand die Welt nicht mehr.

»Liebes, was um alles in der Welt ist denn passiert?« Meine Mutter stürmte auf mich zu, als sie mich sah, und nahm mich fest in den Arm. Dankbar erwiderte ich ihre Umarmung.

»Max hatte einen Atemnotanfall. Ich konnte nicht schlafen und saß noch auf der Terrasse. Von dort aus habe ich ihn gehört. Da bin ich zu ihm gelaufen und habe den Arzt gerufen. Ein Glück, dass ich das zufällig mitbekommen habe.«

Ich dachte an Paul und überlegte, ob er mir die Geschichte abnahm, wenn er davon erfuhr.

»Willst du nicht erstmal reinkommen? Dir muss furchtbar kalt sein!«, sorgte sich meine Mutter.

Ich nickte. »Ich ziehe mir was an und fahre zu ihm«, erklärte ich.

»Sollen wir nicht seine Eltern anrufen? Sie sind ja hier«, schlug meine Mutter vor.

Ich verneinte. »Lass mich erstmal hinfahren. Sie regen sich viel zu sehr auf mitten in der Nacht. Bis wir nicht wissen, was los ist, halte ich das für falsch.«

Meine Mutter schien mit meiner Antwort nicht zufrieden, sagte aber weiter nichts.

»Ich bleibe bei Lennart«, bot meine Mutter an.

»Danke, Mama.« Ich nickte, ging ins Haus und zog mir was an.

Kapitel Max

Zuhause angekommen, ging ich direkt ins Bett. Es hatte Spaß gemacht, Zeit mit Clara und ihrer Familie zu verbringen. Zum ersten Mal seit der Diagnose spürte ich wieder Optimismus. Ich zweifelte daran, ob es der richtige Weg war, den Folgen der Krankheit feige auszuweichen. Sollte ich mir in meinem Leben noch die Chance einräumen, alles irgendwie zu stemmen und zum Positiven zu wenden?

Mit einem Mal gab es Menschen in meinem Leben, die meine Einstellung verändert hatten. Weil sie nichts von meiner Krankheit wussten, gelang es ihnen, mich davon abzulenken. Aber auch Clara, die ahnte, dass etwas im Argen war, gab mir Kraft. Ich konnte nicht sagen, wie sie das tat, aber es gelang ihr.

Sollte der Junge, der mit seiner eigenen Krankheit so stark umging, mit dem traurigen Gedanken an die Zeit hier mit mir zurückdenken, dass ich am Ende feige meiner Krankheit ausgewichen war? Was setzte ich für ein Zeichen dem Kind gegenüber, wenn ich mich entschied, mit den fortschreitenden Einschränkungen meiner Krankheit nicht mehr weiterzuleben? Ich war mir hinsichtlich meines Planes nicht mehr sicher. Innerlich war dieser gehörig ins Wanken geraten, seit Clara mit wenigen Worten so viel gesagt hatte. Sie hatte angedeutet, dass Aufgeben keine Option sei. War sie es am Ende, die mir weitere Lebenszeit schenkte, indem sie genau jetzt wieder für mich da war?

Es war eine Gratwanderung, schließlich hatte sie Familie, einen Ehemann, der mich zwar mochte, aber dessen Toleranz sicher seine Grenzen hatte.

In meinem Kopf dröhnte es vor Überlegungen und Abwägungen.

Ich hoffte, bald einzuschlafen, und knipste überall das Licht aus. Schon als ich im Bad war, hatte ich mehrmals tief durchatmen müssen. Womöglich hatte der Abend mich angestrengt, ohne dass ich es gemerkt hatte. Ich hatte mich seit Langem einfach einmal wieder treiben lassen, meine Müdigkeit ignoriert. Solche Kleinigkeiten rächten sich. Mein Körper war nicht mehr der Alte.

Als ich im Bett lag, spürte ich, wie mir das Atmen zusehends schwerfiel. Es fühlte sich an, wie ein starker Hustenreiz, sobald ich tief einatmete. Ich hustete, um dieses Gefühl loszuwerden, allerdings machte das alles nur noch schlimmer. Ich drehte mich von einer Seite auf die andere, legte mir zwei weitere Kissen unter den Kopf und den Rücken und nahm einen Hub aus meinem Spray. Es verschaffte nur kurz ein wenig Linderung. Auch nach zwei weiteren Hüben trat keine dauerhafte Verbesserung ein, die mich schlafen ließ.

Stattdessen kam die Atemnot wieder und ich stand auf, um ans Fenster zu gehen und die frische Luft einzuatmen.

Die paar Schritte bis zum Fenster fühlten sich mit einem Mal an, wie ein Gang durch die Steppe und die Luft blieb mir nahezu komplett weg. Kurz stand ich am offenen Fenster. Ich versuchte, die kühle Luft tief einzusaugen, merkte aber in dem Moment, wie meine Beine wegsackten, und fiel unsanft zu Boden.

Ich war allein im Haus. Mein Handy lag sonst wo und niemand würde nach mir suchen. Frühestens morgen früh würde sich Lennart fragen, wo ich denn bliebe. Oder meine Eltern, mit denen ich den Geschäftstermin hatte.

Aber bis dahin würde ich womöglich schon elendig erstickt sein, schoss es mir durch den Kopf.

Auf einmal hörte ich meinen Namen. Halluzinierte ich bereits, oder rief da jemand nach mir? Die Stimme klang wie Claras. Matt versuchte ich zu antworten.

Ich hatte keine Ahnung, ob sie mich hörte. Hilflos zog ich mich an einem Stuhl in der Nähe hoch, sackte aber direkt wieder zusammen, so schwach war ich.

Mein Herz raste und schlug mir bis zum Hals. Kalter Schweiß lief mir über die Haut. Ich schickte ein Stoßgebet zum Himmel und versicherte, dass ich nie wieder so undankbar damit umgehen würde, dass ich am Leben war. In diesem Moment spürte ich, dass ich alles tun würde, um meinem Leben noch möglichst viele Jahre zu geben und wertvolle Momente, statt teurer Güter sammeln zu können. Eine panische Angst überkam mich, dass diese Geschichte für mich traurig enden würde und ich meine Chance nicht genutzt hatte.

Gerade überkam mich eine Stille, die sich anfühlte, wie eine einsetzende Ohnmacht, als ich wieder etwas hörte. »Max!«, erklang Claras Stimme deutlich und es wurde hell im Flur. Clara kam die Treppe heraufgestürmt und direkt auf mich zu.

Ich konnte nicht beschreiben, wie dankbar ich war, dass sie bei mir war.

Sie sagte irgendwas und ich deutete matt auf das Spray. Als sie mir das Medikament gab, kam ich wieder eine Spur besser zu Atem.

Sie telefonierte kurz, nahm die Kissen von meinem Bett, richtete mich zum Sitzen auf und nannte mir eine Atemtechnik. Sicher kannte sie sie von Lennart. Jedenfalls sorgte diese dafür, dass ich wieder besser atmen konnte. Dann lief sie ins Bad und legte mir nasse Tücher auf die Stirn und ihre sanfte, weiche Stimme half mir, wach zu bleiben.

Nach einiger Zeit kam ein Krankenwagen. Spätestens als der Arzt nach meinen Erkrankungen fragte, war die Stunde der Wahrheit gekommen. Ich konnte kaum sprechen, deutete auf das Spray und der Arzt verstand sofort. Clara würde nun bald wissen, was los war.

Darüber konnte ich in diesem Moment aber nicht länger nachdenken. In diesem Moment, in dem ich auf die Trage gehoben wurde, stellte ich mir vor, was passiert wäre, hätte Clara mich nicht gefunden. Wahrscheinlich hätten meine Chancen äußerst schlecht gestanden. Wie auch immer es für mich weitergehen würde, ich würde nicht kampflos aufgeben. Ich hoffte, dass ich diesen Entschluss nicht zu spät getroffen hatte.

Wieder einmal war Clara da, wie vom Schicksal gelenkt, um mich zu retten, und dies in zweierlei Hinsicht. Nämlich auch, damit ich die Weichen in meinem Leben noch einmal neu justierte. Diesmal wollte ich sie nicht enttäuschen.

Ich sah ihr bildhübsches Gesicht und wie sie mit den Tränen kämpfte, als sie neben mir kniete. Ich schämte mich dafür, wie ich so schwach und hilflos vor der Frau lag, die selbst genügend Sorgen hatte.

Sie war so fürsorglich, dabei hätte sie allen Grund, mir gegenüber kalt zu sein. Womöglich riskierte sie sogar Streit mit Paul, wenn dieser sich fragte, wieso Clara mich nachts in meinem Schlafzimmer vor dem Ersticken gerettet hatte. Dabei konnte ich mir selbst nicht erklären, was sie ausgerechnet in diesem Moment in meinem Haus gemacht hatte.

Ich hatte nie an das Schicksal geglaubt, aber meine Krankheit hatte mich eine gewisse Ehrfurcht gelehrt und in der heutigen Nacht hielt ich es für möglich, dass es Schicksal gab. Schemenhaft sah ich vor meinem inneren Auge mein altes Ich mit selbstherrlichem Blick auf mich herabschauen und leicht angewidert die Augenbrauen heben. Dann verblasste es im grellen Schein des Blaulichts vor der Haustür.

Die Sanitäter trugen mich in den Krankenwagen und dieser setzte sich in Bewegung.

Den restlichen Weg bekam ich nur im Halbschlaf mit. Es wackelte im Rettungswagen und das Licht war so gleißend, dass ich die Augen geschlossen hielt. Auf meinem Mund saß eine riesige Maske, die mir half, meine Atmung aufrechtzuerhalten. Ich hörte irgendein technisches Gerät regelmäßig piepen und dämmerte langsam darüber hinweg ein.

Als ich wieder aufwachte, war ich in einem Krankenzimmer. Das piepende Gerät stand noch immer irgendwo in meiner Nähe und hatte seinen Klang nicht verändert, was ja erstmal beruhigend war. Der Raum war ansonsten leer. Es war niemand da, den ich hätte fragen können, was denn nun Sache sei. Solange das Piepen jedoch gleichmäßig erklang, war ich zumindest noch am Leben, dachte ich mit bitterem Sarkasmus.

Ich war dankbar, dass mir geholfen wurde. Die Hilflosigkeit, als ich am Boden gelegen hatte, war unerträglich gewesen. Was wäre, wenn ich länger im Krankenhaus bleiben musste? Was, wenn es mir wieder schlechter oder wenn es mir gar nicht wieder besser gehen würde? Suchte ich doch sonst immer den Weg als Einzelkämpfer, machte mir die Vorstellung allein zu sein zum ersten Mal in meinem Leben panische Angst. Ob Clara meinen Eltern davon erzählen würde? Ich hoffte, sie würde aus Rücksicht auf deren Gesundheit noch damit warten, bis ich weitere Antworten hatte. Aber ich konnte nicht von ihr verlangen, dass sie den Vorfall verheimlichte. Spätestens morgen musste ich mich sowieso bei ihnen melden. Schließlich stand der Termin mit meinem Vater und dem Geschäftspartner an.

Ich hob mühsam meine mit Schläuchen verkabelte Hand und drückte den Pieper.

Es kam eine junge Schwester mit Brille und einem freundlichen Lächeln ins Zimmer.

»Herr Brahnfeldt, Sie sind also aufgewacht. Das freut mich. Wie geht es Ihnen?«, erkundigte sie sich.

»Mich freut es auch. Ich bin aufgewacht, ich wundere mich in der Tat gerade selbst darüber«, machte ich einen derben Scherz, der mir sofort leidtat, als die Frau feuerrot anlief.

»So … so meinte ich das nicht. Es tut mir leid«, stammelte sie.

»Hey, schon gut. Das sollte ein Witz sein.« Ich lächelte versöhnlich.

»Sie hatten Glück, dass Ihre Freundin Sie gefunden hat. Ein paar Minuten später und niemand hätte garantieren können, dass sie genügend Sauerstoff bekommen hätten. Sie war ihr Schutzengel.«

Ich lächelte zaghaft. »Dafür ist sie bekannt«, flüsterte ich. Erleichterung vermischte sich mit Dankbarkeit und ungläubigem Staunen darüber, dass Clara ausgerechnet in diesem Moment auf der Terrasse gewesen war.

»Meinen Sie, irgendwer kann mich auf den neusten Stand bringen, was mit mir los ist?«

Die freundliche junge Frau nickte. »Der Arzt spricht gerade mit Ihrer Freundin. Sie schliefen so tief, da wollten wir Sie nicht wecken. Ich rufe ihn gleich herein«, erklärte sie. Erstaunt hob ich die Augenbrauen.

Der Arzt sprach also mit meiner Freundin. Das klang durchaus interessant. Wobei mir diese Vorstellung nicht unbedingt behagte. Nervös wartete ich darauf, dass der Arzt wiederkommen und mir Neuigkeiten offenbaren würde.

Die Tür öffnete sich nach wenigen Sekunden. Herein kam Clara.

»Clara!« Ich richtete mich mühsam im Bett auf.

»Mach langsam. Wie geht es dir?« Clara wirkte blass. Sie setzte sich auf einen Stuhl, der gegenüber meines Bettes stand, und schaute mich aus müden Augen an.

»Ich kann wohl dankbar sein, dass mein Schutzengel auch diesmal in meiner Nähe war. Demnach darf ich nicht klagen.« Ich lächelte matt. »Aber es ging mir schon besser, wenn ich ehrlich bin.«

»Warum warst du nicht ehrlich und hast nicht gesagt, dass du krank bist? Meinst du nicht, das wäre sicherer gewesen? Stell dir vor, das wäre passiert, als wir alle im Auto saßen. Wir hätten nicht gewusst, was los ist. Dein Verhalten ist absolut egoistisch. Du hast uns damit jede Chance verwehrt, dir im Notfall zu helfen. Das ist nicht fair, Max Brahnfeldt!«

Claras Miene blieb ernst. Ihr Blick zeugte von tiefer Enttäuschung. Es war nicht nur ihr Vorwurf, der schmerzte, sondern vielmehr die Tatsache, dass ich diese Frau wieder einmal enttäuscht hatte.

»Clara, die Situation ist schwer für mich. Du weißt, ich muss manche Dinge im Leben mit mir selbst ausmachen. Diese Diagnose, sie hat mich erwischt wie aus dem Nichts. Plötzlich steht da ein Arzt und sagt dir, dass ungewiss ist, ob du im Laufe des nächsten Jahres ohne fremde Hilfe weiter am Leben teilhaben kannst.« Ich drehte meinen Kopf weg, damit Clara mich nicht länger mit ihren Blicken fixieren konnte.

»Max, meinst du nicht, Paul und ich, ja und sogar Lennart, wir alle können dir helfen? Und deine Eltern? Warum um alles in der Welt willst du alles immer nur mit dir allein ausmachen?«

Ich antwortete ihr nicht, weil ich selbst keine Antwort darauf hatte.

»Max, es gibt diesen Jungen, meinen Sohn, der dich vergöttert. Er hat es auch nicht leicht, kämpft genau wie du gegen so viel Angst und immer wieder gegen neue Hiobsbotschaften. Meinst du, du gibst ein gutes Vorbild ab, wenn du dich feige und heimlich aus dem Staub machst?« Ihre Stimme zitterte vor Erregung. Mit diesen Worten stand sie auf und ging zur Tür. Sie drehte sich nicht mehr um, sondern trat hinaus auf den Flur. Ich hörte gedämpft, wie ihre Schritte sich entfernten.

Ich sank wieder auf das Bett und starrte an die kahle Zimmerdecke.

Ich war ein so erbärmlicher Vollidiot. Das Leben hatte schon zurecht Clara in die Arme eines anderen Mannes manövriert. Sie hatte jemanden verdient, der weniger egoistisch durchs Leben ging. Was sie sagte, beschrieb, wie ich lebte, und ich schämte mich dafür, dass es so war und ich ihr wieder einmal bewiesen hatte, dass ich nichts dazugelernt hatte und statt eines Herzens einen Eisklotz in der Brust trug. Clara kannte die Bedeutung hinter *Long Island*, weil sie es mit *Neuseeland* verknüpfte. Sie war es, die mich damals begleitete, als mein Großvater dasselbe sture Verhalten an den Tag legte und ich, bei allem Verständnis für seinen Entschluss, vor verzweifelter Wut darüber beinahe durchdrehte. Dennoch respektierte ich seine Entscheidung, was Clara nicht konnte. Dafür war ihr Optimismus seit jeher zu unerschütterlich. Deshalb flüchteten mein Großvater und ich in diese Geheimsprache. Während meine Eltern vermutlich noch lange nicht durchschaut hatten, was ich mit *Long Island* meinte, hatte Clara jetzt eins und eins zusammengezählt.

Ich schickte ihr eine Nachricht.

Sag Lennart, wir holen das nach mit dem Surfen. Danke, Clara. Für alles.

Eine Antwort kam sofort.

Lenni hat von mir nur die Erlaubnis dazu, wenn er den Kurs jährlich bei Dir auffrischen kann. Sollte das nicht möglich sein, lass es mich wissen. Dann muss ich ihm was erklären. Nämlich, dass Erwachsene manchmal verdammt feige sind. Ich zähl auf Dich.

Ich schluckte und musste unweigerlich lächeln.

Wer weiß schon, was nächstes Jahr sein wird.

Manchmal muss man nur an seine eigene Kraft glauben. Wie wäre es, wenn mein Sohn Dir ein Vorbild sein darf, wenn's umgekehrt so schwierig ist?

Sie hatte so recht, schoss es mir durch den Kopf.

Ich antwortete nichts auf diese letzte SMS, sondern legte das Handy zur Seite.

Mein Blick wanderte aus dem Fenster. Mittlerweile war es hell draußen. Ich konnte einige Baumspitzen des nahegelegenen Wäldchens sehen. Sie bogen sich im Wind. Nur ein paar Wolken zogen am blauen Himmel vorbei.

In dem Moment ging die Tür auf und ein Arzt kam herein. Kurz überlegte ich, ihn zur Rede zu stellen, dass er Clara ohne mein Einverständnis über meinen Krankheitszustand informiert hatte. Mir fehlte dann aber die Kraft und vielleicht hatte es so passieren sollen. Zu ändern war es nun sowieso nicht mehr.

Kapitel Clara

Vor Max' Krankenzimmer hatte der Zufall mir in die Karten gespielt. Der Arzt kam zu mir. Er hielt mich für die Freundin von Max, was ja auch naheliegend war, da ich es gewesen war, die ihn in seinem Schlafzimmer gefunden hatte.

Ohne groß nachzudenken, klärte ich dieses Missverständnis gar nicht auf, sondern hörte zu, was er mir zu sagen hatte.

Ich hatte nicht daneben gelegen mit der Vermutung, dass Max uns etwas verheimlichte. Er war krank. Und die Krankheit war mittlerweile so weit fortgeschritten, dass die Luft buchstäblich dünn wurde. Der Arzt sagte, dass jegliche Anstrengung wieder zu solchen Atemnotanfällen führen könnte. Absolute Schonung sei angesagt. Am besten sollte jemand anders im Auto das Steuer übernehmen und er würde ein stärkeres Notfall-Medikament erhalten.

Damit mein Schwindel nicht sofort auffiel, bat ich den Arzt, das Max selbst auch noch einmal ausführlich zu erläutern, weil ich womöglich Wichtiges vergessen würde. Ich schob es auf den Schock und er hatte sofort Verständnis.

Bevor ich in Max' Zimmer trat, sammelte ich mich. Ich würde ihn wissen lassen, dass ich ahnte, wie seine Pläne aussahen. Auch, dass ich es nicht fair fand, dass er ein Geheimnis um seine Krankheit machte, ließ ich ihn schließlich wissen.

Mir fiel es nicht leicht, so deutliche Worte zu finden, in einer Situation, in der er so zerbrechlich schien. Aber ich hatte das Gefühl, ihn wachrütteln zu müssen. Max sagte nicht viel, als ich ihn mit meinen Vorwürfen konfrontierte. Er war aber sichtlich aufgewühlt. Der starke Max Brahnfeldt war doch nicht nur der harte Eisklotz, sondern hinter der lässig, coolen Fassade lebte noch immer mein Max von früher.

Als ich das Zimmer verließ, kämpfte auch ich mit den Tränen und drehte mich nicht nochmal nach ihm um, um ihm das nicht zu zeigen. Dabei hatte ich eine unwahrscheinliche Angst um ihn.

Ich war wieder nach Hause gefahren, um Schlaf nachzuholen. Und obwohl ich mich todmüde fühlte und meine Arme und Beine schwer wie Blei waren, rotierten meine Gedanken und verhinderten, dass ich zur Ruhe kam. Immer wieder stand ich auf, ging nochmal in die Küche, holte mir ein Glas Wasser, lief zur Toilette und schaute nochmal nach Lennart. Das Bild, wie er im Bett lag und schlief, beruhigte mich, und so entschied ich mich, mich neben ihn zu kuscheln. Ich krabbelte unter seine warme Decke und er quittierte dies mit einem unverständlichen Murmeln und legte den Arm schwungvoll um meinen Hals. Sein friedliches Gesicht schien im Schlaf zu lächeln und eine Welle voller Liebe schwappte über mich. Was hatte ich diesen kleinen Menschen lieb. Mehr als alles andere auf der Welt. Und ich wusste, wie sehr mein Sohn auch Max in sein Herz geschlossen hatte. Deshalb würde ich schon allein für Lennart dafür sorgen, dass Max Brahnfeldt wieder auf die Beine kam.

Max war plötzlich wieder in mein Leben getreten und hatte offensichtlich einen Auftrag. Vielleicht sollte er wieder gutmachen, was er einst verbockt hatte. Aber im Gegenzug sah ich es als meine Aufgabe an, für meinen besten Freund aus Kindheitstagen da zu sein. Vielleicht hatte das Schicksal uns bewusst gerade jetzt zusammengeführt. Niemand hatte geahnt, dass Herr Brahnfeldt senior den Weg gewählt hatte, sein Leben zu beenden, sobald es nicht mehr lebenswert sein würde. Ich hatte als Einzige nach seinem Tod davon erfahren, dass *Neuseeland* wie eine Art Geheimwort für Max und seinen Großvater war. Nun hatte sich auch Max einen Sehnsuchtsort ausgedacht. Auch wenn Max mauerte, würde ich da sein. Ich musste nur bedacht sein, dass Paul und ich dabei nicht auf der Strecke blieben. Denn auch wenn ich meinen

Mann über alles liebte - ich konnte nicht leugnen, dass Max mir etwas bedeutete. Dass die Art, wie er mich ansah, noch immer eine klitzekleine Flamme entzündete, die jahrelang allenfalls aus Wut gebrannt hatte. Jetzt aber fühlte sie sich anders an. Aber das würde ich nicht zulassen, schließlich hatte ich meinen Platz im Leben ja eigentlich gefunden.

Ich seufzte schwer, fand aber dank der gleichmäßigen Atemzüge meines Sohnes endlich in den Schlaf.

Geweckt wurde ich, weil Lennart an mir rüttelte. »Mama, los! Aufstehen! Heute geht's endlich los! Es ist schon total hell. Max ist bestimmt gleich da!« Lennart sprang aus dem Bett, als ich noch überlegte, wo ich eigentlich war und warum ich hier gelandet war. Nach und nach erinnerte ich mich an die Bilder. Ich sah Max, wie er am Boden lag, den Krankenwagen und den ernsten Blick des Arztes. Mein Mund fühlte sich trocken an, als ich meinem Sohn erzählen musste, was mit Max passiert war.

»Lennart, du, warte mal«, begann ich, ihm zu erklären, warum wir den Tagesplan nochmal umwerfen mussten, doch er war bereits verschwunden. Ich hörte, wie er die Treppe hinunterlief. In der Küche klapperte es. Meine Mutter werkelte wohl schon.

»Oma, Mama schläft noch. Machst du mir was zu essen?«, hörte ich Lennart sagen. Ich rappelte mich auf und streckte mich, weil meine Glieder schmerzten nach ein paar Stunden im Klammergriff meines Kindes. Dann stand ich auf.

Langsam ging ich die Treppe hinunter und in die Küche. Dort empfing mich der süße Duft eines Tees. »Mhm, bekomme ich auch so einen?«, fragte ich.

»Roibusch Vanille, schmeckt mir einfach besser als dieses bittere Zeugs«, scherzte meine Mutter. Sie konnte den friesischen Teesorten nichts abgewinnen.

Ich ließ mich auf die Eckbank fallen und meine Mutter schenkte mir eine dampfende Tasse Tee ein.

»Liebling, das Surftraining müssen wir leider vertagen«, fiel ich direkt mit der Tür ins Haus.

Auf Lennarts Gesicht machte sich Enttäuschung breit. »Aber warum?«, fragte er.

»Max geht es nicht gut. Er musste heute Nacht ins Krankenhaus gebracht werden«, erklärte ich ihm.

»Muss er sterben?« Lennarts Frage kam so unverhofft und direkt, dass ich schlucken musste. »Um Himmels willen, nein. Wie kommst du denn darauf? Er kommt sicher bald wieder auf die Beine. Aber heute wird es leider nichts mit dem Surfen«, antwortete meine Mutter, die merkte, dass mir gerade die Worte fehlten.

»Hat er wieder so gehustet?« Lennart schaute mich fragend an. »Ja, auch. Aber woher weißt du das? Hatte er das schon mal?« Ich war irritiert.

Lennart nickte. »Ja, neulich, als du da oben warst am Strand. Da hat er plötzlich ganz schlimm gehustet. Er hat dann so ein Spray genommen. Er meinte, dann geht's ihm besser. Ich hab mir den Namen davon gemerkt. Schließlich hab ich dieses Husten ja auch. Und ich dachte, vielleicht kann ich euch das zeigen und ihr könnt mir das auch kaufen.« Lennarts Blick war traurig.

»Ach, mein Schatz.« Ich legte beschützend den Arm um ihn. »Das ist was anderes, was Max da hat. Du hast recht, der Husten ist schlimm und macht ihm zu schaffen, aber bald wird es ihm besser gehen.«

»Ich hab mal sowas gehört in der Klinik. Da hat ein Mann ganz schlimm gehustet. Dann erzählte eine Frau einer anderen, dass man daran ersticken kann. Oder man schiebt rechtzeitig so ein Atemgerät mit sich herum«, fuhr Lennart fort.

Ich zuckte innerlich zusammen. Ich hatte davon auch in Berichten gelesen, die ich zu dem Spray gefunden hatte. Dass der Arzt bestätige, dass Max die Krankheit COPD hatte, die dort so nüchtern wie erschreckend beschrieben wurde, gab meiner Vermutung recht. Es war dieselbe Krankheit, unter der auch sein Großvater gelitten hatte und eben dieses Gerät, was Brahnfeldt senior bis zum Schluss abgelehnt hatte.

»Aber Max ist ein Kämpfer, das war er schon immer. Er kriegt die Kurve«, versuchte meine Mutter, Lennart zu beruhigen. Zweifelnd schaute ich sie an und wünschte mir, dass sie mit dieser Vermutung Recht behielt.

»Können wir ihn besuchen?« Lennarts Blick war flehend.

»Ich rufe ihn mal an, okay?«, schlug ich vor.

»Kann ich das machen?«, bat Lennart.

Ich zuckte die Schultern. »Klar.« Mein Handy lag auf dem Küchentisch und ich deutete darauf.

Lennart scrollte durch die Kontakte und fand Max sofort. Dann ging er mit dem Telefon auf die Terrasse und schloss die Tür hinter sich. Lennart spazierte mit meinem Handy in der Hand vorm Fenster auf und ab. Er strahlte übers ganze Gesicht. Max schien Dinge zu erzählen, die ihn zum Lachen brachten. Mir ging das Herz auf bei diesem Anblick.

Liebevoll lächelte meine Mutter. »Schau nur, wie glücklich Lenni ist. Es ist unglaublich, was Max bei ihm bewirkt«, stellte sie fest.

Ich nickte und wurde nachdenklich. Ich wünschte, Max wäre sich seiner Funktion bewusst. Und Lennart wäre vielleicht im Gegenzug auch sein Schutzengel. Er musste es nur noch zulassen.

Während Lennart telefonierte, klingelte das Handy meiner Mutter.

»Ich erreiche Clara gar nicht. Ist alles in Ordnung?« Paul war offenbar besorgt, weil mein Handy so lange besetzt war.

Meine Mutter erklärte ihm, dass Lennart mit meinem Telefon telefonierte und reichte mir ihr Handy.

»Guten Morgen, Clara. Was macht Lennart denn da? Spricht er mit Opa?«

»Hallo, Paul. Er spricht mit Max«, erklärte ich meinem Mann. Ich schilderte ihm, was in der Nacht geschehen war.

»Aha. Aber es sieht ja so aus, als sei Max schon wieder bei Kräften, so viel wie sie sich zu erzählen haben.« In seiner Stimme klang etwas mit, was mir missfiel.

»Ich finde, wir können dankbar sein, wenn es ihm wieder so gut geht. Ich hatte echt Angst zwischenzeitlich«, sagte ich deshalb.

»Max kommt schon wieder auf die Beine«, behauptete Paul. Sein Tonfall klang so entspannt. Er schien die Situation nicht wirklich ernst zu nehmen.

»Ach ja? Was macht dich da so sicher?« Ich stellte die Tasse etwas zu schwungvoll ab, so dass ein wenig Tee über den Rand schwappte. Mein Tonfall war gereizt.

»Hey, ist ja gut. Was weiß ich. Was bist du denn so angegriffen?« Paul klang ärgerlich. Ich presste die Lippen aufeinander, während ich den Tee mit einem Tuch wegwischte.

»Weil ich mir Sorgen gemacht habe vielleicht? Entschuldige, aber mich lässt das nicht ganz kalt.« Pauls Ignoranz machte mich rasend.

»Das ist ja im Hause bekannt.«

»Es reicht, Paul. Fang nicht schon wieder an. Es geht hier nicht um Max und mich, sondern um einen kranken Menschen, dem ich heute Nacht vielleicht das Leben gerettet habe. Wie kannst du sagen, dass das alles halb so wild ist? Ich fasse es nicht!« Scheppernd stellte ich die Tasse in die Spülmaschine und goss mir ein Glas Wasser ein.

»Meine Güte. Ich freue mich einfach, dass es offenbar so gut ausgegangen ist mit Max. Egal, was ich hier sage, du gehst sofort an die Decke. Dabei hätte ich womöglich viel eher einen Grund dazu, meinst du nicht?« Die Pause die entstand, fühlte sich schrecklich an.

»Ach ja, inwiefern, wenn ich fragen darf?«, zischte ich zurück.

»Habe ich ein einziges Mal gefragt, warum ausgerechnet *du* Max auf dem Boden seines Schlafzimmers gefunden hast mitten in der Nacht?« Pauls Worte trafen mich wie Giftpfeile. Mir blieb die Sprache weg. Wollte er damit andeuten, ich hätte die Nacht bei Max verbracht? Ich konnte es kaum fassen. Ich rang mit den Worten, fand aber keine, stattdessen trank ich einen Schluck Wasser, in der Hoffnung, meine vor lauter Aufregung ganz trockene

Kehle würde die Sprache wiederfinden. Doch auch dafür, dass mir dazu nichts einfiel, fand Paul eine Erklärung.

»Alles klar.« Wissend stieß er Luft durch die Lippen. »Vielleicht ist es besser, wir legen erstmal auf.«

»Ganz sicher ist das besser«, erwiderte ich und beendete das Gespräch.

Meine Mutter schaute mich traurig an. »Was ist los, Schatz?« Matt ließ ich mich wieder auf die Eckbank sinken. »Ach, Mama. Es ist doch unfassbar. Was fällt Paul ein? Ich bin aber auch ein Idiot. Ich hab geahnt, dass es auf Sylt dazu kommen würde. Warum hab ich nicht gleich gesagt, wir lassen das Ganze? Wir streiten immerzu. Auch heute Nacht haben wir uns am Telefon fürchterlich wegen Max gestritten. Kann er mir nicht einfach glauben, dass ich den ganzen Zauber hier nur für unseren Sohn veranstalte? Unseren Lennart, dem vor allem Max eine so großartige, unbeschwerte Zeit hier bereitet? Paul und ich müssen beide zugeben, dass uns als Eltern das schon ewig nicht mehr in dieser Form geglückt ist.« Halb vor Wut, halb vor Verzweiflung standen mir Tränen in den Augen.

»Ist das wirklich so?«, fragte meine Mutter in sanftem Ton.

»Ja, wir haben uns immerzu nur Sorgen gemacht. Haben aufgepasst, dass er nicht allein ist, dass er kein Risiko eingeht, nichts Gefährliches macht und so weiter. Was ist das denn für ein Leben für ein Kind? Und wenn wir uns grad keine Sorgen gemacht haben, haben wir uns gestritten.« Ich stützte meinen Kopf auf die Hände, vergrub mein Gesicht darin und schüttelte den Kopf.

»Das meine ich nicht«, sagte meine Mutter leise.

»Sondern?«

»Dass du das alles nur für Lennart machst.« Perplex starrte ich sie an.

»Jetzt fang du auch noch an!« Wütend sprang ich auf. Meine Mutter ergriff meinen Arm und zog mich behutsam wieder auf die Bank. Ich fügte mich ihrem sanften Druck.

»Liebes, es ist in Ordnung, dass Max dir was bedeutet. Er war schließlich mal dein bester Freund, mehr als das. Und ich behaupte, das war eine der prägendsten Zeiten deines Lebens. Max hatte seine Chance, die hat er damals vertan. Paul und Lennart sind deine Familie. Das eine muss mit dem anderen nichts zu tun haben. Vielleicht müsst ihr das alle verstehen?« Meine Mutter schaute mich mit einem Blick an, den Mütter haben, wenn es ihnen wieder einmal gelungen ist, direkt ins schmerzende Herz der Tochter zu schauen.

»Ich weiß nicht, was es ist, Mama, vielleicht hast du recht. Ich kann es ja auch nicht ändern, aber Max ist mir einfach nicht egal. Dabei hätte ich bis vor Kurzem noch vehement unterschrieben, dass dieser Mensch mir nichts bedeutet. Fühlt sich irgendwie nicht richtig an, Mama. Ich kann Paul ja verstehen, wenn ihm das Angst macht.«

»Muss es das denn?«

Erschöpft sah ich sie an und war selbst darüber erschrocken, dass ich nicht sofort mit »Nein!« antwortete. Stattdessen schwieg ich und hob verzweifelt die Schultern.

»Ach, mein Schatz«, tröstete mich meine Mutter und nahm mich fest in den Arm. »Ich bin immer für dich da.« Sanft drückte sie mich an sich. Für ein paar Minuten saßen wir einfach so da und redeten nicht. Aus dem Augenwinkel sah ich Lennart, der mittlerweile nicht mehr telefonierte.

Als Lennart wieder reinkam, hatte ich mir gerade die Tränen abgetupft.

»Max hat gesagt, wir können ihn nachmittags mal besuchen. Ich zieh mich kurz an.« Lennart grinste und stürmte dann die Treppe hinauf. Er hatte offenbar nichts von unserem Streit mitbekommen.

»Spaziergang am Watt?«, schlug meine Mutter vor, als Lennart wieder heruntergekommen war.

»Eine wunderbare Idee. Obwohl mir heute fast eher nach

Strand, Wind und barfuß im Wasser laufen zumute ist. Hast du auch darauf Lust?« Meine Mutter nickte zustimmend.

»Und ob! Ich flitze kurz ins Bad, dann kann's sofort losgehen«, freute sie sich.

Wenig später gingen wir durch strahlenden Sonnenschein Richtung Westseite der Insel. Max' Haus lag ganz in der Nähe des Meeres. Der Strand von Kampen war einer meiner Lieblingsorte auf der Insel. Hier traf die raue See direkt auf das Land und der Blick war einmalig schön. Eine Dünenlandschaft grenzte direkt an die prachtvoll gelegenen Häuser. Über einen holprigen Dünenweg, der parallel zum Wasser verlief, spazierten wir bis zum Steg, der an den Strand führte. Am liebsten schaute ich von der höchsten Erhebung der Insel, der Uwe-Düne, über das Land und das Meer hinweg. Bei gutem Wetter konnte man von hier aus bis nach Dänemark schauen. Heute wollte ich aber direkt ans Meer und das Wasser an meinen Füßen spüren. Am Fuße des roten Kliffs wanderten wir von Kampen aus in Richtung Wenningstedt. Am Haus *Kliffende* in der Kampener Westheide starteten wir unseren Weg. Wenn man an der Kliffkante entlangschaute, sah man, wie das Meer weiter für Abbrüche gesorgt hatte. An einigen Stellen schimmerte die Steilküste richtig rötlich. Man konnte sich nur wünschen, dass dieses schöne Fleckchen Erde so lange wie möglich den Menschen erhalten bliebe und die laufenden Sandaufspülungen zum Küstenschutz an Sylts Westküste erfolgreich waren.

An der Oberkante des Strandes angekommen, ließen wir uns vom kräftigen Wind erst einmal ordentlich durchpusten. Lennart war zum Wasser gelaufen. Auch er liebte diesen Strand. Ich öffnete meinen Zopf und genoss, wie der Wind mit meinen Haaren spielte. Meine Mutter hatte die Augen geschlossen und sog die salzige Luft tief ein. Ich legte den Arm um sie.

Dann gingen auch wir hinunter zum Meer. Wir liefen durch die ankommenden Wellen und das Wasser spritzte uns bis zu den

Knien. Der kühle Sand fühlte sich angenehm an. Lennart sammelte Steine und Muscheln und ließ das Meer sie sauber spülen. Inmitten dieser herrlichen Atmosphäre holte meine Mutter mich wieder in die Realität.

»Meinst du, wir sollten Max mal fragen, ob wir was für ihn tun können? Er braucht sicher Sachen zum Anziehen und so weiter.« Ich nickte und griff nach meinem Handy, um Max eine Nachricht zu schreiben.

Wenn du was brauchst, lass es uns wissen. Hoffe es geht dir einigermaßen. Gruß, Clara.

Max antwortete direkt.

Danke, hier geben sich die Ärzte grad die Klinke in die Hand. Ich melde mich.

»Max wird grad noch untersucht. Ich rufe ihn später mal an.«

»Paul kriegt sich schon wieder ein, meinst du nicht?« Meine Mutter schaute mich von der Seite an.

»Klar, ganz bestimmt. Aber es nervt einfach, dass wir immer und immer wieder an diesem Punkt ankommen. Merkt er nicht, dass wir uns damit nur ständig grundlos verletzen? Und wie geht es Lennart dabei? Er kriegt das doch alles mit. Es reicht schon, dass wir uns so oft gestritten haben, bevor Max wieder in meinem Leben auftauchte.«

Ich blieb stehen und bückte mich nach einem Stein und schleuderte ihn, so weit ich konnte, ins Wasser.

Meine Mutter hielt ebenso an. »Dass euch beide die Situation auch emotional manches Mal überfordert, ist völlig verständlich. Jeder geht da anders mit um. In solchen Phasen zeigt sich, ob man wirklich zusammengehört.« Nachdenklich schaute ich auf den Sand, der vor meinen Füßen vom Wasser aufgewühlt und mitgezogen wurde. Unermüdlich schwappten die Wellen an Land und spülten immer wieder neue Steinchen und Muscheln heran, während sie andere wieder mit sich nahmen. Ich griff nach ein paar Muscheln und ließ die nächste Welle den Sand aus meiner Hand spülen, so dass nur die kleinen Schätze aus dem Meer übrigblieben.

»Und was ist, wenn nicht? Wenn wir diesen Test nicht bestehen?« Meine Lippen zitterten, als ich meiner Mutter diese Frage stellte, und ich war dankbar, als sie ihre Arme um mich legte und mich an sich zog. »Lass uns versuchen, uns Sorgen erst dann zu machen, wenn kein Weg mehr daran vorbeiführt. Ich bin immer für dich da und gemeinsam schaffen wir alles«, flüsterte sie mir ins Ohr. Es war tröstlich, dass ich sie zu jeder Zeit an meiner Seite wusste.

Ich nickte.

Wir schauten Lennart zu, der kniehoch im Wasser stand und Steine suchte, die man über das Wasser flitschen lassen konnte.

»Hast du eigentlich schon mit Bina gesprochen?«

Meine Mutter schüttelte den Kopf. »Ich hielt es für besser, wenn Max das selbst übernimmt. Nachher will er ihr das gar nicht erzählen und ich bin am Ende noch schuld am Familienstreit.« Meine Mutter hob abwehrend die Hände.

»Ja, zuzutrauen wäre es ihm«, sagte ich. Auf dem Weg zum Strand hatte ich meiner Mutter davon erzählt, was der Arzt mir über Max' Krankheit berichtet hatte.

»Er ist halt ein echter Brahnfeldt. Gerade die Männer dieser Familie sind bekannt für ihre Sturheit«, stellte meine Mutter fest und hob wissend die Augenbrauen.

»Oh, ja. Da sagst du was«, gab ich ihr Recht. *Man konnte nur hoffen, dass er nicht in allen Dingen so tickte wie die anderen Brahnfeldts*, fügte ich in Gedanken hinzu. Meine Mutter hatte nie davon erfahren, dass Max' Großvater den Weg gewählt hatte, sein Leben zu beenden, als er merkte, dass dieses nicht mehr lebenswert war. Noch nicht einmal Max' Eltern hatten das damals begriffen. Leo Brahnfeldt hatte alles perfekt inszeniert. Am Ende sah doch alles danach aus, als habe die Krankheit ihn besiegt.

Ich war die Einzige, die Max' versteckten Hinweis hinter *Long Island* richtig deuten konnte.

Wir liefen noch rund einen Kilometer schweigend am Strand

entlang. Ich liebte es, den Sand unter den nackten Füßen weg-sickern zu spüren und den Wind die Gedanken aus dem Kopf wehen zu lassen.

Wir kehrten nach einiger Zeit um und liefen zurück. Meine Beine waren schwer vom ungewohnten Laufen im Sand. Aber die Anstrengung zu spüren, half mir heute und lenkte mich ab vom Streit mit Paul.

»Ich rufe jetzt Max an und packe ein paar Sachen. Dann fahre ich zu ihm. Ich würde gerne erstmal ohne Lennart zu ihm fah-ren«, erklärte ich, als wir am Haus ankamen.

»Lennart und ich gehen mal ein Eis essen. In Keitum ist das Eis so lecker. Vielleicht kannst du das Auto von Max nehmen und wir fahren mit deinem? Das ist doch eine gute Idee, oder?« Meine Mutter schaute mich fragend an.

Ich lächelte. »Klar, bestimmt. Danke, Mama.«

Mit diesen Worten ging ich in mein Zimmer, um mir kurz eine andere Hose anzuziehen, da meine Beine ordentlich Meerwasser abbekommen hatten. Zufrieden lächelte ich mein Spiegelbild an. Die Sonne der letzten Tage hatte meine Haut leicht gebräunt und ich sah, auch wenn das nicht der Fall war, erholt aus.

Ich rief Max an.

»Hey, Clara, schön, dass du anrufst. Wärst du so lieb, mir ein paar Sachen zum Anziehen mitzubringen? Ich darf schon wieder raus hier - zum Glück.« Überrascht von dieser Neuigkeit, wurde ich ganz unruhig.

»Ach, klasse! Und die Ärzte sind sich sicher, dass das nicht zu früh ist?« Ich konnte mir gar nicht vorstellen, dass sie so schnell Entwarnung gaben.

»Alles gut. Ich habe neue Medikamente und soll mich nicht verrückt machen«, hörte ich ihn sagen.

»Okay, dann bringe ich was mit. Brauchst du sonst irgendwas?« Es fühlte sich merkwürdig an, mit Max zu reden, als sei er mein Mann, dem ich gerade einige Dinge ins Krankenhaus brachte.

»Eine Jeans und ein Hemd wären klasse, vielleicht noch ein Paar

Schuhe. Barfuß sieht ja doch merkwürdig aus.« Max lachte und sein Lachen klang richtig fröhlich.

»Alles klar. Ach so, ich würde dein Auto nehmen, wenn das in Ordnung ist? Meine Mutter und Lennart wollten mal nach Keitum fahren.«

»Selbstverständlich. Der Schlüssel liegt im Haus.«

»Ich bin bald da«, sagte ich.

Ich lief nach unten, holte den Schlüssel zu Max' Haus und ging hinüber.

Unsicher schloss ich die Tür auf und ließ meinen Blick noch einmal im Tageslicht durch den Eingangsbereich schweifen.

Das Haus war fantastisch. Auch wenn ich bis gestern ewig nicht hier gewesen war, kam es mir vertraut vor. Ich kannte die Räume von damals noch gut, auch wenn heute das Meiste verändert war. Ich seufzte wehmütig und ging die Treppe hinauf.

Auf Max' Schreibtisch lag sein Tablet. Ich zuckte zusammen, als genau in dem Moment, in dem ich den Raum betrat, eine Mail darauf einging. Obwohl sich das natürlich nicht gehörte, konnte ich nicht widerstehen und warf einen Blick auf das Display, welches ein Foto des Absenders und eine Vorschau der Nachricht zeigte. Der Absender war ein Philip.

Auf die Nachricht folgte ein weiteres Foto. Der Absender war auch Philip. Zu sehen war eine bildhübsche Blondine, die eine Kusshand warf. Darunter der Text. *Eva bittet um dringenden Rückruf. Phil.* Peinlich berührt drehte ich mich wieder um und ging zum Kleiderschrank.

Ich ertappte mich dabei, wie ich einen von Max' Pullovern in die Hände nahm und daran roch. Ich schloss die Augen und für einen Moment genoss ich diesen herben, männlichen Duft, der sich in all' den Jahren nicht verändert hatte. Schnell legte ich den Pullover in eine Tasche, die neben dem Kleiderschrank stand, und suchte noch eine Hose und Shorts. Bevor ich noch weiter in Versuchung geriet, in Max' Sachen herumzuschnüffeln, nahm ich die Tasche und lief die Treppe herunter. Ich merkte, wie mein

Herz aufgeregt schlug, und hatte ein unsagbar schlechtes Gewissen. Ich zwang mich selbst dazu, keine Sekunde länger darüber nachzudenken, was gerade in mir vorgegangen war. Auch nicht darüber, dass ich mich fragte, wer wohl Eva sei.

Dann fuhr ich Richtung Krankenhaus. Auf der Fahrt bemerkte ich, dass auch Max' Auto seinen Duft trug. Es war, als säße Max neben mir. Ich schluckte bei dem Gedanken, dass mir das so positiv auffiel.

Kapitel Max

Ich freute mich, dass ich so schnell das Krankenhaus wieder verlassen konnte. Der Arzt hätte mich zwar lieber noch ein paar Tage zur Beobachtung hier gehabt, aber ich hatte ihm glaubhaft versichern können, dass ich mich schonen würde und ihm unterschrieben, dass ich das allein und auf meine eigene Gefahr hin entschieden hatte.

Das musste ja niemand erfahren.

Als ich wieder aus dem Bad kam, wo ich mich vor Claras Eintreffen schnell ein wenig frisch gemacht hatte, hatte mein Handy geklingelt. Zu meinem großen Erstaunen war es Eva gewesen. Dies hatte sie mir in einer Nachricht mitgeteilt, weil ich den Anruf nicht angenommen hatte. Eva war die blonde Schönheit, die ich neulich ganz kurz in der Bar wiedergesehen hatte, als ich mit Philip dort was getrunken hatte. Hatte sie nach dieser Aktion und der darauffolgenden Funkstille nicht begriffen, dass ich nach der Nacht vor einigen Monaten keinerlei Interesse an weiterem Kontakt hatte? Es musste ihr doch klar sein, dass uns nicht mehr verband als diese eine Nacht.

Warum also rief sie mich an? Und woher hatte sie überhaupt meine Nummer? Mein Verdacht fiel auf Philip. Er hatte schließlich auch versucht, mir ihre Nummer zukommen zu lassen. Kurz darauf erhielt ich die Antwort in Form einer Nachricht von Philip, der mir ein Bild von Eva sendete. Auch er schien nicht zu verstehen, dass ich mich bewusst nicht bei ihr gemeldet hatte. Ich antwortete nicht und hoffte, dass das für beide Antwort genug wäre.

Mir ging es nach ein paar Stunden Ruhe wirklich besser. Ich war froh, dass ich den heutigen Termin mit meinen Eltern und dem Geschäftspartner nicht absagen musste. Bohrende Fragen wären unumgänglich gewesen. Dringend musste ich mit Clara und ihrer Familie reden, damit sie informiert waren, dass meine Eltern nichts von der Krankenhaus-Situation wussten. Ich hielt es für besser, sie außen vor zu halten. Sie würden sich einerseits Gedanken machen und andererseits von nun an immerzu um mich herumschwirren und überprüfen, ob es mir gut ging.

Ich setzte mich an den Tisch in dem wenig einladenden Krankenzimmer. Man hatte mir zugesagt, dass sie mir demnächst den Arztbrief aushändigen würden. Ich las einige Seiten in der Tageszeitung.

Nach kurzer Zeit kam Clara herein. Ich stand auf und begrüßte sie. Mir war mein Aufzug etwas unangenehm. Allerdings hatte sie mich halbnackt auf dem Fußboden gefunden und ich war mir sicher, dieser Anblick war nicht viel ansprechender gewesen. Entschuldigend hob ich die Hände. »Verzeih diesen unangemessenen Dress.« Schief lächelte ich sie an.

»Da schaue ich doch großzügig drüber hinweg. Außerdem gibt's ja so Menschen, die kann nichts entstellen«, gab Clara zurück. Dabei lächelte sie schief. Ich nahm ihr die Tasche ab.

»Du bist ein Schatz!«, bedankte ich mich, kramte direkt Hose und Pullover heraus und ging kurz ins Bad, um mich anzuziehen. »Mach's dir doch so lange gemütlich«, sagte ich zu Clara und wir mussten beide nach einem kurzen Blick auf das sterile Zimmer schmunzeln.

»Jetzt würde ich dich gerne auf einen köstlichen Kaffee im Bistro einladen - ich gebe zu, dass es schon charmantere Umgebungen gegeben hat, in denen ich dich ausgeführt habe. Aber lass' uns das Beste draus machen. Bis die Leute mit dem Arztbrief kommen, dauert es sicher noch ein wenig.«

»Alles klar«, willigte sie ein, klang aber unsicher.

»Du siehst auch ein wenig müde aus«, stellte ich fest, als wir nebeneinander den Krankenhausflur entlanggingen und ich Clara von der Seite anschaute.

»Ich hab etwas zu wenig geschlafen heute Nacht«, sagte sie und lächelte augenrollend.

»Da bin ich wohl nicht ganz unschuldig«, erwiderte ich. Als sich auf Claras Wangen ein leichter Rotschimmer bildete, wurde mir die Doppeldeutigkeit klar. »Also, es tut mir jedenfalls leid, dass ich für eine solche Aufregung gesorgt habe. Danke, Clara. Ich hab keine Ahnung, wie die Sache ohne dich ausgegangen wäre.« Ich schaute sie von der Seite an und mir fiel auf, dass sie meinen Blicken auswich.

»Wie kam es eigentlich, dass du mitten in der Nacht auf der Terrasse warst? Es muss doch bestimmt 1 Uhr gewesen sein, oder?«

Clara nickte, während sie die Lippen aufeinanderpresste.

»Ich konnte nicht schlafen«, sagte sie dann.

»Kenne ich. Hatte das einen Grund?« Mit dieser Frage war ich sicher zu weit übers Ziel hinausgeschossen. Ich bereute sie gleich. Clara sah mich einen Moment lang an, zuckte dann mit den Schultern. »Keine Ahnung.« Ich hatte den Eindruck, die Antwort war nicht ehrlich.

»Wie geht's Lennart?«, wechselte ich deshalb das Thema.

»Ich denke, ganz gut. Er ist mit meiner Mutter unterwegs. Sie wollten irgendwas unternehmen.« Sie war kurz angebunden.

»Lennart reagierte sehr cool am Telefon, als ich ihm beichten musste, dass das mit dem Surfen nochmal verschoben werden muss. Dabei hatte er sich so gefreut. Von ihm kann sich echt so mancher Erwachsene eine Scheibe abschneiden«, stellte ich anerkennend fest.

Clara lächelte stolz und nickte. »Ja, da hast du recht. Ein bewundernswertes Kerlchen, unser Lennart.«

In dem Moment kamen wir am Bistro an. Wir setzten uns an einen der Tische am Fenster. Nach einem kurzen Blick in die Karte lief ich los und bestellte zwei Cappuccini. Ich orderte für jeden ein Stück Kuchen dazu. Ein wenig Süßes für die Seele. Clara wirkte sehr angestrengt. Ich hatte den Eindruck, dass das nicht nur an der unterbrochenen Nacht lag.

»Schokoladenkuchen. Das ist großartig«, kommentierte sie meine Idee, als ich mit dem Kuchen wieder an den Tisch kam. Sie lächelte zaghaft. Dann nahm sie einen großen Bissen von dem Kuchen und schloss schwärmerisch die Augen. »Mhmm, köstlich! Danke!«

Wir aßen schweigend den Kuchen. Danach hatte ich zwar den Eindruck, dass Clara besser drauf war, allerdings war sie noch immer ungewohnt schweigsam.

»Clara, wahrscheinlich geht es mich nichts an. Aber wenn du Sorgen hast, lass' es mich wissen. Vielleicht kann ich helfen? Wenn es um Lennart geht, ich kenne so viele Leute, und auch wenn es finanziell irgendwo fehlt.« Ihr Blick traf mich. Sie tupfte sich mit der Serviette den Mund ab und löffelte dann den Schaum von ihrem Cappuccino.

»Ich muss dich enttäuschen, Max. Nicht alles im Leben lässt sich durch Geld regeln. Lennart geht es gerade gut. Sehr gut sogar.« Sie sprach leise und was sie sagte, klang nicht vorwurfsvoll, sondern eher tieftraurig.

»Ist es wegen Paul?«, fragte ich. Erst schaute sie aus dem Fenster, als wollte sie der Frage ausweichen. Dann sah ich, wie ihre Unterlippe zitterte. Sie kämpfte offenbar mit den Tränen.

Zaghaft nickte sie. »Es ist die gesamte Situation. Leider streiten wir fürchterlich. Immer wieder. Es strengt mich unheimlich an. Aber was soll's. Ich glaube nicht, dass du mir helfen kannst, ohne dir zu nahe treten zu wollen. Das muss ich mit mir selbst ausmachen. Und mit Paul.«

»Verstehe. Es tut mir leid. Ich hoffe, deine Rettungsaktion von heute Nacht hat nichts damit zu tun?«

Ihr Schweigen war Antwort genug. »Würde es helfen, wenn ich mit Paul reden würde?«, bot ich an. Energisch schüttelte Clara den Kopf. »Bloß nicht.«

Diese sonst so zuversichtliche Frau so betroffen zu sehen, tat mir leid. Wie aus einem inneren Impuls heraus, griff ich nach ihrer Hand.

Beinahe erschrocken starrte sie mich an. Kurz spürte ich, wie sie die Hand wegziehen wollte. Als sich ihr Mund jedoch fast unmerklich zu einem Lächeln verzog, entspannten sich gleichzeitig ihre Finger.

»Dass du verzeihen kannst, hast du ja mehr als eindrücklich bewiesen. Lass mich dir helfen, so wie früher. So als richtig alte Freunde, okay?« Ich senkte leichte das Kinn, schaute ihr tief in die Augen und hoffte, sie würde mir diese Chance geben. Ich wusste selbst nicht mehr, ob mir das ausreichen würde, Clara nur als Freundin zu sehen. Aber das war die einzige Chance, wieder zueinanderzufinden, wenn ich sie nicht ein zweites Mal im Leben unglücklich machen wollte.

Nach ein paar Sekunden zog Clara ihre Hand dann doch weg. Sie antwortete nicht auf meine Frage, sondern wechselte das Thema.

»Hast du deinen Eltern von deinem Zwischenstopp hier erzählt?«, fragte sie und deutete auf den Raum um uns herum.

»Nein. Sie machen sich nur unnötig Sorgen. Ist ja alles wieder gut. Sie würden sonst ständig nachfragen und immer hinter mir her sein. So ist es für alle Beteiligten leichter.«

Clara sah mich abschätzend an. »Sowas kann nur jemand sagen, der keine Kinder hat«, stellte sie fest. »Aber das ist deine Entscheidung. Ich erzähle ihnen natürlich nichts. Meine Mama sagt auch nichts, keine Sorge. Aber was ist, wenn es wieder passiert? Von *alles wieder gut* kann keine Rede sein, Max, das weißt du besser als ich.«

Ich lehnte mich zurück.

»Ja, gut ist es nicht. Aber es ist auch nicht dramatisch. Was sollte es ändern, wenn sie involviert sind? Auf meine Genesung hat es keinerlei Einfluss.«

Clara lehnte sich ebenso zurück und verschränkte die Arme.

»Wie du meinst.« Ihr Blick und der Tonfall, wie sie das aussprach, sprachen Bände.

»Du weißt, nächsten Sommer will Lennart das Surfen perfektionieren. Nur, dass wir nochmal drüber gesprochen haben.« Clara schaute mich herausfordernd an.

Ich stieß hörbar Luft durch die Lippen.

»Denk einfach dran. Du hast ihm das versprochen.«

Dann hob sie eine Augenbraue und ihr Gesichtsausdruck bekam etwas Komisches, obwohl ihre Mundpartie todernst blieb. Ich liebte diesen Ausdruck an ihr. Den hatte sie schon, solange ich denken konnte. Fehlte nur, dass sie mit Zeigefinger und Mittelfinger zwischen ihren Augen und mir hin und her deutete, als wollte sie sagen: *Ich habe dich im Auge*. Das hatte sie damals bei meinem Großvater immer zu lustig gefunden und von ihm übernommen.

»Ach, Max. Wann hat eigentlich das Leben angefangen, so anstrengend zu werden?«, sagte sie plötzlich.

»Ist es wirklich so anstrengend? Sind wir da nicht selbst schuld mit unseren ganzen Vorstellungen, Moralpredigten und dem schlechten Gewissen?« Ich lehnte mich vor und in dem Moment tat Clara es auch. Wir saßen uns gegenüber und unsere Gesichter waren sich nah.

»Max Brahnfeldt, wir wissen beide, dass das nicht immer so einfach ist, wie es klingt. Und manchmal macht man es sich mit dieser Einstellung auch nur verdammt einfach und irgendwann holt einen dann das schlechte Gewissen doch ein.« Clara flüsterte diese Worte mehr, als dass sie sie sagte und schaute mir tief in die Augen. Mir blieb kurz der Atem weg, diesmal aber nicht aus gesundheitlichen Gründen.

Sicherheitshalber lehnte ich mich wieder zurück. »Glaub mir, ich werde nicht noch einmal den Fehler machen, für Tränen in deinem Leben zu sorgen.«

Dann wanderte ihr Blick wieder in ihre mittlerweile leere Tasse und weg von mir. Sie stand auf, griff nach dem Tablett und wir gingen, am Geschirr-Ständer vorbei, wieder Richtung Krankenzimmer.

Auf dem Gang begegneten wir einer Krankenschwester, die mit einem Briefumschlag winkte.

»Vielen Dank! Und hoffentlich nicht bis bald«, verabschiedete ich mich von ihr.

»Passen Sie auf sich auf, denken Sie an Dr. Franzens Worte«, erinnerte ihn die Krankenschwester und hob mahnend den Finger.

»An nichts anderes«, gab ich zurück und hatte es eilig, meine Tasche aus dem Zimmer zu holen und schnell das Krankenhaus zu verlassen.

Clara wartete auf dem Gang und gemeinsam gingen wir auf den Parkplatz, wo sie mein Auto geparkt hatte.

»Soll ich nochmal fahren?«, fragte sie.

»Wenn das okay für dich ist, gerne.«

Also setzte sie sich wieder hinters Steuer und wir fuhren Richtung Kampen.

Wir sprachen auch auf der Fahrt nicht viel. Ich suchte im Radio nach Musik, so dass unser Schweigen weniger auffiel. Unschön war, dass gerade in dem Moment, in dem sich mein Handy via Bluetooth einloggte, ein Anruf von Philip einging. Ich drückte versehentlich die falsche Taste und nahm das Telefonat an, welches nun über den Lautsprecher lief.

»Phil, grüß dich. Du, kann ich dich zurückrufen? Ist grad etwas ungünstig«, versuchte ich, ihn abzuwimmeln. Leider ohne Erfolg.

»Nee, ich bin ja froh, dass du endlich mal drangehst! Was soll das denn? Ich hab dir doch geschrieben. Es ist wirklich wichtig. Du solltest dringend mal Eva anrufen.« Nervös überlegte ich, was ich sagen sollte und versuchte dabei, Clara nicht anzuschauen. Sie hatte den Blick aber starr auf die Straße gerichtet und ließ sich nichts anmerken.

»Max, ich hab' verstanden, dass dir die Lady egal ist. Kann ich zwar nicht nachvollziehen, aber was solls. Deine Entscheidung. Aber in diesem Fall würde ich dich dringend bitten, wenigstens mal kurz zum Hörer zu greifen. So, und nun mach daraus, was du willst.« Dann legte Philip einfach auf.

Ich fuhr mir angespannt durch die Haare. Dann ballte ich meine Faust vor Wut darüber, dass Philip ausgerechnet jetzt anrief.

»Soll ich rechts ranfahren?«, fragte Clara aufmerksam.

Aber ich lehnte ab. »Nicht nötig, danke«, gab ich kurz zurück.

»Geht mich nichts an, aber irgendwie klang Philip aufgebracht. Wenn ich dir von Frau zu Mann einen Rat geben darf: Ruf wenigstens kurz an«, fuhr sie fort.

»Aber warum? Eva war ein One-Night-Stand. Nicht mehr. Und das soll auch so bleiben. Keine Ahnung, ob sie das nicht begriffen hat. Sorry, ich hab' andere Sorgen, als mich bei einer Frau zu melden, bei der von vornherein klar war, dass da außer einer Nacht nichts läuft.« Ich ärgerte mich über die Situation und steigerte mich immer mehr hinein. Es fühlte sich falsch an, diese Sätze Clara gegenüber zu sagen. Besonders verstörend wirkte auf mich, dass ich verhindern wollte, dass Clara dachte, mir bedeute diese Frau etwas.

Claras Handy klingelte in diesem Moment auch. Es war ihre Mutter, die ihr berichtete, dass sie und Lennart wieder da waren. Auch wir fuhren gerade vor meinem Haus vor. Clara parkte ein und gab mir dann die Schlüssel. Sie steckte das Handy ein, verabschiedete sich mit einer kurzen Umarmung und ging dann ins Haus. Ich stand noch einen Moment mit meiner Tasche in der Hand im Flur meines Hauses, bevor ich die Treppe hinaufging. Mir schwirrte der Kopf und ich wollte schlafen.

Kapitel Clara

Als ich ins Haus ging, hätte ich am liebsten meine Ruhe gehabt. Das Gespräch zwischen Max und mir in dem Krankenhaus-Bistro hatte mich aufgewühlt. Ich sah ihn vor mir mit seinen stahlblauen Augen, die noch immer einen Reiz auf mich hatten. Sah seine Lippen, die mir versprechen wollten, dass sie mich nie wieder zum Weinen bringen wollten. Höhnisch lachte ich bei dem Gedanken auf. Der Streit zwischen Paul und mir in der vorherigen Nacht hatte tränenreich geendet. Ganz unschuldig war Max daran nicht.

Fakt war, dass dieser Mann mich an einem Punkt berührte, den nur er erreichte. So sehr ich gehofft hatte, dass es diesen nicht mehr gab, so deutlich hatte ich ihn heute wieder gespürt. Und das machte mir Angst. Eine furchtbare Angst vor meinen Gefühlen und Panik, sie würden irgendwann meinen Kopf überlisten und zu sehr großem Unglück führen. Mein Gewissen stand wie ein dunkler, bedrohlicher Wächter über diesem Kampf und drohte meinem Herzen.

Meine Mutter und Lennart saßen auf dem Sofa. Sie spielten irgendein Spiel auf dem Tablet und Lennart lachte dabei ausgelassen. Ich lehnte im Türrahmen und beobachtete sie lächelnd. Das warme Gefühl, was sich augenblicklich in meinem Bauch ausbreitete und sich wie liebevolle Vertrautheit anfühlte, zeigte, wie verwirrt meine Emotionen waren. Ich liebte meine kleine Familie über alles. Warum nur ließ mein Herz dann weiterhin Platz für Max?

Ich stand eine Weile regungslos da. Es dauerte, bis sie mich bemerkten. Lennart sprang auf und lief strahlend auf mich zu.

»Mama, es war so toll! Hier gibt es das beste Eis überhaupt.«

Lennart lachte mir zu. Ich wuschelte ihm durch seine Haare und gab ihm einen Kuss auf die Stirn. »Das freut mich, mein Schatz«, sagte ich. »In Keitum gibt's einen Bus, der ganz von selbst fährt. Das war mega! Wir sind da an einer Station vor einem Hotel ausgestiegen. Da startete grad eine Mini-Wattwanderung für Kinder. Oma hat mit der Frau, die das gemacht hat, geklönt und da durfte ich spontan noch mit. Mama, das war so super! Carmen weiß einfach alles! Sie hat uns quer durchs Watt gescheucht und wir haben sogar Wattwürmer gefunden, na ja, zumindest kleine Sandhaufen. Daran erkennt man sie nämlich.« Lennart plauderte noch weiter. Er schien vollkommen begeistert von dem Ausflug mit meiner Mutter. Als er mir alles berichtet hatte, konzentrierte er sich wieder auf sein Spiel auf dem Tablet. Er ging damit in sein Zimmer. Ich freute mich, dass er Spaß gehabt hatte und bedankte mich bei meiner Mutter. Ich erklärte Lennart, dass Max zwar wieder zuhause war, sich aber erst einmal ausruhen musste. Lennart freute sich, akzeptierte aber, dass er nicht gleich was mit Max unternehmen konnte.

»Unser Ausflug hat mir wirklich auch Freude gemacht. Die Carmen von dem Hotel *Alte Liebe* war wirklich klasse. Ich kannte das Hotel gar nicht«, sagte diese. »Liebes, eine Freundin von Max war vorhin da. Sie wollte ihn sprechen. Hab gesagt, heute Nachmittag kommt er irgendwann.« Meine Mutter zuckte die Schultern. Sie wirkte nachdenklich. Irgendwas am Besuch dieser Freundin schien sie irritiert zu haben.

»Eine Freundin von Max?« Wahrscheinlich war es wieder eine seiner Affären, die sich, wie ich damals, erhofft hatte, sie könnte den ewigen Single Max Brahnfeldt von der großen Liebe überzeugen.

»Liebes, kann es sein, dass Max Papa wird. Hat er dir das erzählt?« Der Blick meiner Mutter war ernsthaft überrascht.

Eiskalt erfasste mich ein Schauer, der mir den Rücken hinunterlief und alle meine Glieder bewegungsuntauglich machte. Ich fühlte mich wie eingefroren.

»Nein«, antwortete ich wahrheitsgemäß. »Aber muss er ja auch nicht.« Ich hoffte, es klang abgeklärter, als ich mich fühlte.

»Hat sie denn ihren Namen gesagt?«

»Mhm, glaube Eva. Weiß es aber nicht so genau«, überlegte meine Mutter.

»Eva«, wiederholte ich leise und sackte schwach auf einem der Küchenstühle zusammen. Ich klammerte mich an mein Wasserglas, das ich mir gerade eingeschenkt hatte.

Deshalb hatte Max so gestresst reagiert, als sie immer wieder anrief. Was für ein verlogener Kerl er noch immer war. Ich schäumte augenblicklich vor Wut, auch wenn ich nicht im Geringsten ein Recht darauf hatte, von Max auf dem Laufenden gehalten zu werden, was sein Liebesleben anging. Dass Max eventuell Vater werden sollte, verstörte mich. Das war ein Gedanke, der mir weh tat, so gerne ich das geleugnet hätte.

Kapitel Max

Ich schloss die Tür hinter mir, dankbar, wieder zuhause zu sein. Claras Nähe verwirrte mich. Sie war da, hörte mir zu und in einigen Momenten fühlte sich manches so an wie früher. Sie und ihr Sohn hatten mich wachgerüttelt. Besonders ihr Satz, ich würde ihrem Sohn gegenüber als Vorbild für den Umgang mit einer Krankheit dienen, hatte mich nachdenklich gemacht. Würde ich heute nochmal in Dr. Schwarz Praxis sitzen und diese Diagnose vor den Kopf geknallt bekommen, meine Gedanken wären anders. Der Kämpfer in mir war geweckt. Aber je mehr ich mich ihr öffnete, desto gefährlicher fühlte sich ihre Nähe an. Wie ein Feuer, dem ich nicht mehr näherkommen durfte. Meine Chance hatte ich vertan. Mit jedem Blick und jeder Geste verbrannte ich mich an ihr. Sie war unerreichbar. Es stand mir nicht zu, für Unruhe innerhalb ihrer Familie zu sorgen.

Für ein paar Stunden musste ich meine Grübeleien beiseiteschieben. Der Termin mit meinen Eltern stand an und ich wollte so professionell wie möglich auftreten.

Der Termin war anstrengend. Das künstliche Grinsen und der oberflächliche Small Talk verlangten mir heute mehr ab als sonst. Wenn man das Gefühl hatte, einem rinne wertvolle Lebenszeit durch die Finger, kamen einem solche Termine wie reine Zeitverschwendung vor. Und wenn man als kranker Mensch etwas nicht mehr zu verschwenden hatte, war es Zeit.

Nachdem ich höflich alle geschäftlichen Themen abgewartet und geduldig den Gesprächen gelauscht hatte, zog ich es vor, mich frühzeitig aus der Runde zu verabschieden. Mein Vater überspielte dies gekonnt und schlug dem Partner vor, noch auf ein Getränk in eine andere Bar zu fahren. Meine Mutter sagte, sie sei müde und wolle lieber nach Hause. Mein Vater bat mich, meine Mutter an ihrem Haus abzusetzen.

Kurze Zeit später saß ich neben meiner Mutter im Auto. Sie klammerte sich an ihre Handtasche und schaute angestrengt aus dem Fenster auf die dunkle Straße.

»Wie geht es dir, Max?« Ein kritischer Blick traf mich.

»Alles okay«, antwortete ich und hoffte, sie würde sich damit abspeisen lassen.

»Wie läuft es mit der Familie nebenan?«, fragte sie.

»Wir kommen gut miteinander aus, denke ich. Vor allem mit Lennart hab ich richtig Spaß. Ein toller Junge, wirklich bemerkenswert, das kleine Kerlchen.« Ich lächelte meine Mutter an.

»Und Clara?« Wieder schaute sie mich mit diesem prüfenden Blick an.

»Wir verstehen uns wieder ganz gut. Sind ja sozusagen alte Freunde, warum also auch nicht?« Ich tat betont locker.

»Ja, warum eigentlich nicht«, wiederholte meine Mutter. Ich merkte ihr an, dass sie mit dem Verlauf des Gespräches nicht zufrieden war.

»Ihr wäret ein tolles Paar geworden damals«, sagte meine Mutter plötzlich. Perplex starrte ich sie an.

»Meinst du?«

»Auf jeden Fall. Ich bin mir sicher, du wärst heute schon glücklicher Papa«, behauptete meine Mutter.

»Mache ich denn einen unglücklichen Eindruck auf dich?« Es interessierte mich, wie meine Mutter darauf kam.

»Nein, nicht unglücklich. Aber verändert.« Die Finger meiner Mutter krampften sich um die Handtasche. Ich ließ diese Aussage so stehen. Das Schweigen, das daraufhin entstand, war schwer auszuhalten. Es gelang mir dennoch.

Als wir vor ihrem Haus vorfuhren, sah sie mich aus traurigen

Augen an, bewahrte aber Haltung, verabschiedete sich und stieg aus. Dann ging sie langsam auf den Hauseingang zu. Die Außenbeleuchtung ging automatisch an und erhellte den Weg zur Haustür. Ich schaute ihr nach, wartete, bis sie im Haus verschwunden war, und fuhr nach Hause. Meine Eltern wollten schon am nächsten Tag wieder nach Hannover reisen.

Kapitel Clara

Ich war froh, dass Max heute Abend irgendeinen Termin hatte. So würden wir uns nicht mehr über den Weg laufen.

Je länger ich darüber nachdachte, über was wir uns unterhalten hatten, desto wirrer wurde mein Gedankenchaos. Konnte es sein, dass ein Brahnfeldt sich von einem Plan abhalten ließ? Durch das Gefühl, dass das Leben lebenswert war, weil es Menschen gab, die einen mochten und die herzlich mit einem umgingen? Lag es daran, dass wir wieder zueinandergefunden hatten? Ich traute mich nicht, diesen Gedanken weiterzudenken. Ich schwankte zwischen aufgeregtem Prickeln im Bauch und Wehmut. Mir blieb nicht verborgen, dass Max mich anders ansah als noch vor Jahren. Seine Blicke gingen tiefer. Und sie trafen die Punkte, die von meiner Seite damals lange unter Strom standen, wenn es um ihn ging. Aber nun gab es in meinem Leben Paul und in dieser Hinsicht war kein Platz mehr für Max. Allenfalls als Freund. Und was war mit dieser Frau, die offenbar schwanger war, wenn ich meiner Mutter Glauben schenken sollte, und die nach ihm suchte? Was hatte es mit dieser Eva auf sich, die ja auch mehrfach versucht hatte, über Max' Freund Philip Kontakt mit ihm aufzunehmen? Ich konnte kaum glauben, dass Max so weit gehen wollte, seinem Leben ein Ende zu setzen, wenn er doch wusste, dass er Vater werden würde. Wusste er vielleicht gar nichts von der Schwangerschaft und diese Eva wollte es ihm jetzt erst sagen? Wenn das so wäre, wie würde er darauf reagieren, wenn er mit Eva reden würde? Bei diesem Gedanken kam mir eine Idee.

Lennart und meine Mutter hatten Kinokarten und besuchten zum ersten Mal eine Abendvorstellung. Lennart hüpfte vor Freude, als sie nach dem Essen in Richtung Westerland starteten.

Ich schenkte mir ein Glas Wein ein, kuschelte mich aufs Sofa und machte es mir mit einem Film gemütlich. Als ich soeben die Chipstüte geöffnet hatte, sah ich, dass vor Max' Haus das Licht anging. Wahrscheinlich kam Max gerade zurück. Ich widmete mich weiter dem Film und schenkte dem Nachbarhaus keine Beachtung mehr. Ich war müde gegenüber jedem Gedanken an Max und wollte mich heute nur noch berieseln lassen von dem, was im Fernsehen lief. Als jedoch plötzlich eine Gestalt vor unserer Tür sichtbar wurde und ein Klopfen erklang, schreckte ich hoch. Die Person war zierlich, deutlich kleiner als Max. Ich konnte es durch das milchige Glas nicht erkennen, vermutete aber eine Frau.

»Entschuldigen Sie die Störung«, drang es höflich durch die Tür. »Ich würde nur gerne etwas für Max Brahnfeldt abgeben. Mein Name ist Eva Langner.« Verwundert überlegte ich, ob ich die Tür öffnen sollte oder nicht. Dann entschied ich mich dafür.

Ich schaute in das freundliche Gesicht einer jungen Frau. Es war die Frau von dem Foto auf Max' Tablet. Ich sah, dass Regen einsetzte. Vor den Lampen, die den Weg zu Max' Haus säumten, tanzten zahlreiche dicke Tropfen.

»Entschuldigen Sie bitte die Störung«, wiederholte sie und schaute mich freundlich an. »Aber ich habe einen Brief für Max Brahnfeldt in seinen Briefkasten geworfen. Ich hatte gehofft, ihn hier zu treffen. Leider erreiche ich ihn nicht und auch jetzt ist er nicht da. Könnten Sie mir den Gefallen tun, ihm zu sagen, dass der Brief im Briefkasten liegt? Als direkte Nachbarn laufen Sie sich doch sicher über den Weg. Er scheint ihn nicht zu leeren. Ich konnte sehen, dass einige weitere Papiere da herausgucken. Es wäre mir nur wichtig, dass er den Brief erhält, solange er auf Sylt ist. Er hat wohl nur den Termin hier und reist bald wieder ab.« Sie schaute mich aus großen blauen Augen an. Ihr blondes Haar war aufwendig zurechtgemacht. Sie war sehr hübsch.

Wie ein Wink des Schicksals stand diese Eva ausgerechnet jetzt vor meiner Tür. Ich hoffte, mein Plan würde aufgehen.

»Wenn Sie mögen, können Sie hier ein paar Minuten warten. Sie werden ja klitschnass. Ich bin eine Freundin von Max. Eventuell ist Max ja bald wieder da.« Ich lächelte sie auffordernd an. Sie zögerte jedoch.

»Ich störe Sie sicher«, vermutete sie.

Ich schüttelte den Kopf und machte eine einladende Handbewegung. Innerlich triumphierte ich.

Eva ging ins Haus. Sie hatte ein graues Cape um ihren schmalen Körper gewickelte. Als sie dies ablegte, kam ein dunkelblaues Kleid zum Vorschein. Jetzt erkannte ich auch einen kleinen Babybauch.

»Sie sehen sehr schick aus. Hatten Sie eigentlich vor, mit Max auszugehen?«, fragte ich lächelnd. Sie errötete leicht und schüttelte dann den Kopf.

»Nein, eigentlich bin ich gekommen, um mit ihm zu reden.« Resigniert hob sie die Schultern.

»Aber das gestaltet sich irgendwie kompliziert. Er weicht mir leider komplett aus. Und das schon seit Tagen.« Nachdenklich knetete sie ihre Hände und schaute auf ihre Fußspitzen.

»Möchten Sie was trinken?«, fragte ich.

Sie nickte mit einem dankbaren Lächeln und strich sich über den Bauch.

»Gerne ein Wasser. Kennen Sie Max gut?«, fragte sie mich.

Für einen Moment überlegte ich, was ich sagen sollte. »Ja, ich bin eine alte Freundin. Ich meine, Sie haben meine Mutter bereits kennengelernt. Sie hat mir von Ihrem Besuch erzählt.« Ich lächelte und sie erwiderte mein Lächeln. »Woher kennen Sie Max?«, fragte ich dann.

Ihre Miene verdunkelte sich nun merklich. »Wir haben uns vor einigen Monaten beim Feiern kennengelernt, hier auf Sylt.«

Ich hatte den Eindruck, sie wollte mir noch mehr erzählen, tat sich aber schwer.

»Verstehe. Sind Sie auch zum Urlaubmachen hier?«, fragte ich. Sie schüttelte den Kopf.

»Ich lebe hier mit meinen Eltern. Mein Vater betreibt hier ein paar Hotels. Er hat auch eins in Hannover. Da bin ich auch hin und wieder. Ich arbeite mit im Unternehmen. Jedenfalls solange, wie es geht. Und dann in ein paar Monaten hoffentlich wieder.« Sie strich sich erneut über den Bauch und ich lächelte. »Wissen Sie, die Schwangerschaft hat mich ziemlich überrumpelt. Ich fasse gerade Fuß in unserem Unternehmen. Das war so nicht geplant. Noch dazu mit jemandem, der nur auf eine Nacht aus war.« Ihre Lippen zitterten, als sie das aussprach. »Oh, sorry. Das wollte ich gar nicht sagen. Ich stehe völlig neben mir.« Ich sah, dass Tränen in ihren Augen standen.

»Du kannst gerne *du* sagen. Ich bin Clara und definitiv die Ältere von uns beiden«, bot ich lächelnd an.

»Danke, Clara.«

»Ist das Hotel hier in Kampen?« Ich hoffte, die Atmosphäre so ein wenig zu lockern.

»Nein, in Keitum. Hier auf Sylt heißt das Hotel *Alte Liebe*.« Eva schmunzelte.

»Ach, das ist ja ein Zufall! Mein Sohn war gerade dort für ein paar Stunden. Sie haben eine Wattwanderung gemacht und er war schwer begeistert von der Frau, die sich da um die Kinder kümmert. Carmen hieß sie, glaube ich?«

Eva lachte. »Carmen ist der Liebling aller Kinder. Sie hat so wundervolle Ideen, die Kleinen zu beschäftigen. Sie ist Gold wert. Keiner bastelt so hingebungsvoll mit den Kindern oder weiß so viel über Sylt zu erzählen, ohne dass es langweilig wird. Sie hat ein echtes Händchen für Kinder und gehört schon zum Inventar. Stell dir vor, schon ich bin als Kind mit ihr in der Gruppe durchs Watt gezogen.« Eva lächelte liebevoll.

»Aber dies ist ihre letzte Saison. Sie geht in den wohlverdienten Ruhestand. Der sei ihr von Herzen gegönnt, aber sie wird an allen Ecken und Enden fehlen.« Eva hob die Schultern und seufzte. »Insgeheim wünsche ich mir, dass sie dann hier und da auf meinen kleinen Schatz ein Auge hat. Davon weiß sie allerdings noch gar nichts.« Eva streichelte sich über ihren Bauch. »Aber das sind alles noch Überlegungen, die noch weit weg sind. Nun möchte ich erstmal mit Max reden, was anscheinend schon schwierig genug ist.« Ihr Blick wurde traurig.

»Das Kind ist von Max?«, fragte ich. Sie nickte stumm.

Ich schluckte. Ich konnte so gut nachvollziehen, wie sie sich fühlen musste bei dem Gedanken, dass er sie nur als Affäre sah, so präsent war noch immer das Gefühl, nach unserer Nacht nur eine Nummer für ihn gewesen zu sein, die er eiskalt abserviert hatte.

»Ich habe viel mit seinem Freund Philip telefoniert in letzter Zeit. Er hat mir erzählt, dass Max grad hier ist. Ich dachte, hier auf Sylt kann er mir vielleicht nicht mehr ausweichen. Aber irgendwie gelingt es ihm doch.« Sie lächelte schief.

»Weiß er schon von dem Kind?«, stellte ich ihr die Frage, die mir auf der Seele brannte. Wie ich vermutet hatte, verneinte sie, indem sie den Kopf schüttelte.

»Ich wollte es ihm eigentlich persönlich sagen. Aber er lässt mir ja keine Chance.« Sie senkte den Blick und knabberte nachdenklich an ihrer Unterlippe. »Ich habe ihm geschrieben. Dann kann er daraus machen, was er will. Ich will nichts von ihm. Ich werde das Kind bekommen. Wenn ich eins weiß, ist es, dass ich niemals im Leben auch nur darüber nachdenken würde, ein Kind nicht zu bekommen.« Tapfer lächelte sie, woraufhin ihr Blick sofort wieder ernst wurde. »Ich werde ohne ihn klarkommen. Dank der Arbeit bei meinem Vater im Hotel wird es kein Problem sein, wenn ich arbeite, sooft es eben geht. Meine Mutter wird dann für das Kind da sein. Aber ich will, dass er davon erfährt. Das ist sein Recht. Und auch für das Kind finde ich es wichtig, dass es einmal weiß, dass sein Vater von ihm wusste, selbst wenn er es nicht aufwachsen sehen will.« Die junge Frau sah todtraurig aus und wirkte verzweifelt. »Danke, dass du mir zuhörst. Und entschuldige bitte, dass ich so mit der Tür ins Haus falle. Aber irgendwie wirktest du so freundlich.« Ein dankbarer Blick traf mich und ich freute mich über ihr Kompliment, obwohl die Dinge, die sie mir erzählte, mich innerlich durcheinanderwirbelten.

Wir redeten noch eine ganze Weile, als würden wir uns schon lange kennen. Vieles von dem, was sie sagte, sprach meinem früheren Ich aus der Seele. Sie war verliebt in Max und er hatte sie durch sein abweisendes Verhalten verletzt. Ich hätte der jungen Frau gerne erzählt, wie gut ich diese Gefühle nachvollziehen konnte. Ich konnte ihr da allerdings wenig Hoffnungen machen, wenn ich an den Verlauf meiner Geschichte zurückdachte.

Aber die Sache mit der Schwangerschaft war etwas, dem er nicht komplett ausweichen konnte. Irgendwas sagte mir, dass er das auch heute nicht mehr tun würde. Wenn ich beobachtete, wie er mit Lennart zusammen war, hatte ich die große Hoffnung, dass der Gedanke, dass eine Frau ein Kind von ihm erwartete, ihm auf eine ganz neue Art wieder Lebensmut schenken würde. Mit beißend schlechtem Gewissen spürte ich, wie mein Herz sich krampfhaft zusammenzog, wenn ich darüber nachdachte, dass das Kind einer anderen Frau bei Max Wunder wirken sollte. Aber das stand mir nicht zu und ich musste es verdrängen.

Nun galt es, eins nach dem anderen zu bedenken. Ich bestärkte Eva darin, mit Max zu reden, und war mir sicher, diese Nachricht würde ihn seine Lebensplanung überdenken lassen.

»Ich kann dir auch nicht sagen, wie Max reagieren wird, wenn er von der Schwangerschaft erfährt. Ich gebe zu, bis vor einiger Zeit hätte ich abgeraten, diesen Mann mit dem Thema Nachwuchs zu konfrontieren. Aber ich habe ein gutes Gefühl. Vertrau mir. Ich kenne Max.«

Unsicher schaute mich Eva an. Dass sie Max diesen Brief geschrieben hatte, hatte sie sicher Überwindung gekostet. Und dass sie persönlich hier vorbeigeschaut hatte, erst recht.

»Irgendwie habe ich das Gefühl, wir zwei sollten uns hier treffen«, überlegte Eva und stand auf. »Danke, Clara. Ich werde dann mal wieder fahren«, sagte sie, warf sich ihr Cape wieder über und machte auf dem Absatz kehrt.

»Ich habe vorne an der Straße geparkt. Ich habe das Haus nicht gleich wiedergefunden im Dunkeln. Mein Wagen steht ein paar Meter entfernt.«

»Dann bringe ich dich noch zum Auto«, sagte ich. »Für den Fall, dass ein Klabautermann oder so des Weges kommt, man weiß ja nie.«

Wir lachten beide. Ich zog mir eine Jacke an, schlüpfte in meine Schuhe und ging zur Tür.

»Und ich garantiere dir, dass er den Brief lesen wird.« Verschwörerisch zwinkerte ich der jungen Frau zu, die nervös lächelte und an ihrem Cape zupfte.

Als wir vor der Tür standen, riskierten wir einen Blick auf Max' Haus. Es lag im Dunkeln.

Wir gingen den Weg bis zur Straße entlang zu Evas Wagen. Bevor sie einstieg, umarmte sie mich.

»Danke nochmal.« Dann setzte sie sich in ihr Auto, ließ den Motor an und fuhr davon.

Ich schaute den roten Lichtern noch eine Weile hinterher und guckte dann hoch zum Himmel. Die Straße war so dunkel, dass ich meinte, jeden einzelnen Stern von hier aus sehen zu können. Es war ein beeindruckendes Bild, das sich hier bot. Wie ein Meer aus glitzernden Edelsteinen wölbte sich der pechschwarze Himmel über mir. Nachts war es in den Wohnstraßen von Kampen recht dunkel.

In Büchern las ich immer wieder davon, dass das Universum die Dinge auf der Erde steuerte. Dieser Gedanke gefiel mir. Beim Anblick des unendlichen Nachthimmels überlegte ich mir, dass die Begegnung mit dieser Frau nicht umsonst geschehen war, da war ich mir ganz sicher.

Ich lief zurück in Richtung unseres Hauses. Bevor ich hineinging, machte ich einen Abstecher zu Max' Haus. Eva hatte recht. Der Briefkasten quoll über, so voll von Post war er. Ich überlegte, Max am nächsten Tag direkt darauf anzusprechen, dass er einen Blick in den Briefkasten werfen sollte und zog wieder von dannen, ging zu unserer Tür und ins Haus.

Als ich leise die Treppe zum Bad hinaufging und einen Blick auf mein Handy warf, erschrak ich. Es waren drei Anrufe und fünf Nachrichten eingegangen. Sie kamen von Paul. Ich rief ihn zurück.

»Paul? Ist alles in Ordnung?«, fragte ich, bemüht, entspannt zu klingen.

»Geht so«, schoss er zurück. »Das muss ich wohl eher dich fragen. Warum reagierst du denn jetzt erst? Ich hab mir Sorgen gemacht.« Der Tonfall war mehr als schroff und ungewöhnlich fordernd.

Ich überlegte, was ich sagen sollte, um den Zorn, den ich aus dieser Frage heraushörte, nicht weiter zu beschwören.

»Warum?« Nicht besonders einfallsreich versuchte ich, auszuweichen.

»Was hast du denn gemacht? Wir wollten doch telefonieren. Deine Mutter habe ich auch nicht erreicht.«

Wütend rollte ich mit den Augen. »Ich habe mein Handy einfach nicht gehört und ich hatte bis eben Besuch von einer jungen Frau. Sie stand vor der Tür. Sie wollte zu Max, aber der war nicht da.«

»Aha. Und dann hast du sie spontan zu dir eingeladen?«

»Ich habe sie kurz reingebeten und was für Max angenommen und dann habe ich sie eben zum Auto gebracht. Was ist schon dabei? Es handelt sich übrigens um eine schwangere Frau, nicht um einen Typen, den ich dir verheimliche.« Meine Wut kochte langsam ebenso hoch.

»Eine schwangere Frau?« Er machte eine Pause. Ich wollte nichts sagen, was er gleich wieder gegen mich auslegte.

»Schon nicht so leicht, wenn da eine Frau vor einem steht, die schwanger ist vom ehemals besten Freund, in den man sich plötzlich verliebt hat mit Kinderwunsch und allem Drum und Dran, und der eigentlich nie Kinder haben wollte.« Pauls Worte trafen mich.

»Paul, jetzt hör mir bitte mal zu. Max ist kurz davor, womöglich einen riesengroßen Fehler zu begehen. Er ist sehr krank und ja, es fällt mir schwer, meinen alten Freund in sein Unglück rennen zu lassen. Und das werde ich auch nicht zulassen. Und damit hat eine schwangere Frau nicht im Geringsten was zu tun. Gute Nacht, Paul«, sagte ich und wartete keine Verabschiedung mehr ab, bevor ich auflegte. Als ich im Bad fertig war, schaltete ich das Handy aus und ging schlafen. Ich legte keinerlei Wert darauf, mir weiter Pauls Vorwürfe anzuhören. Er hatte ja keine Ahnung, worum es eigentlich ging, nämlich darum, dass Max möglicherweise auf ganz dumme Gedanken kam und ich auch aus der Motivation heraus handelte, ihn davor zu bewahren. Ich ärgerte mich über seine vorwurfsvolle Art und mir liefen Tränen der Wut über die Wange. Aber so sehr ich ihn für die verletzenden Worte verfluchte, so lautstark meldete sich mein Gewissen, das mahnend auf mein Herz zeigte und mir zu sagen schien, dass an Pauls Vorwürfen womöglich ein kleines Fünkchen Wahrheit war. Ganz unberührt ließ mich der Gedanke daran nicht, dass es diese Frau gab, die von Max ein Kind erwartete. Und dass Max weiterhin etwas tief in meinem Herzen berührte und Paul nicht ganz unrecht hatte, ließ mich innerlich taumeln.

Kapitel Max

Ich ging im Dunkeln ins Bad, ließ mir kühles Wasser über das Gesicht laufen, putzte die Zähne und legte mich ins Bett. Viel zu aufgedreht zum Schlafen, legte ich mich mit meinem Handy hin. Ich las ein paar Artikel, mehr zur Zerstreuung, als ich unser Gartentor hörte. Ich stand auf und ging zum Fenster. Vorsichtig versuchte ich zu erkennen, wer da entlangging. Ich sah, dass zwei Personen das Grundstück verließen. Ich hörte gedämpfte Stimmen, dann eine Autotür und kurz darauf das Surren, als ob ein Motor startete. Kurz war es leise, dann kam eine Person zurück. Es war Clara. Ich trat einen Schritt zur Seite, um sicherzugehen, dass sie mich nicht sah. Irritiert stellte ich fest, dass sie nicht auf ihren Hauseingang zu ging, sondern auf meinen. Sie schaute kurz am Haus empor, sah mich aber offenbar nicht, denn ihr Blick ging an mir vorbei. Dann öffnete sie den Briefkasten und schloss die Klappe wieder.

Ich blieb noch einen Moment oben stehen, bevor meine Neugier mich zwang, nachzuschauen, ob sie etwas eingeworfen hatte, was ich nicht gesehen hatte. Als im Nachbarhaus nur im Wohnzimmer noch das Flackern des Fernsehers zu erkennen war, öffnete ich leise die Tür. Vom Wohnzimmer des Gästehauses aus konnte man meine Haustür nicht einsehen.

So leise wie möglich öffnete ich den Briefkasten und etliche Briefe purzelten mir entgegen. Kurz überlegte ich, woher die viele Post kommen könnte, dann fiel mir ein, dass ich für die Tage auf Sylt diese Adresse angegeben hatte. Ich wollte sichergehen, dass keine Post in meiner Wohnung landete, die womöglich vom Arzt kam. Da meine Eltern eher nach Hannover reisen würden als ich, würden sie womöglich vor meiner Ankunft die Post aus meinem Briefkasten holen. Das taten sie häufig, wenn ich im Urlaub war. Sicher würden sie sich wundern, warum Dr. Schwarz mir schrieb und Nachforschungen anstellen. Ich hatte nicht mehr daran gedacht, weil ich für gewöhnlich hier auf Sylt selten Post erhielt.

Hastig sammelte ich alle Briefe ein und ging zurück ins Haus. Ich stellte mir nun Licht im Wohnzimmer an und sortierte die Post. Es waren einige Briefe, die die Firma betrafen. Ich würde mich später darum kümmern.

Meine Aufmerksamkeit weckte ein handbeschriebener Umschlag. Darauf zu sehen war nur mein Name.

Ich öffnete ihn, und was ich las, brachte augenblicklich den Boden unter meinem Stuhl zum Wanken. Die Buchstaben verschwammen vor meinen Augen und schlingerten durcheinander. Nur mit Mühe gelang es mir, die Sätze zu entziffern. Ebenso mühsam kam der Inhalt dieser Zeilen in meinem Kopf an. Und während mein Kopf mit Verzweiflung und Panik reagierte, kam eine Nachricht in meinem Herzen an, die mir noch nie im Leben so bewusst geworden war. Egal, was mit mir geschehen würde, ein Teil von mir würde weiterleben. Dieser Gedanke war überwältigend und beängstigend zugleich. Überwältigend, weil er mir augenblicklich neuen Lebensmut zufächelte. Beängstigend, weil die Krankheit nun nicht mehr nur Max Brahnfeldt in die Knie zwingen würde, sondern auch den Vater eines Kindes.

Lieber Max, ich weiß, dass das mit uns für Dich weniger Bedeutung hatte als für mich. Dass ich das traurig finde, weißt Du. Aber ich akzeptiere Deine Entscheidung, denn Du hast von Anfang an mit offenen Karten gespielt. Dennoch möchte ich, dass Du weißt, dass unsere Nacht nicht ohne Folgen blieb. Ich erwarte ein Kind, es ist auch Dein Kind. Und auch, wenn eine Zukunft als Familie nicht Deiner Vorstellung entspricht, sollst Du wissen, dass es Dein Kind, dass es unser Kind geben wird. Ich werde um nichts kämpfen, sondern sehe es als Schicksal. Ich freue mich darauf, Mama zu werden. Ich werde das schaffen, das weiß ich. Trotz der Umstände ist das Leben ein Geschenk. Deine Eva.

Ich konnte nachher nicht mehr sagen, wie lange ich dagesessen hatte und sprachlos abwechselnd auf den Brief und aus dem Fenster in die Dunkelheit geschaut hatte. Dabei hatte ich in mich gehorcht und versucht zu verstehen, was ich fühlte. Aber das, was da in mir vorging, war neu. Ich konnte es nicht zuordnen, war unfähig, es zu bewerten. Immer wieder hallte vor allem der Satz *das Leben ist ein Geschenk* in meinem Kopf nach.

Ich war irgendwann in die Küche gegangen und hatte mir, entgegen der Ratschläge meines Arztes, ein Glas Rotwein eingeschenkt und hoffte, meinen wirren Kopf damit zu betäuben. Ich wurde ruhiger, aber die Gefühle wurden mehr statt weniger. Sie übermannten mich wie eine Lawine und brachten alle Dämme zum Brechen.

Mich schüttelte ein Heulkrampf, wie ich es nie zuvor in meinem Leben erlebt hatte. Mir war, als zittere jeder Muskel und so viele Tränen wollten fließen und meinen Körper, der immer diszipliniert und kontrolliert war, endlich verlassen. Es tat auf eine reinigende Weise gut und ich hatte das Gefühl, dass mein Herz sich leichter anfühlte.

Ich verspürte eine Kraft, eine neue Form von Lebensmut, den ich so lange nicht empfunden hatte. In diesem Moment war mir erst recht klar, ich würde nicht den feigen Weg des Aufgebens wählen. Für das Kind, für mich, und auch für Lennart. Denn er war es, der mich zum allerersten Mal überhaupt ins Wanken gebracht hatte, was meine Zukunftspläne anging. Oder war es Clara, seine Mutter?

Dann dachte ich an Eva. Wie stark war diese Frau, dass sie mir diesen Brief schrieb, nachdem ich sie mit Nichtachtung gestraft hatte. Sie gab mir die Chance, Vater zu sein, selbst wenn wir kein Paar, sondern nur Eltern sein würden. Das rechnete ich ihr hoch an und wünschte mir beinahe, dass ich diese Frau lieben könnte. Wie leicht würde alles sein. Aber dass sie mir nicht mehr bedeutete, wusste ich. Da war keine Verliebtheit, kein Glaube daran, gemeinsam alt zu werden. Ein Kind war für mich kein Grund, krampfhaft zu versuchen, miteinander zu leben. Das stand fest.

Dieses Gefühl, mit jemandem mein Leben verbringen zu wollen, hatte ich nie gehabt bisher, bei keiner Frau. Bis ich die Frau wiedergetroffen hatte, bei der ich es erst jetzt, viele Jahre zu spät, bemerkt hatte. Das Leben hatte mir die Quittung längst gegeben, und dieser Frau einen anderen Mann und eine Familie geschenkt.

Mir ging durch den Kopf, dass Clara die erste Frau in meinem Leben war, die ich so bitter enttäuscht hatte, und Eva würde wohl die letzte sein. Beide hatten mir dennoch die Chance gegeben, noch das Ruder rumzureißen. Diese wollte ich nutzen.

Ich seufzte und ging erneut in die Küche, entschied mich dann aber gegen ein weiteres Glas Wein, sondern legte mich schlafen.

Vielleicht war es der Wein oder die emotionale Erschöpfung nach dieser Nachricht. Jedenfalls schlief ich tief und fest und wachte erst auf, als es taghell draußen war und die Sonne in mein Zimmer schien.

Ich wertete das als gutes Zeichen, stand auf, duschte und brach auf zu einem Spaziergang zum Bäcker. Den heutigen Tag wollte ich so ruhig wie möglich beginnen und meine Gedanken sortieren, bevor ich weitere Schritte gehen würde.

Hey, Max, bist du wieder fit? Ich wollte mit dir heute was unternehmen, hast du Lust?
Die Nachricht auf meinem Handy kam von Lennart.

Ich blickte auf das Display und überlegte. Surfen musste zwar warten, weil es mir dafür noch nicht gut genug ging, aber irgendwas sollten wir machen. Ich schrieb ihm zurück, dass ich mit Clara besprechen wollte, wie ihr Plan aussah.

Auf dem Rückweg vom Bäcker rief ich Clara an. Sie klang jedoch unterkühlt.

»Guten Morgen, Clara. Lennart hat geschrieben. Er fragt, ob wir was gemeinsam unternehmen können. Wie ist denn euer Plan? Ich will euch da nicht dazwischenfunken«, erklärte ich.

»Wir haben keinen Plan. An was hattest du denn gedacht?«, fragte sie. »Surfen wird ja wohl nix«, schob sie hinterher.

Mir kam eine Idee. »Wenn du magst, frage ich mal meinen Bekannten Nils. Der ist begnadeter Surfer. Er hatte das ja schon angeboten. Bestimmt würde er Lennart die ersten Schritte zeigen, was hältst du davon?« Eine Pause entstand.

»Von mir aus«, hörte ich Clara sagen. Begeisterung klang irgendwie anders, aber zumindest erteilte sie mir keine Absage.

»Clara, wenn es heute nicht passt, dann verschieben wir das. Kein Thema«, bot ich deshalb an.

»Nee, passt super«, kam zurück, wenn auch wenig überzeugend.

»Sagen wir, 11 Uhr? Ich rufe Nils mal an, ob ihm das spontan passt.«

Nils hatte zugesagt und ich hatte Lennart gleich die freudige Nachricht übermittelt. Um kurz vor 11 Uhr trafen wir uns vorm Haus und wollten starten.

»Guten Morgen. Dann lasst uns doch losfahren. Nils ist schon da und organisiert eine Ausrüstung.«

Wir starteten in Richtung Munkmarsch. Lennart hibbelte auf der Rückbank herum und konnte es kaum abwarten. Clara hingegen saß wie versteinert neben mir.

»Hattet ihr einen schönen Abend gestern?«, fragte ich, um ein Gespräch in Gang zu bringen.

»Ja, war okay. Meine Mutter und Lennart waren im Kino«, kam zurück. Claras Blick wanderte aus dem Beifahrerfenster und blieb starr dort.

Ich war dankbar, als wir am Hafen ankamen und die Stille ein Ende nahm.

Nils stellte sich Clara vor und begrüßte Lennart. Nils lebte schon lange hier auf Sylt und hatte mir auch einiges beim Surfen beigebracht. Lennart stellte sich neben Nils und bat mich, ein Foto von ihm und seinem Surflehrer zu machen. Er war sichtlich stolz.

Rund zwanzig Minuten später saßen Clara und ich unweit des Hafens barfuß im Sand und schauten aus der Ferne zu, wie Nils Lennarts erste Surfversuche begleitete. Claras Blick lag abwesend über dem Wasser, sie schwieg.

»Du wirkst traurig, Clara.«

»Ich komme schon klar«, sagte sie dann. Ihre Augen, die mich kurz anschauten und dabei kühl und unglücklich wirkten, verrieten, dass ich Recht hatte.

»Lennart hat mich vorhin gefragt, ob ich ein Foto von ihm mache für Paul. Willst lieber du es ihm schicken?«, erkundigte ich mich. Ich hoffte, so herauszubekommen, was Clara bedrückte.

Clara hob kraftlos die Schultern.

»Paul und du, habt ihr euch gestritten?«

Sie nickte, schaute mich dabei aber nicht an, sondern konzentrierte sich auf ihre Hände, durch die sie Sand fließen ließ wie durch eine Sanduhr.

»Clara, du sagst mir, wenn ihr euch streitet, weil ich zu viel mit eurem Sohn unternehme? Das möchte ich keinesfalls«, stellte ich klar.

Clara lachte höhnisch auf und schüttelte mit einem bitteren Lächeln den Kopf.

»Ich fürchte, da kann ich dich beruhigen. Lennart ist es nicht, um den er sich sorgt.« Dann schaute sie mich mit einem tieftraurigen Blick an, der mir ohne viele Worte sagte, dass ich trotzdem der Grund war, weswegen die beiden Streit hatten. Ich presste die Lippen aufeinander, stützte meine Ellenbogen auf die Knie, die ich angewinkelt hatte, und rang mit den Händen.

»Das möchte ich nicht, Clara. Keinesfalls. Dann lass' uns das Surfen an Nils abgeben und hier auf Sylt erstmal auf Distanz gehen. Ich mag Paul und vor allem liegen du und Lennart mir am Herzen. Es darf nicht so weit kommen, dass ich schuld bin, dass ihr in eurer Familie Zoff habt.«

Sie lächelte milde und starrte unbeweglich aufs Meer. »Tatsächlich ist das wohl notwendig.« Ihre Worte schmerzten. Dennoch nickte ich.

Ich spürte, wie schwer mir der Abstand zu Clara fallen würde. Wie aus einer stillen Übereinkunft heraus, lehnten wir uns aneinander und diese Nähe fühlte sich für den Bruchteil einer Sekunde an, als wäre da mehr zwischen uns. Aber noch ehe ich diesen Gedanken weiterverfolgen konnte, richtete sich Clara wieder auf, schaute mir in die Augen und zog schweigend einen Mundwinkel hoch. In ihrer Mimik lag Bedauern. Dann wanderte ihr Blick wieder zu ihrem Sohn.

»Ich habe gestern Abend Besuch von Eva gehabt«, sagte Clara mit einem Mal. »Du solltest ganz dringend in deinen Briefkasten schauen.«

Sie schaute weiter in die Ferne und sah mich nicht an.

»Ich habe den Brief gefunden«, sagte ich. »Ich konnte gestern nicht schlafen und als ich nochmal aus dem Fenster geschaut habe, habe ich dich an meinem Briefkasten gesehen. Ich habe dann noch nach der Post geschaut.« Ein langer Blick traf mich, dann schaute sie angestrengt auf ihre Hände, die Lennarts Jacke umklammerten. Sie nickte.

»Eva hatte Sorge, du übersiehst den Brief, der in deinem überfüllten Briefkasten lag. Sie war deshalb bei uns und hat mich gebeten, dir Bescheid zu geben.« Claras Lächeln war schief. Ich nickte schweigend.

»Eine Bitte habe ich, Max. Rufst du Eva an?« Dann schaute sie mich aus ihren kugelrunden, blauen Augen an und ihr Blick war flehend und besorgt. »Sie ist eine starke Frau. Max, sie will das Kind bekommen, euer Kind. Sie hat diese Entscheidung nicht eine Sekunde lang in Frage gestellt. Ich bewundere ihre Haltung. Verletz' diese Frau nicht noch mehr. Sie leistet bereits Großartiges. Ruf sie an.«

Ich hielt dem Blick stand und nickte. »Ja, Clara. Das mache ich, versprochen.«

Clara rückte noch einmal näher an mich heran und nahm mich von der Seite in den Arm. Für ein paar Sekunden sog ich ihren süßen Duft nach Vanille und Sonne ein, spürte ihre weichen Haare an der Wange und erwiderte den sanften Druck. Ein Gefühl unendlicher Sehnsucht überkam mich und schien mich komplett einzunehmen. Sie war mir so nah und gleichzeitig so fern. Wie ein Tornado tobte diese Erkenntnis in mir und brachte beinahe alles durcheinander. Dann rückte Clara wieder von mir weg und es war, als ziehe ein kühler Wind um unseren Platz im Sand.

Clara schaute weiterhin glasig in die Ferne, als wollte sie mir nicht in die Augen sehen. Ihre Kiefer malmten angestrengt.

Wir kämpften beide mit der Situation. Daher schwiegen wir, bis Nils und Lennart wieder zu uns kamen und Lennart voller Euphorie von seinen ersten Surf-Erfahrungen berichtete. Er war stolz wie verrückt und es machte Spaß, ihn dabei zu beobachten, wie er über sich hinauszuwachsen schien.

»Wie sieht's morgen aus mit einer zweiten Runde? Dann seid ihr doch noch da, oder?«, erkundigte sich Nils.

»Ja, morgen sind wir noch da, oder Mama?«, freute sich Lennart. Clara nickte lächelnd. Fragend schaute Nils von Clara zu mir und zurück.

»Ich schicke dir gleich mal Claras Nummer, dann könnt ihr wegen morgen direkt was miteinander vereinbaren«, sagte ich. Ein verwirrter Blick von Nils traf mich. Er hakte aber nicht weiter nach.

»Danke, das ist echt lieb«, bedankte sich Clara und wickelte ihren Sohn in ein Handtuch und rubbelte seine Haare trocken.

»Macht echt Spaß! Ich freue mich auf morgen. Bis dann«, verabschiedete sich Nils von Lennart. »Max, hast du Lust, nachher was essen zu gehen?«, fragte er.

»Klar! So gegen 18 Uhr im Bistro?«, schlug ich vor.

»Perfekt! Macht's gut!« Mit diesen Worten verschwand er in einem der Häuser am Hafen und wir gingen zu Max' Auto.

»Fahren wir nach Hause? Ihr müsst Papa unbedingt die Fotos schicken«, sagte Lennart. Clara und ich nickten gleichzeitig.

»Bestimmt freut sich Papa schon darauf, dass du ihm alles erzählst«, vermutete Clara und lächelte ihren Sohn liebevoll an. Mich würdigte sie keines Blickes. Lennart strahlte und kletterte ins Auto.

Auf der Fahrt zum Haus sprachen wir nicht viel. Clara schien mit dem Gedanken, dass unsere Wege sich lieber wieder trennen sollten, auch zu hadern. Aber wir spürten beide, dass alles andere in ihrer Beziehung für Scherben sorgen würde.

Vor dem Haus begrüßte uns Claras Mutter.

»Hallo, ihr Lieben! Lennart, geh doch erstmal rein und spring kurz unter die Dusche. Hab dir schon frische Handtücher rausgelegt«, begrüßte sie ihren Enkel und nahm ihn in den Arm. »Und dann erzählst du mir alles!«, rief sie ihm noch hinterher. Der Junge lief freudig ins Haus und die Treppe hoch ins Bad.

»Hallo, Mama, ist alles in Ordnung? Du wirkst angespannt. Wie hast du denn deinen Vormittag verbracht?«, fragte Clara. Ich holte noch die Sachen aus dem Kofferraum, als auch mir das besorgte Gesicht von Ulrike auffiel. Diese vergewisserte sich mit einem Blick über die Schulter, dass Lennart im Haus verschwunden war.

»Um ehrlich zu sein, habe ich Paul versucht davon zu überzeugen, nicht gleich wieder abzureisen.« Sie sprach in gedämpften Ton und hob resigniert die Schultern. Claras Miene verdunkelte sich. »Bitte was? Paul wollte abreisen? Ist er etwa hier?«, wiederholte sie. Hilfesuchend wanderte Claras Blick zu mir.

Ulrike nickte betreten. »Er ist nach Sylt gekommen. Ich hab auch erst davon erfahren, als er schon am Bahnhof war und fragte, wo er unser Haus findet. Er wollte Lennart und dich überraschen und in ein paar Tagen mit uns gemeinsam abreisen. Spontan hat er wohl doch noch Urlaub bekommen. Dafür hat er sich ein Auto gemietet und kam hier zum Haus.« Sie trat unruhig von einem Fuß auf den anderen und wirkte ganz fahrig.

»Ich habe ihm erzählt, dass ihr surfen seid. Gleich, als er hier an-kam. Er hatte einen Blumenstrauß für dich besorgt. Darin steckte ein Gutschein für ein Essen. Heute Abend und nur ihr zwei. Ich hätte aufgepasst auf Lennart.« Sie deutete auf einen prachtvollen Strauß, der auf der Fensterbank stand. Ich schluckte. »Ich hab auch versucht, dich zu erreichen. Aber du hattest keinen Empfang. Ich war mir aber sicher, du würdest dich freuen, wenn er auch zum Strand kommt. Dann ist er losgefahren nach Munkmarsch. Und als er wiederkam, war er so wütend. Er hat fürchterlich ge-flucht und gesagt, dass er einfach zu naiv gewesen wäre und es ja nur eine Frage der Zeit gewesen wäre, bis er dich an Max verloren hätte.« Ihr Blick ging zu Clara.

»Das hat er gesagt?« Claras Augen schimmerten wässrig und ein Zittern lag in ihrer dünnen Stimme. Sie schien ernsthaft besorgt. »Aber …« Claras Stimme klang zerbrechlich.

»Er hat euch besuchen wollen am Strand. Keine Ahnung, viel-leicht hat er etwas missverstanden?« In Ulrikes Augen schimmerte Verzweiflung. Hatte Paul uns womöglich genau in dem Moment gesehen, in dem sich Clara an meine Schulter gelehnt hatte? Ich schüttelte hilflos den Kopf.

»Ulrike, wie lange ist er schon weg?«, fragte ich.

»So eine halbe Stunde vielleicht«, sagte Ulrike. »Er wollte zum Bahnhof.«

»Komm, Clara, wir fahren ihm hinterher«, schlug ich kurzer-hand vor und wir liefen wieder zum Auto.

»Lenni und ich schauen einen Film oder so. Macht euch da keine Gedanken«, rief Ulrike noch und wir fuhren los.

Kapitel Clara

Eigentlich hätte ich verzweifelt sein sollen, dass Paul abreiste. Traurig, weil unsere Beziehung gerade deutlich auf die Probe gestellt wurde. Ich hatte aber kaum Gelegenheit, darüber nachzudenken. Stattdessen war ich wütend, warf Paul in dunkelsten Formulierungen in meinem Kopf vor, unseren Sohn durch diese Aktion zu enttäuschen. Wie konnte er so egoistisch sein und Hals über Kopf erst an- und dann wieder abreisen, während er doch wusste, dass Lennart todunglücklich sein würde, wenn er davon erfuhr?

Ich horchte auf mein Herz, hoffte, dass es sich panisch vor Paul auf die Schienen des Hindenburgdammes werfen würde, um seine große Liebe aufzuhalten. Aber alles in mir taumelte verwirrt umher und fand keine eindeutige Richtung. Da war auch der Wunsch nach Zeit für mich, um alles, was an Gefühlen und Ängsten in mir tobte, zu sortieren. So hart das auch klang.

Während Max mit deutlich überhöhter Geschwindigkeit Richtung Bahnhof raste, war mir eher danach zumute umzukehren. Aber es durfte doch nicht sein, dass ich Paul, den ich doch liebte, ziehen ließ?

Wie ferngesteuert legte ich plötzlich die Hand auf Max' Hand, die auf dem Automatikhebel ruhte. »Bitte fahr nach Morsum, ans Kliff«, hörte ich mich sagen. Max' irritierter Blick traf mich, als habe ich ihm geraten, den Wagen eine Klippe hinabzusteuern.

»Wohin soll ich fahren? Noch haben wir eine Chance, den Zug zu erwischen. Wir sind jeden Moment da!«, stieß er mit ratlosem Blick hervor. Ich zog meine Hand wieder weg und schüttelte den Kopf.

»Nein, Max. Paul und ich, wir sind im Augenblick unsagbar weit voneinander entfernt. Lass' ihn. Wenn er gerade auf Abstand gehen will, muss er das tun. Vielleicht hat er recht damit und wir brauchen das. Für uns und für Lennart.« Ich hörte mich meine Worte sagen, als stünde ich neben mir und lauschte, aber dennoch war ich absolut überzeugt von dem, was ich formulierte.

Ich hatte das Handlettering hier auf der Insel vernachlässigt, in meinem Kopf aber hatten sich einige Sprüche manifestiert. Einer davon besagte, dass eine Liebe, die echt ist, über Kurz oder Lang, trotz aller Streits, den Weg nach Hause finden würde.

Max starrte auf die Straße. An der nächsten Möglichkeit, Richtung Bahnhof abzubiegen, setzte er dann aber den Blinker nach links in Richtung Keitum, anstelle nach rechts in Richtung Bahnhof.

»Clara, ist alles in Ordnung?« Seine Stimme klang unendlich fürsorglich.

Ich nickte. Max kramte ein Taschentuch aus der Mittelkonsole hervor, reichte es mir und fuhr wieder weiter.

»Kann ich Paul anrufen?« Erstaunt von Max' Angebot zuckte ich ratlos die Schultern. »Ich habe keine Ahnung, was das bringen soll«, antwortete ich schwach.

»Gib mir mal dein Handy«, forderte mich Max auf und ich gab es ihm, nachdem ich Pauls Nummer aufgerufen hatte. Er fuhr rechts ran, stieg aus und rief Paul an, ohne dass ich mithören konnte.

Ohne ein weiteres Wort zu reden, stieg Max wieder ein und fuhr zum Morsumer Kliff. Er stellte den Wagen ab, stieg aus und lief um das Auto. Max öffnete mir die Tür, als ich sofort mein Cape fester um mich wickelte und mich gegen den Wind lehnte, der hier über die freie Fläche zog. Max legte vorsichtig, fast unbeholfen, den Arm um mich und wir liefen los in Richtung des Holzsteges, der uns bis zum Rande des Kliffs führte. Dort angekommen setzten wir uns auf eine Bank. Max hatte seinen Arm noch immer um mich gelegt und diese Geste tat mir gut. Ich legte meinen gedankenschweren Kopf an seine Schulter. Er lehnte seinen Kopf ganz leicht an meinen und es fühlte sich an wie früher. Eine tiefe Geborgenheit, die allen Groll, den ich ihm gegenüber aufgebaut hatte, wie zu Staub zerfallen ließ. Vorsichtig wischte ich eine Träne von meiner Wange, die sich heiß ihren Weg bahnte.

Ich ließ den Blick über die Weite schweifen und nahm die Ruhe und das Gefühl von Freiheit in mich auf. In der Ferne sahen wir den Zug die Insel über den Hindenburgdamm verlassen. In diesem Moment streichelte Max mir mit einer festeren Bewegung über den Arm.

»Paul ist nicht mit auf dem Zug. Es wird alles gut.«

Es war absurd, hier im Arm von Max zu sitzen, der mich tröstete, weil ich Liebeskummer hatte.

»Es ist wunderschön hier, wie früher«, schwärmte ich. Max nickte.

»So wie hier auf Sylt habe ich in den letzten Wochen selten gefühlt.

Es gab so viele unbeschwerte Momente. Am Watt in Keitum oder Kampen. Oder am Weststrand, mit den Füßen im Wasser. Diese vielen Sorgen waren manchmal für ein paar Stunden einfach im Hintergrund. Dann war auch Lennart so oft unwahrscheinlich glücklich. Ich glaube, auch ihm ging es besser, weil er gesehen hat, dass ich glücklich war und mein Kopf nicht nur um den stressigen Alltag und zig Arzttermine kreiste. Ich bin dir sehr dankbar, Max, für die Zeit hier auf Sylt. Und auch dafür, dass du Paul aufhalten konntest. Wie auch immer dir das gelungen ist.« Ich schaute ihn fragend an.

»Ich musste nur die Wahrheit sagen«, erklärte er knapp.

»Die Zeit hat mir die Augen geöffnet. Ich möchte nicht mehr wie von Sturmböen aus Sorgen und Grübeleien getrieben durch die Wellen taumeln, sondern selber wieder das Ruder übernehmen. Paul und ich müssen da beide einen Weg finden, wie uns das gelingt.«

Max wirkte ruhig und gefestigt. Dennoch wusste ich, dass es auch in ihm arbeitete und er sich viele Gedanken machte. Seine Gesundheit machte ihm zu schaffen. Ebenso die Nachricht von Eva.

»Max, wie geht es dir?« Ich wand mich aus seiner wohlig warmen Umarmung und schaute ihm direkt in die Augen. Wie schön sie den tiefblauen Himmel reflektierten, der sich mit der Sonne ein Duell darum lieferte, wer den beeindruckenderen Effekt erzielen konnte. Lange war mir nicht aufgefallen, was für traumhaft schimmernde Augen er hatte.

Er faltete die Hände und begann, sie nervös zu kneten.

»Dich anzulügen macht ja eh keinen Sinn«, sagte er dann. Er lächelte matt, erwartete darauf aber keine Antwort.

»Mir ging es schon mal besser. So viel steht fest. Wenn ich wieder in Hannover bin, werde ich mit Dr. Schwarz besprechen, wie es weitergeht. Aktuell fühle ich mich halbwegs fit.«

»Max, hast du deine Pläne *mit Long Island* nochmal überdacht?«

»Ich habe nachgedacht, ja«, hörte ich Max sagen und stellte verschämt fest, dass mein Herz einen Freudensprung machte.

»Solange ich niemandem zur Last falle, wäre es egoistisch, diesen Weg zu gehen. Ich werde da sein für das Kind, so gut, wie ich kann. Was sicher nicht besonders glorreich sein wird.« Er lächelte schief, hob bedauernd die Schultern und schaute dann weit übers Meer.

»Das sag nicht. Lennart liebt dich! Wer behauptet, dass du nicht ein großartiger Vater sein wirst?« Fragend schaute ich ihn von der Seite an. Sein Profil war wie gemalt. Die dunklen, ausdrucksstarken Augenbrauen, die an einigen Stellen schon grauen, längeren Haare, die ihm leicht in die Stirn fielen, und die geschwungenen Lippen, um die herum sich ein ebenso leicht grauer Bart abzeichnete. Er hatte sich offenbar ein paar Tage nicht rasiert. Der Bart stand ihm, obwohl ich das nie bei Männern gemocht hatte. Er sah unverschämt gut aus, noch immer. Es wirkte sogar so, als hätte er mit jedem Lebensjahr an Attraktivität gewonnen. Mein Herz krampfte zusammen.

»Clara, ich wäre gerne Vater eines Kindes geworden, dessen Mutter ich liebe.« Max senkte den Blick. »Aber vielleicht ist das grad die Rache meines doch eher rastlosen Lebens. Wer weiß das schon.«

»Hadern bringt einen nicht voran«, stellte ich nüchtern fest.

»Sondern?« Erwartungsvoll schaute Max mir direkt in die Augen.

»Vielleicht sollte man versuchen, das Beste aus dem herauszuholen, was einem das Leben so vorsetzt. Jeder Tag bietet die Chance dazu. Das, was man erlebt hat, hat einen letztlich ja erst zu dem Menschen gemacht, der man ist. Träume verändern sich und passen sich an. Manche bleiben ein Leben lang.« Ich straffte die Schultern und gab mir Mühe, seinem Blick standzuhalten. Er sagte nichts, sondern schaute mich nur an und wandte seine Augen keinen Millimeter von mir ab.

»Und was wird das für dich bedeuten?« Seine Worte sprachen das aus, was in meinem Herzen längst angekommen war. Auch, wenn mein Verstand sich schwertat, das zu akzeptieren. Deshalb hob ich leicht die Schultern und ließ sie dann matt wieder sinken. »Max, ich weiß es nicht«, gab ich zu.

»Ich konnte Paul davon überzeugen, dass eure Liebe stärker ist als ihr beiden es manchmal wisst.« Max lächelte matt. »Ihr könnt unfassbar stolz sein auf das, was ihr habt«, stellte er anerkennend fest. »Ich habe Paul die Kurzfassung meiner Situation geschildert und ich habe den Eindruck, dass er verstanden hat, weswegen wir uns manchmal nähergekommen sind, als es ihm lieb war.«

Wie Akteure aus einem verrückten Film tauchten Gesichter vor meinem inneren Auge auf. Ich sah Paul, Max, Lennart und nicht zuletzt Maja. Ich wusste nicht, welches Bild mich am meisten bewegte, spürte nur, dass mich die Situation vollkommen aus der Bahn warf. Max legte den Arm wieder um mich und ließ es zu, dass ich mich an ihn lehnte und weinte. Ich weinte alle Tränen, die sich in den vergangenen Wochen angestaut hatten, die ich aber aus Pflichtbewusstsein immer wieder zu ignorieren versuchte und nicht selten in Wutausbrüche und Streits umlenkte, die am Ende nur zu noch mehr ungeweinten Tränen führten.

Ich fand erst nach einer ganzen Weile meine Stimme wieder. Max' Schweigen hatte mir die Zeit gelassen, die ich gerade brauchte.

»Clara, weißt du noch damals? Mein *Versprechen vom Strandhaus*, wie du es immer genannt hast? Dass ich dir immer zur Seite stehen werde, wenn du deine Träume verwirklichen willst? Auch wenn ich mich viel zu spät daran halte, ich bin da, okay?« Seine stahlblauen Augen schauten mir direkt ins Herz. Ich schaute ihn an und meine Lider zitterten vom vielen Weinen. Dann sah ich, wie sein Gesicht meinem immer näherkam. Ich spürte die leicht kratzige Haut seiner Wange an meinen Lippen, roch seinen vertrauten Duft und schloss für einen Moment die Augen. Seine Hand hielt meinen Nacken und fuhr mir dann zärtlich den Arm hinunter und griff nach meiner. Seine sanften Lippen küssten meine Hand.

Der Kuss auf meiner Hand dauerte, wie mein Kuss auf seiner Wange, nur wenige Sekunden und fühlte sich auf eine ungewohnte Art vertraut und freundschaftlich an. Was mich vollkommen durcheinanderbrachte war, dass ich in diesem Moment inniger denn je an Paul dachte. An die Zeit mit ihm, als wir noch sehr verliebt waren. An seine weiche Haut, seine Hände und seinen Duft. Es war wie eine tiefe Sehnsucht nach meinem Mann, meiner großen Liebe.

Ich spürte, dass dieser Kuss hatte passieren sollen, um mit dem Gedanken an eine Liebe mit Max abzuschließen. Der Kuss hatte mir gezeigt, dass das, was mich durcheinandergerüttelt hatte und sich wie ein Verliebtsein anfühlte, etwas anderes war. Ich war nicht verliebt in Max. Ich war verliebt in die Erinnerung an die Zeit, die ich mit ihm in Verbindung brachte. Die Zeit, die im Rückblick so leicht und unbeschwert war und die so hell und facettenreich strahlte wie ein Sonnenuntergang vor Kampen, während mir mein Leben aktuell gerade oft wie ein Himmel voller schwerer Gewitterwolken vorkam. Er hatte mir gefehlt, wegen genau dieser Gespräche, in denen er mir einen Rat als mein bester Freund gab.

Ich wusste nicht, wie ich mich verhalten sollte und wich Max' Blick aus. Auch ihn schien die Situation durcheinanderzubringen. Er rutschte unsicher hin und her und als er sich auf der Bank zurücklehnte, atmete er einmal tief durch.

»Das hätte nicht passieren dürfen«, sagte er nach ein paar unbequemen Minuten des Schweigens.

»Oder vielleicht musste es passieren?« Prüfend schaute ich ihn an. Jetzt war er es, der den Blickkontakt mied und in die Ferne schaute.

»Clara, ich mag deine Familie sehr. Auch Paul. Ich würde mir nie im Leben verzeihen, wenn ich da etwas kaputt mache. Es muss uns gelingen, damit umzugehen, dass wir nur Freunde bleiben werden. Schaffen wir das?« Max' Blick war ernst und ich meinte, Traurigkeit darin zu erkennen.

Bis eben waren mir die vielen Momente, in denen ich an Max dachte, mit ihm lachte oder ihm nah war, noch wie ein Fremdgehen meinem Mann gegenüber vorgekommen. Dabei war es nur wie eine Nostalgie gegenüber der Vergangenheit gewesen.

Ich dachte an den Spruch, dass das, was wiederkommt, bleibt. Auch Max hatte ich irgendwann gehen lassen, als meinen besten Freund. Ich hatte aufgehört, um seine Liebe zu kämpfen. Nun war er wieder da. Er war zurückgekommen als mein bester Freund. Das Schicksal hatte uns nach so vielen Jahren wieder zusammengeführt und mit einem Mal war auch vieles von dem wieder da, was ich damals für Max empfunden hatte. Aber gerade hatte ich gespürt, dass es kein Verliebtsein war, sondern eine tiefe Vertrautheit. Was eben geschehen war, war wie ein Siegel unter den Gedanken, dass wir Freunde waren und hoffentlich nun auch für immer bleiben würden.

»Klar schaffen wir das. Findest du nicht, dass uns schon eine ganze Menge gelungen ist?« Ich lächelte und auch Max nickte mit einem Schmunzeln im Gesicht. »Ich wäre dir dankbar, wenn dieser Kuss unser Geheimnis bleibt. Versprochen?« Ich sah ihn an und lächelte matt, als er zaghaft nickte. Ich fühlte mich wieder auf Kurs. »Das *Geheimnis vom Strandhaus* sozusagen.« Mir gelang nur ein schiefes Lächeln. Max nickte.

»Clara? Ich muss dich auch um ein Versprechen bitten«, sagte Max und ich wurde noch nervöser.

»Und das wäre?«, fragte ich. Ein Zittern in meiner Stimme ließ sich nicht verbergen.

»Genau genommen sind es zwei. Es geht um Lennart. Euer Sohn denkt, dass ihr euch so viel streitet wegen seiner Krankheit. Weil du deinen Job zurückgestellt hast und ihr nun weniger Geld habt. Versprich mir, dass du nochmal mit ihm redest, damit er aufhört, sich diesen Vorwurf zu machen. Überleg, ob es nicht für euch alle besser wäre, wenn du wieder mehr in deinen Job zurückgehen würdest. Ich bin mir sicher, mit dem Arzt, den Lorenz euch emp-fohlen hat, an der Seite, werdet ihr die Atemnotanfälle in den Griff bekommen. Und mit dem Asthma weiß er schon selbst echt gut umzugehen und es sollte im Schulalltag kein Problem sein. Lass es dir wenigstens durch den Kopf gehen. Und Clara, bitte kämpf um Paul und dich. Paul liebt dich. Ihr gehört zusammen und ihr seid tolle Eltern. Eure Liebe ist es wert. Versprich mir das.« Ernsthaft schaute Max mir in die Augen. Ich nickte tonlos, so schwer fiel es mir, etwas dazu zu sagen, dass mein Sohn sich solch traurigen Gedanken machte. Dass Max sich Lennarts Worte so zu Herzen nahm und sich darüber hinaus für Paul einsetzte, rührte mich. Schweigend starrte ich in die Ferne.

»Ich schlage vor, wir fahren, okay?«, schilderte ich meine Pläne.

Dann stand ich auf und hoffte, dass meine wackeligen Knie mich sicher bis zum Auto tragen würden.

Ich würde es schaffen, meine Ehe wieder in den Griff zu kriegen.

Max ging neben mir, hatte die Hände tief in den Hosentaschen vergraben und schwieg den Weg zum Auto entlang.

Die Stille zwischen uns wirkte trotz der angenehmen Seeluft beklemmend. Ich sehnte den Moment herbei, an dem ich allein sein würde und weinen konnte, ohne dass Max es sah. Ich bildete mir ein, die Tränen würden meinen vernebelten Geist wieder sauber waschen.

Kurz bevor wir beim Auto ankamen, hielt Max plötzlich an und drehte sich zu mir um. Er zog die Hände aus den Taschen, legte sie mir auf die Schultern und sah mir direkt in die Augen.

»Clara, versprich mir, stark zu bleiben. Du bist eine großartige Mutter und der liebenswerteste Mensch, den ich je getroffen habe. Weißt du, vielleicht haben wir uns aus einem bestimmten Grund erst jetzt wiedergetroffen. Versprich mir, dass du das Beste daraus machst, mit allen Konsequenzen, hörst du?« Er flüsterte die Worte beinahe. Ich wandte den Blick nicht von ihm ab, versuchte, nicht wieder zu weinen, und zog angestrengt die Augenbrauen zusammen.

»Du warst schon immer ein ganz besonderer Mensch. Es tut mir von Herzen leid, dass ich dich damals verletzt habe. Ich kann dir nicht sagen, wie sehr mir die Tage mit euch geholfen haben, doch wieder einen Sinn im Leben zu sehen. Ich werde dir immer dankbar sein. Und ich bin mir sicher, mein Sohn oder meine Tochter ebenso.« Er lächelte mich an. Es war ein zaghaftes, aber herzliches Lächeln, vielleicht etwas zerbrechlich.

»Und auch, wenn es dir in deinen Augen gelingen sollte, aus eigener Kraft alles zu schaffen, versprich mir, und wenn es nur für Lennart ist, dass du Hilfe annimmst, okay?« Max sprach diese Worte mit Nachdruck.

Ich hatte keine Ahnung, worauf er hinauswollte, nickte jedoch und nahm ihn kurzerhand fest in den Arm und drückte ihn an mich.

»Du versprichst mir, dass du nie wieder dein Spray vergisst. Kann ich mich auf dich verlassen?« Meine Lippen zitterten und brachten nur ein hilfloses Lächeln zustande, als Max gewissenhaft nickte.

»Clara, ich verspreche es dir. Sieh es wie ein neues *Versprechen vom Strandhaus*, okay?« Er lächelte unsicher. »Aber leider kann ich dir nicht versprechen, inwiefern mir das noch viel Lebenszeit garantieren wird.« Wieder drückte ich ihn fest an mich.

Kapitel Max

Je näher Clara und ich uns kamen, desto deutlicher wurde mir, wie viel mir diese Frau bedeutete. Sie damals gehen zu lassen, war der größte Fehler meines Lebens. Aber gerade, weil das so war, verlangte das Leben nun von mir, sie ein zweites Mal gehen zu lassen. Wenn man einen Menschen liebte, war das einzige Ziel, dass dieser Mensch sein Glück fand. Ich würde mich ihrem nicht in den Weg stellen.

Vielleicht war diese Erkenntnis jetzt die Strafe für all die Jahre, in denen ich einige Frauen bitter enttäuscht hatte. Jetzt war ich an der Reihe und der Schmerz saß tiefer, als ich aushalten konnte.

Jetzt aber hatte ich dafür zu sorgen, nicht noch mehr in Claras Leben kaputt zu machen. Als ich gehört hatte, Paul würde Hals über Kopf abreisen, war mir sofort klar gewesen, dass ich versuchen wollte, ihn noch daran zu hindern.

Ich sah es nun als meine Pflicht an, Clara und ihren Mann wieder zueinander zu bringen und das schmerzliche Gefühl auszuhalten, während ich damals alle Chancen gehabt hätte, mein Leben an der Seite dieser wundervollen Frau zu verbringen.

Als sie so zerbrechlich und verzweifelt vor mir saß, sah ich die enttäuschte Clara von damals. Mit dem Unterschied, dass ich da wie ein Eisklotz reagiert hatte und kalt und abartig mit ihr umgegangen war. Heute nahm ich sie in den Arm, hielt sie so fest, wie ich konnte. Ich hielt sie nicht, wie Liebespaare es taten, sondern wie Menschen, die sich als Freunde unwahrscheinlich wichtig sind.

Unsere Berührungen waren vertraut, fühlten sich für mich mehr als freundschaftlich an und ich wusste, dass ich diese Frau liebte, wie ich nie jemanden zuvor geliebt hatte. Ich war mir sicher, dass es auch nie wieder einen Menschen geben würde, der ihren Platz einnehmen könnte.

Aber unsere Zeit war lange vorbei und ich bekam keine zweite Chance, zumindest nicht als Mann an ihrer Seite. Clara liebte Paul. Sie und ihr Mann begleiteten ein krankes Kind durch eine schwere Zeit. Sie brauchten sich mehr denn je und all ihre Streits und Missverständnisse waren der Situation geschuldet, dass sie unter maximaler Belastung standen. Ich hatte in diesem Gefüge einzig die Aufgabe, den Jungen, der mich in sein Herz geschlossen hatte, abzulenken von seinen Sorgen und ihm hier und da ein paar unvergessliche Momente zu bereiten. So, wie Lennart es auch mit mir getan hatte.

In meinem Kopf legte ich mir meine Rückkehr nach Hannover zurecht. Ich wollte mit Lorenz besprechen, wie eine Therapie aussehen könnte, die mein Leben ein wenig länger lebenswert gestalten würde. Neu geweckter Optimismus dank Clara und Lennart sowie die Nachricht meiner Vaterschaft hatten mich wachgerüttelt. Aber gleichzeitig machte mir mein gesundheitlicher Zustand auch Angst.

Ich hatte mich auf Lorenz' Anraten mit Testamenten und Absicherungen im Krankheits- und sogar Todesfall beschäftigt und würde das in Hannover gleich schriftlich fixieren, für den Fall der Fälle.

Als ich Clara zu Hause abgesetzt hatte, tat ich so, als wollte ich zum vereinbarten Essen mit Nils weiterfahren. Ich rief ihn allerdings an und sagte für den Abend ab. Ich reservierte stattdessen auf meine Rechnung einen Tisch für Paul und Clara im Bistro. Paul hatte ich davon schon am Telefon erzählt.

Dann fuhr ich nach Rantum und machte Halt in Westerland, wo ich mir Briefpapier und einen Stift kaufte.

In Rantum setzte ich mich auf die Terrasse meines Lieblingslokals und ließ mir für einige Minuten die Sonne ins Gesicht scheinen, bis ich vier Briefbögen vor mir ausbreitete. Auch wenn ich den Gedanken, meinem Leben vorzeitig ein Ende zu setzen, dank Claras Hilfe wieder verworfen hatte, war es mir wichtig, die Dinge, die ich bestimmten Menschen sagen wollte, aufzuschreiben. Wer wusste schon, wie es bei mir gesundheitlich weitergehen würde. Also griff ich zum Stift und begann mit dem ersten Brief.

Liebe Eva,

wie Du schon vermutet hast, bin ich nicht der geborene Familienvater. Es tut mir leid, dass ich nicht der Papa sein werde, den unser Kind verdient hat. Aber ich verspreche Dir, dafür zu sorgen, dass es Euch gut geht. Lass' mich wissen, was Du Dir von mir wünschst. Ich werde vermutlich nicht in der Form an Deiner Seite sein, wie Du es Dir für Dein Leben als Familie vorgestellt hast. Das tut mir leid, aber ich habe in meinem Leben den Fehler begangen und das einzige Mal, als ich geliebt habe, diese Liebe nicht erkannt. Ich wünsche mir, dass wir einen Weg finden, miteinander umzugehen, um unserem Kind den bestmöglichen Start zu ermöglichen. Weil ich weiß, dass Du unabhängig sein willst, werde ich meine Bank darüber informieren, dass Teile meiner Konten auf unser Kind überschrieben werden, für den Fall, dass mir etwas geschieht. Leider bin ich nicht gesund und kann nicht sagen, inwiefern die Krankheit mich in die Knie zwingen wird. Aber ich bin als Vater für unser Kind da, so lange es in meiner Macht steht, und lasse Dich nicht allein.

Dein Max.

Dann griff ich nach einem weiteren Briefbogen. An den Rand malte ich, zugegebenermaßen etwas dilettantisch, eine Skizze des *Fliewatüüts*. Ich musste selbst schmunzeln beim Anblick meiner künstlerischen Ausarbeitung.

Lieber Lennart,

Du bist erst neun Jahre alt, aber weiser als so manch Erwachse-

ner. Darauf darfst Du mehr als stolz sein! Du hast mir gezeigt, wie man mit einer Krankheit umgeht und mir vorgelebt, wie man ihr die Stirn bietet. Mein Freund, ich kann Dir nicht sagen, wie dankbar ich bin, Dich getroffen zu haben. Weil es mir, wie Du ja schon mitbekommen hast, aktuell nicht besonders gut geht, bitte ich Dich, die beiliegenden Taler dafür zu verwenden, den Flug im legendären Fliewatüüt zu bezahlen. Ich bestehe darauf, dass Du das hier auf Sylt erlebst, auch wenn ich nicht dabei sein kann. Und ich wünsche mir, dass Du mir dann schreibst, wie es Dir gefallen hat. Du hast mir gezeigt, wie man dem Schicksal die volle Breitseite zeigt.

Dein Max.

PS: Wenn Mama zu viel Angst hat, hat Nils sich bereiterklärt, Dich dorthin zu begleiten. Am Ende des Briefes findest Du seine Nummer, auch für die nächsten Surf-Termine im kommenden Sommer.

Der dritte Brief ging an Paul. Er fiel mir besonders schwer, aber er musste sein. Einiges hatte ich ihm bereits bei unserem Telefonat gesagt.

Lieber Paul,

sicher bin ich gerade so etwas wie Dein Feindbild, dabei dürfte es allenfalls umgekehrt sein. Du hast im Leben einiges richtig gemacht. Mit Clara hast Du einen Menschen an Deiner Seite, um den ich Dich von Herzen beneide. Aber ich verspreche Dir, dass ich mit den Konsequenzen der fatalen Entscheidung gegen diese Frau vor vielen Jahren leben werde. Ich weiß, dass Ihr zusammengehört, und wünsche Euch von Herzen das Beste und dass Eure Träume in Erfüllung gehen. Ich habe mit dem Eigentümer des Bistros gesprochen. Von ihm habe ich erfahren, dass sie Verstärkung suchen. Sie suchen nach einem Koch und einem eventuellen Teilhaber. Es ist das Bistro, in dem ich Euch den Tisch reserviert hatte. Ich hab ihm Deine Daten genannt. Einfach so, denn manchmal ist es im Leben an der Zeit, die Weichen neu zu stellen. Ich weiß, dass du

kein Geld annehmen willst. Mit Clara habe ich über die Themen
»Geschenk« und »Dankeschön« auch geredet. Sieh es als Danke-
schön, dass Deine Lieben in den letzten Tagen mein Leben wieder
lebenswert gestaltet haben. Denn ob Du es glaubst oder nicht, hatte
mich bis vor Kurzem mein Lebensmut leider im Stich gelassen.
Deine Familie war es, die ihn mir wieder vor Augen geführt hat.
Dass es Eurem Sohn Lennart hier so gut geht, freut mich zu sehen.
Vielleicht hilft ihm das Klima auf Dauer über seine Krankheit hin-
weg? Ich bin mir sicher, dass Erzieherinnen wie Clara händeringend
gesucht werden, auch auf der Insel. Denkt doch mal drüber nach.
    Dein Max.

Der vierte und letzte Brief bereitete mir am meisten Schwierig-
keiten, während er mir auch auf eine Art am leichtesten fiel, weil
ich nur mein Herz sprechen lassen musste.

Liebe Clara,
    vielleicht ist es im Leben so, dass man plötzlich etwas findet, was
man viele Jahre nicht gesucht hat, und man dann erst feststellt, dass
es nie etwas anderes war, das man wollte? Ich glaube daran, weil ich
es gerade erlebe. Aber so bitter die Erkenntnis ist, dass mir erst jetzt
die Augen geöffnet worden sind, weiß ich doch, was ich nun zu tun
habe. Clara, ich bin nie einem Menschen wie Dir begegnet, der so
herzensgut ist und der in seiner Rolle als Mutter über sich hinaus-
wächst. Paul hat großes Glück, dass er mit Dir sein Leben teilen
darf. Auch wenn das Leben Euch gerade Steine in den Weg legt,
bin ich mir sicher, Ihr werdet jedes Hindernis am Ende geschickt
umschiffen. Glaub an Euch und Eure Zukunft, auch wenn ich Dir
am liebsten etwas ganz anderes raten würde, um Dir näher zu sein.
Aber das steht mir nicht zu. Ein Mann, der erst Jahre später einen
Fehler erkennt, der hat vielleicht die Liebe nicht begriffen und sie
deshalb auch nicht verdient. Ich weiß, dass Du früh durchschaut
hast, wie meine Pläne waren, was meine Krankheit anging. Und
das, obwohl wir so lange getrennte Wege gegangen sind. Du wirst

für mich immer die Person bleiben, die am weitesten in meine Seele schauen durfte, auch wenn mir das lange Zeit nicht bewusst war. Dir habe ich zu verdanken, dass mein Leben weitergehen wird. Denn dass es das wert ist, haben mir meine Gefühle in den letzten Tagen mehr als deutlich zu erkennen gegeben. Es wird nicht leicht sein, weiter zu leben mit dem Wissen, dass es die große Liebe für mich nicht geben wird. Aber ich hoffe, es wird mir gelingen. Ich wünsche mir nichts mehr, als dass ich eine alte Freundin wiedergefunden habe und unsere Wege sich nie wieder trennen. Ich wünsche Euch, dass Ihr belohnt werdet für Eure Kraft, mit der ihr Lennarts Krankheit begegnet. Ich hoffe, ich kann wenigstens dazu beitragen, dass Lennart wertvolle Erinnerungen in seinem Herzen bewahren kann. Von meiner Überraschung wird er Dir sicher erzählen. Dass ich abreise, soll es Dir leichter machen, Dir in Ruhe Gedanken zu machen, wie es für Dich und Deine Familie weitergeht. Nimm Dir alle Zeit der Welt und bleib so lange auf der Insel, wie Du es für richtig hältst. Und wenn euch in Hannover die Decke auf den Kopf fällt, sage ich Euch hiermit zu, dass Ihr zu jeder Zeit wiederkommen könnt.

Ich verspreche Dir, dass ich mir Deine Worte zu meiner Vorbildfunktion zu Herzen genommen habe und mich diesmal an mein »Versprechen vom Strandhaus« halten werde. Mir ist bewusst geworden, dass ich das Leben viel zu sehr schätze und Long Island womöglich gar keine Alternative darstellt. Danke, Clara, dass Du mir die Augen geöffnet hast. Ohne Dich hätte mein Weg wohl anders ausgesehen.

Auch wenn ich mich im Vergleich zu den letzten Tagen ein Stück weit aus Eurem Leben zurückziehen muss, ich bin da, wenn Du Hilfe brauchst. Weil es mein Wunsch ist, die Fehler, die ich Dir gegenüber gemacht habe, wenigstens ein kleines bisschen gut zu machen, habe ich ein Geschenk für Dich. Ich übergebe es Dir nicht heute und morgen, aber wenn der Zeitpunkt da ist, an dem Du es bekommen sollst, bitte ich Dich, es anzunehmen.

Aber erst einmal wünsche ich mir, dass Lennart Freude an meinem Geschenk für ihn hat.

PS: ... wenn Du als Begleitung zu viel Angst hast, steht Nils gerne zur Verfügung. Lennart weiß Bescheid.

PPS: Kann Long Island unser Geheimnis bleiben? Ich hoffe, auch was diesen dummen Fehler, überhaupt darüber nachgedacht zu haben, angeht, hältst du wie früher zu deinem dusseligen besten Freund. Ich sage schon jetzt Danke.

Dein Max

Ich faltete die Briefe und steckte sie in die Tasche, die ich vom Auto mitgenommen hatte.

Für ein paar Minuten genoss ich noch die wärmende Sonne auf meiner Haut und meinen windgeschützten Platz auf der Terrasse. Um mich herum wuselten etliche Familien mit Kindern und geschäftige Kellner. Alle Menschen hatten ein Lächeln auf den Lippen. Verständlich, denn dieser Ort war herrlich. Mir fiel es schwer, ihn bald zu verlassen. Um Abschied von meiner Insel zu nehmen, ging ich über den Holzsteg noch einmal hinunter ans Meer. Ich zog die Schuhe aus und lief bis zur Wasserkante. Dort ließ ich die Wellen den Sand um meine Füße spülen. Nach und nach zog das Meer mir den Boden unter den Füßen weg und dennoch kam ich mir geerdeter vor als je zuvor. Ich fühlte mich erleichtert und beschwert zugleich. Wie ein Gewicht, das mich hinunterzog, hing der Gedanke an meinem Herzen, dass ich Clara ziehen lassen musste. Erleichternd war das Gefühl, dass ich ihr und ihrer Familie mit einem Betrag, für den sie sicher Verwendung finden würden, ein wenig Befreiung von ihren finanziellen Sorgen bescheren konnte. Vielleicht würde das helfen, dass ihre Köpfe und ihre Herzen wieder freier und offener füreinander würden und sich nicht immer alles nur um Sorgen und Nöte drehte. Unabhängig davon, dass ich für den Falle meines Todes alles festhalten wollte, würde ich klären, wie ich ihnen kurzfristig den Betrag als eine Art Unterstützung ihrer Pläne zukommen lassen könnte. Sei es für Lennarts Therapie, Pauls berufliche Veränderung oder Claras Sicherheit, solange sie nicht arbeitete. Ich hatte mir überlegt, dass mein Gästehaus die meiste Zeit leer stand. Clara und Lennart hatten so viel für mich getan, sie hatten mir das Leben gerettet. Ich wollte mich damit bei ihnen bedanken, dass sie jederzeit in meinem Gästehaus wohnen konnten. Lennart ging es auf der Insel so gut und ich war mir sicher, auch Paul und Clara würden sich dort wohlfühlen, nachdem nun die Fronten geklärt waren.

In den letzten Wochen hatte ich wieder Lebensmut entwickelt und wagte es, nach vorne zu schauen. Außerdem hatte ich einem Menschen, der mir einmal alles bedeutet hatte, etwas von dem wiedergeben können, was ich vor Jahren gedankenlos in Anspruch genommen und unachtsam weggeworfen hatte: unsere tiefe Freundschaft.

Ich lief einige Meter im seicht an Land sprudelnden Wasser entlang, drehte dann um und ging über den Steg und den Weg durch die Dünen in Richtung Parkplatz.

In meinem Haus angekommen, packte ich den Teil meiner Sachen, den ich wieder mit nach Hannover nehmen wollte, in meine Koffer und verstaute sie im Auto. Ein Blick in Richtung des Gästehauses zeigte mir, dass das Auto von Clara nicht da war. Sie war unterwegs.

In dem Moment ging die Tür auf und Ulrike stand im Türrahmen.

»Max, bevor Du gehst, möchte ich, dass Du mir noch eine Frage beantwortest.« Ihr Ton war sanft, aber bestimmt. Ich stellte die Koffer ab und ging einige Schritte auf sie zu. Mit fragendem Blick schaute ich sie an.

»Kann ich mich darauf verlassen, dass Du über Deinen Entschluss auszuwandern noch einmal nachdenkst? Bina und Konrad bricht es das Herz, wenn du sie verlässt«, sagte sie dann und ihre Frage traf mich. Ich konnte nicht sagen, ob Ulrike wusste, was in mir vorgegangen war. Ich war mir aber sicher, Clara hatte *Long Island* nicht erklärt.

»Ulrike, Deine Tochter hat mich, gemeinsam mit Deinem bewundernswerten Enkelsohn, davon überzeugt, dass *Long Island* keine Alternative ist. Mach' Dir keine Sorgen.« Ich lächelte und die Augenpartie der älteren Dame verzog sich in sanfte Lachfältchen.

Dann nahm ich sie in den Arm und drückte sie fest an mich. Sie ließ erleichtert die Schultern fallen und erwiderte meine Umarmung. Aus meiner Tasche zog ich die Briefe heraus und gab sie Ulrike. Nils hatte ich informiert, dass sich Clara und Lennart eventuell wegen des Fliegens melden würden.

Ulrike nahm die Umschläge entgegen.

»Pass auf Dich auf.« Mit diesen Worten drehte sich Ulrike wieder um und schloss die Tür.

Schweren Schrittes ging ich zum Auto und stieg ein.

Ich schaltete Musik an und fuhr direkt zum Bahnhof, machte mich auf den Weg nach Hannover und ging damit einen Schritt in Richtung Normalität.

Ich hatte Glück und erreichte den Zug, der bereits kurz darauf losfuhr.

Wehmütig schaute ich während der Fahrt aus dem Fenster, lauschte derselben Musik, die ich auf meiner letzten Fahrt mit Clara gehört hatte. Froh darüber, allein zu sein, ließ ich Tränen zu. Es waren Tränen der Erleichterung darüber, dass mein Leben weitergehen würde, und Angst vor dem *wie*. Für den Weg, der mir bevorstand, würde ich einen Menschen wie Clara brauchen, der mir dabei helfen würde, nicht die Kraft zu verlieren.

In diesem Moment machte sich eine beklemmende Leere in mir breit. War ich früher froh, wenn ich Dinge mit mir allein ausmachen konnte, fühlte ich mich gerade einsam. Ich hoffte, dass die Therapie, zu der ich mich von Lorenz beraten lassen wollte, mir half, bestmöglich mit der Krankheit und ihrem Verlauf umzugehen, so dass mein Kind und ich eine Chance bekamen, uns kennenzulernen.

Kapitel Clara

Ich hatte meinen Handlettering-Block mitgenommen und im Sand sitzend einige Zeichnungen gemacht und ein paar Worte geschrieben. Ich fühlte mich zuversichtlicher. Paul war noch unterwegs. Wir hatten uns noch nicht gesehen. Als ich vom Spaziergang nach Hause kam, sagte mir der Blick meiner Mutter bereits alles. Max war abgereist.

Meine Mutter hatte mir drei Briefe von ihm gegeben, einen für mich, einen für Lennart und einen für Paul. Ich entschied, meinen erst später zu lesen, wenn ich allein war. Lennart gab ich seinen Brief gleich.

Freudestrahlend kam er zu mir gelaufen, als er ihn gelesen hatte, und hüpfte aufgeregt hin und her.

»Mama, ich fliege mit dem Fliewatüüt!«, jubelte er dabei und vollkommen perplex schaute ich ihn an. »Wow! Hat dir das Max geschrieben? Was für eine tolle Überraschung. Da bin ich aber nun auch ganz schön aufgeregt«, stammelte ich und wurde augenblicklich tatsächlich nervös.

»Du kannst Nils fragen, ob er mitkommt, wenn du zu viel Angst hast?«, schlug Lennart vor und knuffte mich in die Seite. »Hat Max schon alles gecheckt«, fügte er hinzu.

»Keine schlechte Idee!« Ich legte gespielt grübelnd die Hand ans Kinn und las den Gutschein. Ich war gerührt. Besonders von der Zeichnung am Rande. Sie zeigte ein etwas krakeliges *Fliewatüüt*. Ich schmunzelte.

»Leider ist dein Papa da auch nicht der Richtige. Aber zuschauen werde ich dir auf jeden Fall«, klang es mit einem Mal von der Haustür her. Lächelnd stand Paul in der Tür, die meine Mutter ihm heimlich geöffnet hatte, und Lennart riss vor Überraschung die Augen weit auf, jubelte und rannte dann auf seinen Vater zu.

Sie fielen sich in die Arme und die Freude über ihr Wiedersehen war beiden anzumerken. Lächelnd betrachteten meine Mutter und ich die beiden.

Dann löste Paul die Umarmung und kam auf mich zu. »Mein lieber Schatz, die Überraschung verlief nicht ganz nach Plan.« Er deutete mit einem schiefen Grinsen auf den Blumenstrauß.

»Ich freue mich unheimlich, dass du da bist«, sagte ich und legte die Arme um seinen Hals. Wir küssten uns und dieser Kuss fühlte sich an, als sei er so voller Liebe und gegenseitigem Vertrauen in eine strahlende Zukunft, dass ich mich fühlte, als schwebe ich im Arm meines Mannes. Ich war augenblicklich voller Zuversicht und drückte Paul fest an mich.

Lennart konnte es kaum erwarten, seinem Papa das Haus zu zeigen und zog schon an seinem Arm. Paul folgte seinem Sohn und staunte ebenso.

Paul war soeben von der Besichtigung zurückgekommen. »Ich muss euch recht geben, das Haus ist ein absoluter Traum. Max hat Geschmack. Apropos Geschmack, Max hat mir geschrieben, dass er für uns einen Tisch im Bistro reserviert hat. Er schreibt, du wüsstest, wo das ist?«

»Oh ja. Was für eine liebe Geste«, freute ich mich. Paul freute sich ebenso über den Vorschlag von Max. Max schien ihm glaubhaft vermittelt zu haben, dass er für unsere Ehe keine Bedrohung darstellte. Ich gab Paul den Brief von Max und er zog sich zurück, um den Brief zu lesen. Ich freute mich auf den Abend mit meinem Mann an diesem schönen Ort.

»Und wir machen uns hier einen tollen Abend mit einem netten Film und Chips. Was hältst du davon?«, schlug meine Mutter Lennart vor. Dieser nickte begeistert.

Paul und ich verbrachten einen wunderschönen Abend in dem Bistro. Paul war mit dem hervorragenden Essen in seinem Element. Er kam direkt mit der Kellnerin über die Zubereitung und die Menüauswahl ins Gespräch. Er fachsimpelte dermaßen professionell, dass sie ihn kurzerhand bat, doch ihren Kollegen, den Koch, einmal in seinem Reich zu besuchen. Begeistert willigte er ein und verschwand mit leuchtenden Augen in der Küche.

»Der Typ ist der Hammer! Ein Künstler! Du müsstest mal sehen, wie der am Herd zaubern kann. Ich bin schwer begeistert, muss ich echt sagen.« Er nickte anerkennend. »Er erzählte, das Bistro würde so brummen, er suche einen Kollegen zur Unterstützung. Max hat mir auch sowas geschrieben. Zu schade, dass man sich ein Leben hier auf der Insel nicht leisten kann. Ich würde sofort meine Koffer packen und in Hannover für einen Neustart auf Sylt mit euch alle Zelte abbrechen.«

Paul erzählte mir, was in dem Brief stand, den er von Max erhalten hatte. Es stand viel von dem darin, was Max Paul auch am Telefon gesagt haben musste.

Darüber hinaus erzählte mir Paul, dass Max auch etwas davon gesagt hatte, dass das Bistro, in dem wir waren, genau jemanden wie ihn suchen würde. Wir hatten zwar im ersten Moment amüsiert den Kopf geschüttelt, waren aber beide gerührt, welche Gedanken Max sich um uns machte.

Ich lächelte, während Paul von Max' Brief berichtete und meine Gedanken wanderten zu dem Brief von Max an mich. Ich wollte ihn lesen, wenn wir wieder in Max' Haus waren.

Als ich allein war, kurz nachdem wir vom Bistro zurückgekehrt waren, hatte ich Max' Brief gelesen. Seine Zeilen berührten mich. Ich war dankbar, dass Max mich darin unterstützen wollte, mein Leben wieder in die Bahnen zu lenken, die ich mir dafür wünschte. Auch wenn das bedeutete, dass er sich für einige Zeit zurückziehen würde. Ich dachte an unsere letzte gemeinsame Zeit am Kliff, die mir gezeigt hatte, wo ich hingehörte.

Mit Paul hatte ich bei unserem Essen im Bistro gesprochen. Er hatte mir zugehört und mir geglaubt, als ich ihm versicherte, dass mich mit Max nicht mehr als eine tiefe Freundschaft verband und ich zu ihm gehörte. Zu dem Mann, den ich liebte. Ich erzählte ihm, dass Max erst durch uns wieder Lebensfreude entwickelt hatte und gestand ihm zu, dass er verunsichert gewesen war, als er aus der Ferne mitbekam, wie nah Max und ich uns in einigen Momenten waren. Wir weinten in unserem Gespräch und waren beide dankbar, dass es uns gelungen war, wieder zueinander zu finden.

Die Worte von Max machten mich gleichzeitig traurig und stolz. Was er über mich schrieb, berührte mich tief im Herzen. Es war uns gelungen, Max wieder Lebensmut zu verschaffen. Er blickte wieder nach vorn, auch wenn er in eine ungewisse Zukunft schaute. Max wirkte, in dem was er schrieb, reflektiert, aber nicht unglücklich dabei, sondern zuversichtlich. Dennoch schmerzte der Gedanke, dass er für einige Zeit auf Abstand gehen wollte. Ich war mir aber sicher, dass dies notwendig war und auch meiner Ehe helfen würde, und hoffte wie er, dass wir uns als Freunde nie wieder verlieren würden.

Ich war überwältigt davon, dass er Lennart seinen Traum erfüllen wollte und gespannt, welche Überraschungen Max Brahnfeldt außerdem für uns vorbereitet hatte. Doch was das anging, würde ich abwarten und die Dinge auf mich zukommen lassen müssen. Unglaublich großartig war jedoch bereits das Angebot, das er mit in den Brief geschrieben hatte, nämlich das Versprechen, sein Haus auf Sylt bewohnen zu dürfen, wann immer wir wollten. Max Brahnfeldt hatte spätestens mit diesem Brief bewiesen, dass er sehr wohl Herz besaß. Ich hoffte, dass Max eine Therapie fand, die ihm half, mit seiner Krankheit zu leben.

Paul und ich redeten viel miteinander und lachten auch mehr als in den Wochen zuvor, nachdem wir entschieden hatten, noch ein paar Tage auf Sylt zu bleiben.

Zwei Tage nachdem ich Max' Brief bekommen hatte, war es so weit und Lennart, Paul, meine Mutter und ich brachen auf zu dem Flugplatz, an dem sich Lennart mit Nils traf, um sich seinen Traum vom Fliegen zu erfüllen.

Nils begrüßte uns in seiner lockeren Surfer-Art und schlug kameradschaftlich mit meinem Sohn ein, der einen coolen Blick aufsetzte, mich kurz umarmte und dann hinter Nils her zum Terminal ging, an dem man sich anmelden musste.

Wir warteten vor dem Gebäude. Als wir uns auf eine Bank setzten, blickte ich mit einem Mal in ein Gesicht, welches mir bekannt vorkam.

»Ach, wie nett, dass ausgerechnet wir uns hier wiedersehen!«, begrüßte mich die ältere Dame, die ich in Westerland vor Kurzem auf einen Kuchen eingeladen hatte.

»Das freut mich auch ganz besonders!« Ich war überrascht. »Was machen Sie denn hier?« Ich freute mich.

»Mein Mann hat das Fliegen immer so geliebt. Ich saß dann oft hier und habe gehofft, dass alles gut geht und den Fliegern hinterhergeschaut. Das mache ich heute zum ersten Mal ohne ihn.« Ihr Blick bekam etwas Trauriges, aber dennoch Zufriedenes.

»Was für ein schöner Zufall.« Die ältere Dame lächelte. »Glauben Sie mir, es kostet Überwindung, Dinge zu tun, die man mit einem Menschen verbindet, der nicht mehr da ist. Genießen Sie jeden Tag, jede Minute, ach, am besten jeden glücklichen Gedanken, den sie mit einem lieben Menschen teilen dürfen.«

Ich sah, wie ihre blassblauen Augen wässrig schimmerten und dieser Anblick berührte mich. Ich kramte in meiner Tasche und reichte ihr ein Taschentuch, welches sie dankbar annahm.

»Unser Sohn fliegt heute mit diesem kleinen Hubschrauber. Und ich habe den Eindruck, ich bin deutlich nervöser als er«, stellte ich mit einem entschuldigenden Lächeln fest. Ich stellte kurz meine Mutter und Paul vor, als ich Lennart auch schon wiederentdeckte. Die Dame unterhielt sich weiter mit meiner Mutter.

Lennart und Nils kamen in voller Montur mit Brille und Mütze heraus und baten uns, ein Foto von ihnen zu machen, um es Max zu schicken. Ich schoss einige Bilder und, obwohl ich mich schwer damit tat, sendete ich eins an Max. Zusammen mit einer Nachricht:

Danke, Max.

Wir hatten uns auf Abstand geeinigt. Dennoch wollte ich, dass er erfährt, dass Lennart heute seinen großen Tag hatte.

Ich freue mich für Lennart. Die Nachricht kam gemeinsam mit einem Selfie von Max, in dem er den Daumen nach oben reckte. Im Hintergrund sah ich die Kulisse der Marienburg. Einer Sehenswürdigkeit in der Nähe von Hannover.

»Leider muss ich gehen, mein Zug fährt gleich ab. Ich wünsche Ihnen alles Gute«, verabschiedete sich in diesem Moment die alte Dame, stand auf und ging dann langsam in Richtung des Parkplatzes, wo ein Taxi auf sie wartete.

Ich verabschiedete mich von ihr und lächelte dankbar, als meine Mutter zu mir kam, den Arm um mich und ihren Kopf an meine Schulter legte. »Hab keine Angst, dein Junge schafft das alles!«

Es dauerte eine ganze Zeit, in der jemand vom Flughafen Nils und Lennart in alle Regularien für den Flug einwies. Lennart gelang es kaum stillzustehen, so sehr freute er sich. Wir genossen währenddessen die Sonne auf der Bank am Flugplatz.

Das Taxi mit der alten Dame fuhr gerade die Straße entlang. Ich schaute ihm einige Sekunden hinterher und ihre Worte hallten in meinem Kopf nach. Meine Mutter riss mich aus meinen Gedanken, indem sie mir am Ärmel zupfte und auf meinen Sohn deutete, der stolz neben Nils herlief.

Während die beiden auf die Landebahn gingen, wo der Gyrocopter bereits auf sie wartete, ging eine weitere Nachricht ein.

»Wir haben schneller als erwartet einen Termin bei Dr. Pauli, dem Spezialisten, den uns Dr. Schwarz genannt hat«, freute ich mich und auch Paul strahlte nach dieser Nachricht. Dankbar drückte er mich an sich.

Jetzt wollten wir erstmal unserem Sohn zuschauen, wie er den Himmel erklomm und sein Traum, die Welt von oben zu sehen, tatsächlich in Erfüllung ging.

Lennart winkte stolz, als er eingestiegen war, und mein Herz schlug mindestens so schnell, wie sich die Rotorblätter drehten. Das *Fliewatüüt* hob an und stieg höher und höher in den strahlend blauen Himmel. Mir kam es vor, als starteten parallel tausend kleine Flugzeuge in meinem Bauch, so sehr freute ich mich mit meinem Jungen.

Wir traten auf das Flugfeld. Gedankenverloren schaute ich dem Gefährt am Himmel hinterher, als ich merkte, wie meine Mutter ihren Arm wegzog. Paul trat an ihre Stelle. Sie kramte in ihrer Jackentasche nach ihrem Handy, das klingelte, nahm den Anruf an und entfernte sich dann nach einem kurzen Blick zu mir ein paar Schritte.

Als sie zurückkam, war ihr Gesicht blass und ihre Augen hatten jeglichen Glanz verloren.

»Was ist los, Mama? Ist was mit Papa?« Der leere Blick in ihren Augen und die aschfahle Haut verhießen nichts Gutes und behutsam legte ich den Arm um sie, um sie beim Gang zum nahegelegenen Flughafengebäude zu stützen, wo wir uns auf eine Bank setzten.

»Liebes, das war Bina. Sie sind ja wieder in Hannover.« Das Blut in meinen Adern gefror aufgrund der tonlosen Stimme, mit der sie sprach. »Max hatte einen Unfall. Sie macht sich jetzt auf den Weg ins Krankenhaus und meldet sich wieder bei mir. Viel mehr kann ich gar nicht sagen.«

Ich erschrak und schlug mir die Hand vor den Mund. Dass Bina direkt meine Mutter anrief, war ein schlechtes Zeichen. Es war sicher etwas Ernsthaftes passiert. Augenblicklich fühlte es sich an, als ziehe sich mein Inneres zusammen zu einem schweren, bleiernen Klumpen. Wir hatten uns doch gerade noch geschrieben. Das Selfie war an der Marienburg entstanden. War ihm auf dem Ausflug etwas passiert oder auf dem Weg nach Hause? Hatte er womöglich wieder eine Atemnot-Attacke erlitten? Ich spürte, wie meine Hände feucht wurden und meine Finger sich verkrampft ineinander verschlungen. Ich hatte solche Angst um Max. Diesmal war ich nicht in der Nähe, um ihn zu retten, schoss es mir durch den Kopf.

Die Minuten vergingen und ich starrte nur auf den Boden. Paul, der ebenso sichtlich geschockt war, hielt mich die ganze Zeit fest im Arm und strich mir immer wieder beruhigend über den Rücken. Szenen flogen mir durch den Kopf. Ich hörte Max' Stimme, sah ihn lachen und dann blickte ich direkt in seine traurigen Augen, die er gehabt haben musste, als er entschied, abzureisen. Dann tauchten Bilder von früher auf, wie wir beide im Strandkorb in der Mulde im Garten saßen und Honigmilch tranken.

Lennart kam nach einiger Zeit strahlend wieder zu uns und ich gab mir Mühe, mir nicht anmerken zu lassen, dass ich seit Binas Anruf komplett neben mir stand. Ich war dankbar, dass Paul es übernahm, Lennart in Empfang zu nehmen.

»Das ist der schönste Tag in meinem Leben!«, schwärmte mein Sohn und während sein Herz beinahe überschäumte vor Glück, verkrampfte sich meins so sehr, dass ich fürchtete, es würde niemals in der Lage sein weiter zu schlagen. Was, wenn dieser Unfall schlimme Folgen haben würde? Max war doch gerade auf dem Wege, sein Leben in die Hand zu nehmen. Es sollte doch alles wieder gut werden. Ich war fassungslos.

Bina wollte sich melden, wenn sie Genaueres wusste. Das konnte alles heißen.

Die Stunden nach diesem Anruf zogen sich ins Unerträgliche.

Ich bat meine Mutter für eine Stunde auf Lennart aufzupassen. Ich brauchte Zeit für mich. Paul bot an, mitzukommen, akzeptierte dann aber auch ohne Kommentar, dass ich einen Moment allein sein wollte. Ich wollte ans Meer, an *unseren* Ort, hoffte, dass die Kraft, die uns das Meer, der Strand und der Wind schon immer gespendet hatten, nun auch Max helfen würde. Ich ging zum Kampener Strand. Während ich den Holzsteg entlanglief, fühlten sich meine Beine an wie Blei. Das, was ich mir von diesem Ort erwünscht hatte, blieb aus. Ich fühlte mich kraftlos und schwer und einsamer als je zuvor in meinem Leben. Wie zur Bestätigung, dass es diese tiefe Verbindung unserer Seelen gab, spürte ich in diesen Minuten, dass es nicht wieder gut werden würde. In diesem Moment, in dem ich an unserem Strand ankam, der Sand kalt und rau unter meinen Füßen kratzte und mir ein heftiger Wind entgegenwehte, hatte ich Gewissheit, dass von nun an alles anders sein würde. Ganz anders.

Der Blick meiner Mutter, der mich aus rotgeweinten Augen empfing, gab mir die Antwort, die meine Vorahnung bestätigte. Lennart, der vor lauter Aufregung ganz erschöpft gewesen war, war vor dem Fernseher eingeschlafen. Ich trat wie ferngesteuert auf ihn zu, deckte mechanisch eine Decke über ihn und ging auf wackeligen Beinen wieder zu meiner Mutter. Diese deutete mir an, mit ihr in den Garten zu kommen und mich im Strandkorb hinzusetzen, wo auch Paul auf mich wartete. Der Strandkorb stand wie früher in einer Mulde, die wie ein Schutz wirkte und die heute aber dennoch nicht verhindern konnte, dass Schlimmes geschah.

»Max war wohl auf dem Rückweg von einem Ausflug, als sein Wagen von der Strecke abkam. Liebes, Max hat es nicht überlebt.« Sie schlug ihre zitternde Hand vor den Mund und mir entfuhr ein verzweifelter Laut. Mit jedem Millimeter, den sich die Worte meiner Mutter weiter den Weg zu meinem Kopf bahnten, rissen sie eine tiefe, schmerzende Schneise in mein Herz und es fühlte sich an, als zerbreche es jeden Moment. Alle Gefühle, die in den letzten Wochen aufgeflammt waren, explodierten in einem hilflosen, lautlosen Schrei. Paul hielt mich fest, drückte mich an seine Brust und auch er kämpfte mit den Tränen.

»Er hat sich nicht umgebracht, Mama. Das weiß ich.« Mein erster Gedanke war es, der als Satz aus meinem Mund kam. »Das hat er mir versprochen.« Ich schluchzte und die Tränen übermannten auch meine Mutter.

»Aber natürlich hat er das nicht, mein Schatz.« Meine Mutter wirkte erschrocken darüber, dass ich überhaupt diesen Gedanken hatte und strich mir kraftlos über den Rücken.

Dann hielten wir uns zu dritt eng umschlungen im Arm und umklammerten uns fest, in der großen Hoffnung, uns gegenseitig zu stützen.

Kapitel Max

Es hatte sich befremdlich angefühlt, als ich den Termin mit dem Notar wahrnahm. Aber Lorenz hatte Recht. Auch wenn ich kämpfen wollte, um meinem Leben noch so viele Momente wie möglich zu verpassen, so war ich krank. Es gab viele Dinge, über die ich nachgedacht hatte in der letzten Zeit. Sollte der Fall eintreten und meine Gesundheit sich rapide verschlechtern, wollte ich, dass einige Pläne, die ich bis dahin nicht mehr geschafft hatte umzusetzen, festgehalten wurden. Dabei ging es um Dinge, die ich mir für Clara und ihre Familie überlegt hatte. Da hielt ich den Rat von Lorenz, rechtzeitig ein Testament zu erstellen, für keinen schlechten. Schließlich wurde ich auch bald Vater.

Alle Punkte, die mir wichtig waren, hatte ich mit dem Notar vorab besprochen, so dass er ein Schreiben verfasste, in dem meine Wünsche und Vorstellungen zusammengefasst waren. Hätte man mich vor wenigen Monaten gefragt, ich hätte nicht gewusst, was inhaltlich in diesem Schreiben hätte stehen sollen. Aber die letzten Wochen und vor allem die Tage seit meiner Rückkehr von Sylt hatten mir diese Frage beantwortet und so hatte ich alles dokumentiert, was mir am Herzen lag. Auf Anraten von Lorenz würde ich in wenigen Tagen eine Therapie in einer Klinik starten, die vielversprechend klang. Mit dem guten Gefühl, entschlossen am Leben festzuhalten, machte ich mich direkt vom Notar aus auf den Weg zu einem kleinen Ausflug.

Ich hatte mir vorgenommen, etwas außerhalb von Hannover eine Runde spazieren zu gehen. Ohne Zeitdruck und so, dass es mir gut damit ging. In der Nähe meines Sprays trug ich jetzt immer auch eine Notfall-Karte bei mir. Ich hatte Clara als Kontakt darauf notiert. Ich hatte sie noch nicht darüber informiert, weil wir uns ja auf Abstand geeinigt hatten und ich sie einige Zeit wirklich in Ruhe lassen wollte. Dennoch war sie der Mensch, dem ich uneingeschränkt zutraute, dass sie keine Sekunde zögern und mir helfen würde. Das hatte sie gerade erst ein weiteres Mal bewiesen. Außerdem war sie die Einzige, die neben Dr. Schwarz über meine Krankheit voll im Bilde war. Seit gestern waren auch meine Eltern über meine Krankheit informiert. Ich hatte mit ihnen gesprochen, nachdem ich mit Lorenz meinen Klinikaufenthalt geplant hatte. Sie waren erschrocken und auch enttäuscht, dass ich nicht viel eher mit ihnen geredet hatte. Aber sie wollten mich unterstützen und auf dem Weg begleiten, den sie leider ja bereits mit meinem Großvater gegangen waren. Ich war erleichtert, dass ich endlich offen mit ihnen gesprochen hatte. Jetzt, wo ich mich der Krankheit und deren Folgen stellen wollte, gelang mir das auch.

Ich wählte einen Ort, an dem ich mit mehreren Spaziergängern rechnete, so dass ich nicht fürchten musste, allein zu sein, sollte meine Atmung mich wieder einmal im Stich lassen. Die Marienburg lag unweit Hannovers. Heute fühlte ich mich wie befreit und traute mir den Weg zu.

Ich stieg am Wald aus dem Auto und sog die frische Luft ein. Hunde tobten auf einer naheliegenden Wiese herum und die Sonne schien.

Ich schlenderte zu einer Brücke, die über einen kleinen Bach führte, und blieb in der Mitte stehen. Das klare Wasser plätscherte unter mir und schimmerte im Sonnenschein.

Ich ging weiter und mein Handy klingelte. Es war Eva. Wir hatten in den letzten Tagen schon telefoniert. Dass ich für uns als Paar keine Zukunft sah, hatte sie akzeptiert. Sie erzählte mir, dass sie einen Mann kennengelernt hätte, der auch schon wüsste, dass sie schwanger sei. Es sehe alles danach aus, als könne er sich ein Leben mit ihr und dem Baby vorstellen. Ich wünschte es ihr, versicherte ihr aber erneut, für sie und unser Kind da zu sein.

Auf meinem Spaziergang an dem kleinen Bach, der durch einen Wald führte, erreichte mich eine Nachricht. Zu meinem Erstaunen kam sie von Clara. Sie schickte mir ein Bild von Lennart. Er strahlte aus einem »Fliewatüüt«. Heute war also der große Tag, an dem Lennarts Traum in Erfüllung gehen sollte. Ich freute mich für ihn und über das fröhliche Bild. Darunter stand nur: *Danke, Max.*

Ich antwortete mit einem Selfie und ging weiter. Nach rund einer halben Stunde machte ich kehrt und ging zurück zu meinem Wagen. Den Spaziergang über hatte ich mich gut gefühlt und wenig mit meiner Atmung zu tun gehabt. Zwar war ich langsam gegangen, aber es fühlte sich zu keinem Zeitpunkt so an, als müsste ich anhalten oder mich ausruhen. Ich startete den Motor und fuhr los. Eine Landstraße, die von alten Bäumen gesäumt war, führte wieder Richtung Stadt. Die Sonne stand schon recht tief und blendete mich an einigen Stellen. Ich zog die Sonnenbrille aus der Halterung und konzentrierte mich auf die Strecke.

Mit einem Mal spürte ich, wie sich meine Brust eng anfühlte und mein Hals immer angespannter wurde, als schnüre ihn jemand ab. Ich hustete reflexartig, ließ das Fenster herunter und bemühte mich, das Lenkrad gerade zu halten, was mir durch einen schweren Hustenanfall nicht leicht gemacht wurde. Ich griff auf den Beifahrersitz und nestelte nach meiner Jacke, in deren Tasche ich das Spray immer griffbereit hatte. Doch der Beifahrersitz war leer. Meine Jacke lag dort nicht und mit einem Mal erinnerte ich mich, dass ich sie beim Notar an die Garderobe gehängt hatte.

Für den Bruchteil einer Sekunde sah ich vor meinem inneren Auge Lennart, wie er mit seinen kugelrunden leuchtenden Kinderaugen aus dem Fenster eines Hubschraubers herausschaute, übers ganze Gesicht strahlte und mir den hochgehaltenen Daumen entgegenhielt. Und Clara, wie ich ihr versprechen sollte, das Spray immer bei mir zu haben. Dann wurde es dunkel und still um mich herum.

Kapitel Clara

Wie ich die letzten Stunden auf Sylt verbracht hatte, wusste ich später kaum. Meine Mutter, Paul und ich hatten entschieden, Lennart erst einmal nichts zu erzählen. Wir hatten Angst davor, dass ihn diese Nachricht so erschüttern würde, dass seine gerade so glückliche Kinderseele das nicht verkraften würde. Ich hatte ihm auch nicht die Wahrheit darüber gesagt, warum Max abgereist war. Er hatte mir geglaubt, dass Max beruflich zu tun hatte und er noch angeschlagen war. Zumindest wirkte Lennart, als nehme er mir diese Aussage ab. Max hatte mir klargemacht, dass mein Sohn sehr viel mehr von dem mitbekam, was ich zu verbergen versuchte.

Ich hatte mein Versprechen Max gegenüber eingelöst und mir am Abend vor Lennarts großem Tag ein Herz genommen. Wir zeichneten beide, als ich den Moment nutzte. Ich hatte ihm erklärt, dass die Streits, die er mitbekam, nicht seine Schuld waren. Dass die Sorge um einen geliebten Menschen manchmal dazu führte, dass man sich stritt, weil die Liebe beider Eltern so groß war, dass man überschäumte, wenn nicht alles so lief, wie man sich das vorstellte. Ich erklärte ihm auch, dass sein Vater alles tat, um der Familie finanziell so viel Rückhalt wie möglich bieten zu können, und dass ich auch, sobald es Lennart besser ging, wieder mehr arbeiten wollte. Lennart hatte mir zugehört, hatte mir von seinen Sorgen erzählt und sich von mir in den Arm nehmen lassen. Ich spürte, dass damit auch eine Last von seinen Schultern gefallen war.

Aber nun war alles anders und eine neue Situation war eingetreten, von der ich so sehr gehofft hatte, sie würde nicht Wirklichkeit werden. Wir mussten von Max Abschied nehmen. Lennart und ich hatten Max geholfen, wieder an sein Leben zu glauben. Die Aussicht darauf, dass er sogar Vater werden würde, hatte ihn regelrecht beflügelt. Was hatte sich das Schicksal bloß für einen abscheulichen Weg für Max ausgesucht? Er hatte sich in den letzten Tagen zu dem Menschen zurückverwandelt, den ich so gemocht hatte. Wenn ich auch nicht wusste, auf wen, war ich wütend wie selten zuvor. Es war eine hilflose, verzweifelte Wut. Aber ich musste mir Mühe geben und einen klaren Kopf bewahren. Nun galt es, auch das zweite Versprechen einzuhalten. Ich musste kämpfen für meine Ehe mit Paul. Für Lennart und für mich.

Wir kamen in Hannover an und mein Vater, der uns vor unserem Haus empfing, nahm mich wortlos in die Arme. Ich hatte meine Mutter gebeten, ihm Bescheid zu geben. Mir war es nicht möglich, auszusprechen, was geschehen war. Ich fühlte mich wie in einer Kapsel, weit weg von jeder Normalität.

Ich packte wie in Watte unsere Koffer aus, wusch die Kleidung und sortierte sie. Nach außen hin wirkte es, als sei alles wie immer und das Leben ginge dort weiter, wo es an dem Tag, an dem ich Max bei seinen Eltern wiedersah, aufgehört hatte. Ich sortierte die Unterlagen, die ich zu Lennarts Krankheit abheftete, kontrollierte die Medikamente, ging einkaufen, ein paar Stunden zur Arbeit und machte den Haushalt. Alles so, als sei zwischenzeitlich nichts geschehen. Aber die Begegnung mit Max und unsere Zeit auf Sylt hatten mein altes Ich wieder hervorgeholt. Das Ich, das sich in den letzten Monaten nur von der Krankheit meines Sohnes hatte beherrschen lassen und sich kein Glück mehr zugestand. Das war diesem Ich wieder gelungen, als es endlich mal wieder freigelassen wurde, als es mit Bildern und Orten konfrontiert wurde, die einmal für viel Freude und wertvolle Momente gesorgt hatten. Und all das hatte in mir etwas verändert, weil das Glück, welches in einigen Momenten auf Sylt mein Herz beinahe zum Übersprudeln verleitete, sich so unsagbar gut angefühlt hatte. Auf Sylt war mir bewusst geworden, was ich an meiner Familie hatte. Und vor allem die letzten Tage, so schwer sie auch waren, hatten mich mit meinem Mann wieder zusammenrücken lassen, der mir jetzt die größte Stütze war.

Max' Rückkehr in mein Leben war wie ein Auftrag gewesen, mit dem Ziel, dort etwas wieder gutzumachen. Diesen hatte er erfüllt. Er hatte mir gezeigt, dass es mir sehr wohl zustand, Glück zu empfinden. Denn nur dann würde mein Sohn auch etwas davon spüren. Er hatte mir auch vor Augen geführt, wie glücklich ich mich schätzen durfte, dass es Paul und Lennart für mich gab.

Bina und Konrad hatten meiner Mutter gesagt, sie bräuchten ein paar Tage Zeit für sich, und ich war dankbar, weil ich keine Ahnung hatte, wie ich ihnen gegenüber mit dem Tod ihres Sohnes umgehen sollte. Ich fühlte mich hilflos, weil ich die beiden so mochte und keine tröstenden Worte finden konnte.

Während ich die Tage wie einen Film erlebte, rückte ein Treffen mit Dr. Schwarz näher. Wir wollten uns vor dem Termin bei dem Spezialisten noch einmal zusammensetzen.

Ich freute mich darauf, weil er mir half, mit Lennarts Krankheit umzugehen. Andererseits erinnerte der Arzt mich wie kaum ein anderer Mensch an Max. Denn Dr. Lorenz Schwarz wusste mehr über Max' Gesundheit als wir alle.

Als ich die Praxis betrat, war ich deshalb nervös. Lennart war heute den ersten Tag wieder in der Schule und den freien Vormittag nutzte ich dafür, allein mit dem Arzt zu sprechen.

Ich schaute mich im Wartezimmer um und es war eine beklemmende Leere, die mich empfing. Max fehlte auch hier. Letztes Mal hatten wir uns in diesem Raum getroffen.

»Frau Sevening, Dr. Schwarz erwartet Sie bereits.« Das freundliche Gesicht der Empfangsdame begrüßte mich.

»Danke«, sagte ich und trat in das Sprechzimmer.

Dr. Schwarz stand auf, trat um seinen Schreibtisch herum und ging auf mich zu.

»Frau Sevening, ich grüße Sie«, sagte er. Dann streckte er mir die Hand entgegen, und als ich sie ergriff, um den Gruß zu erwidern, zog er mich mit sanftem Druck an sich und nahm mich fest in den Arm. Bei jedem anderen Menschen, den ich kaum kannte, hätte diese Geste befremdlich auf mich gewirkt, aber auf sonderbar vertraute Weise fühlte sich die Umarmung geborgen an und meine verkrampften Schultern entspannten sich in diesem Moment.

»Das Schicksal war gnadenlos. Dabei war Ihnen, liebe Frau Sevening, das Unmögliche gelungen.«

Die weichen Lachfältchen um seine blauen Augen wirkten wissend. Er deutete auf den Stuhl und in dem Moment kam auch bereits die Dame vom Empfang und reichte mir ein Wasser sowie einen Kaffee. Ich nahm beides dankend an.

»Max war wie ausgetauscht, als er von der Insel zurückkam.« Dr. Schwarz lächelte, machte eine Pause und schaute mir in die Augen.

»Auch wenn der Gedanke, dass er Vater werden sollte, ihm sicher auch einen Anteil des neuen Lebensmuts verpasst hat. Das allein war es nicht.« Er schüttelte kaum merklich den Kopf. »Frau Sevening, Max hat mir erzählt, dass Sie es waren, die ihn davon überzeugt hat, nicht aufzugeben. Keinem anderen Menschen wäre das gelungen.« Anerkennend lehnte er sich zurück und sah mich nachdenklich an.

»Sie meinen also auch, dass sein Tod wirklich ein Unfall war?« Ich flüsterte die Worte mehr, als dass ich sie sagte. Mit verschränkten Armen nickte Dr. Schwarz.

»Ich bin fest davon überzeugt. Aber ich fürchte, die Wahrheit werden wir nie erfahren. Fakt ist, dass er bereits vor seinem Unfall erstickt ist. Es waren nicht die Unfallfolgen, an denen er starb. Er hatte sein Spray nicht dabei. Aber wissen Sie, Frau Sevening, irgendetwas an der Art, wie er von Ihrer Zeit auf Sylt erzählt hat, sagt mir, dass das keine Absicht war.«

Dr. Schwarz sah mich lange an.

»Man hat das Spray weder im Auto noch in der Wohnung gefunden.« Er machte eine Pause, bevor er weitersprach.

»Ich sah mich als guten Freund für ihn, zumal ja noch nicht einmal seine Eltern Bescheid wussten, was seine Gesundheit betraf.« Lorenz Schwarz schüttelte den Kopf. »Das beinhaltete aber auch, dass ich ihm meinen Rat an die Hand gab, alles aufzuschreiben, was im Falle des Falles wichtig wäre. Ein Rat, den ihm sein Vater ebenso gegeben hätte, hätte er ihm dazu die Chance gegeben.« Dr. Schwarz' Blick war traurig.

»Ich habe ihm geraten zu dokumentieren, wie es mit allem weitergeht, was er im schlimmsten Fall zurücklässt. Nach seiner Rückkehr von Sylt hat er tatsächlich alles notiert.« Dr. Schwarz holte tief Luft und wirkte angestrengt. »Glauben Sie mir, mir wird ganz anders, jedes Mal, wenn ich realisiere, dass der Fall nur ein paar Tage später tatsächlich eingetreten ist.« Er sagte dies auf väterliche, beinahe verzweifelte Art und ich hätte ihn am liebsten nun auch in den Arm genommen, weil ich seinen Kummer so gut verstehen konnte.

Lorenz Schwarz stand auf, was sein Sessel mit einem ächzenden Knarzen quittierte, und ging zu einem seiner Schränke. Er öffnete eine Tür und zog einen Ordner heraus. Er zog eine Seite daraus hervor und reichte sie mir.

»Das ist die Adresse des Notars, bei dem Max alles hinterlegt hat. Ich bin der festen Überzeugung, Sie sollten Kontakt zu dem Mann aufnehmen.« Mit diesen Worten nickte er wissend und lächelte.

Mit zitternden Händen griff ich nach der Seite und starrte sie an, ohne wirklich zu realisieren, was darauf stand.

Weil Dr. Schwarz erkannte, dass ich nicht in der Lage war, länger über Max zu sprechen, wechselte er ohne Überleitung das Thema und fragte nach Lennart. Ich erzählte, wie gut meinem Sohn die Zeit auf Sylt getan hatte. Ich musste mir Mühe geben, dabei nicht an alles andere, was dort geschehen war, zu denken.

Ich bedankte mich bei ihm, dass wir bald bei Dr. Pauli, dem Spezialisten, sein würden. Den Termin hätten wir ohne ihn nicht bekommen. Ich dachte an Bina, die das überhaupt ermöglicht und den Kontakt zu Dr. Schwarz hergestellt hatte. Mir fehlte bisher die Kraft, mit Bina und Konrad über das zu sprechen, was geschehen war. Ich hatte ihnen mein Beileid bekundet und war fast erleichtert, dass sie an dem Tag darum baten, allein zu bleiben.

»Sie sollten vielleicht einen häufigeren Aufenthalt an der See ins Auge fassen, wenn es ihrem Sohn dort so gut geht. Vielleicht findet sich da ja die ein oder andere Möglichkeit.« Hoffnungsvoll schaute mich Dr. Schwarz über den Rand seiner Brille an. Täuschte ich mich, oder deutete er mit einem Nicken in Richtung der Seite aus dem Ordner?

»Das wäre ein Traum«, gab ich ihm Recht, dachte bei mir aber, dass ein Ausflug nach Sylt wohl eine einmalige Sache bleiben würde. Ich seufzte kaum wahrnehmbar. Aber in der Zwischenzeit war eine Kur bewilligt worden, die die Krankenkasse bezahlen würde. Sie würde zwar nicht auf Sylt, aber an der See stattfinden.

Auf wackeligen Beinen verließ ich die Arztpraxis wieder und fuhr nach Hause.

Als ich bei unserem Italiener vorbeifuhr, dachte ich an Maja und daran, wie sie wohl auf die Nachricht von Max' Tod reagieren würde. Aber gerade fehlte mir die Kraft, sie anzurufen.

Ich fuhr noch nicht nach Hause, sondern entschied mich, meinen Eltern einen Besuch abzustatten. Ich sehnte mich nach Geborgenheit und danach, in den Arm genommen zu werden. Da war mein Elternhaus genau der richtige Ort.

Sie waren zuhause und freuten sich über meinen spontanen Besuch.

»Liebes, wie schön, dass du vorbeikommst. Magst du einen Kaffee trinken?«, bot meine Mutter an.

Ich setzte mich auf die Küchenbank.

»Wie geht es dir, mein Schatz?«, fragte meine Mutter mich, während mein Vater nach seiner Jacke griff und in den Garten ging. Er hatte schon immer ein Gespür dafür, wann der Zeitpunkt gekommen war, an dem seine Frau und seine Tochter ein Gespräch unter vier Augen führen wollten.

»Es geht so, Mama. Mir steht das Gespräch mit Lennart bevor. Er wird unendlich traurig sein, wenn er erfährt, dass Max nicht mehr lebt.«

»Wir schaffen das. Gib' mir ein Zeichen und ich bin da.«

Ich nickte und lächelte dankbar. »Die Beerdigung wird so ein schwerer Gang werden. Ich kann gar nicht daran denken.« Ich seufzte. Dann zog ich die Adresse des Notars hervor und erzählte ihr, was Dr. Schwarz mir berichtet hatte. Aufmerksam lauschte sie meinen Worten und kurzerhand entschieden wir, uns direkt auf den Weg zum Notar zu machen.

Kapitel Clara

Ich war froh, dass meine Mutter mich zum Notar begleitete. Wie als bewege ich mich in einer riesigen Wattewolke, ging ich auf das imposante Gebäude zu, in dem sich die Kanzlei befand. Massive Steintreppen führten von rechts und links auf eine überdimensionierte Tür aus Holz zu, an der ein Messingschild mit dem Namen des Notars prangte. Das Wissen, dass Max diesen Weg erst vor Kurzem gegangen war, machte mir jeden Schritt so schwer, als hinge Blei an meinen Fesseln. Vor allem der Gedanke, dass er diesen Weg mit neuem Lebensmut im Gepäck begonnen hatte und der Termin beim Notar nur für den Fall der Fälle stattfinden sollte, tat weh. Aber irgendetwas an dem Blick des Dr. Schwarz sagte mir, dass es wichtig war, dass ich jetzt hier war. Also straffte ich die Schultern, um die meine Mutter liebevoll einen Arm gelegt hatte, und trat an ihrer Seite in das Gebäude ein. Es war ungemütlich und stürmisch geworden heute Nachmittag. Ein Wetter, bei dem man besser gar nicht das Haus verließ. Auch wenn in meinem Fall weniger die Witterung schuld war, hätte ich mich am liebsten unter meiner Bettdecke verkrochen und wäre heute nicht mehr aufgestanden. Aber gerade in den Momenten, in denen ich zur Ruhe kam, wanderten meine Gedanken zu den Dingen, die mir noch bevorstanden. Da war das Gespräch mit meinem Sohn, der noch immer nicht wusste, dass Max verunglückt war. Dann gab es den Termin für die Beerdigung. Dort würde ich seine Eltern wiedersehen und all ihren Schmerz miterleben, den ich so gut nachempfinden konnte, weil ihr Sohn auch mir viel bedeutete. Aus diesem Grund gab es Wege wie diesen zum Notar, die ich gehen musste und die mich antrieben, nicht aufzugeben. Erst, wenn ich alles wusste, würde ich die weiteren Schritte meistern können.

Wir traten ein in einen großzügigen Empfangsbereich, in dem eine junge Frau am Schreibtisch saß, die uns mit einem Lächeln begrüßte.

»Guten Tag, was kann ich für Sie tun?«, fragte sie und stand auf, als wir vor ihren Schreibtisch traten.

»Mein Name ist Clara Sevening, ich würde gerne in der Sache von Max Brahnfeldt mit dem Notar sprechen.«

Noch ehe ich weitersprechen konnte, huschte ein Schatten über das Gesicht der jungen Dame. »Mein ausdrückliches Beileid. Ich informiere Herrn Dr. Hagemann umgehend, dass Sie hier sind. Er ist in einer Telefonkonferenz. Aber ich bin mir sicher, er wird sich Zeit nehmen.«

Unsicher nickte ich. »Danke.«

Sie lief zu einer schweren Holztür, klopfte kurz an und nach einem Murmeln ging sie hinein und kehrte für einige Zeit nicht wieder zurück.

Es machte mich nervös, hier zu warten, also lief ich auf dem knarzenden Parkettboden auf und ab. Wir hörten gedämpft, wie Schranktüren geöffnet und geschlossen wurden, Schubladen herausgezogen wurden und leise Stimmen.

Dann öffnete sich die Tür wieder, die junge Frau trat heraus und machte eine einladende Handbewegung. Wir gingen in das Büro, in dem uns ein Mann, ungefähr in Max' Alter, empfing. Er lächelte freundlich und streckte uns die Hand zum Gruß entgegen.

»Sven Hagemann, ich grüße Sie«, begrüßte er zuerst meine Mutter.

Dann wand er sich an mich. »Frau Sevening, mein herzliches Beileid. Ich freue mich, dass Sie den Weg hierher trotz der schlimmen Umstände gefunden haben.«

Die Art, wie er mir sein Beileid aussprach, ließ mich erschaudern. Es klang so, als sei meine Liebe verstorben, dabei war Max ein Freund. Was hatte Max ihm erzählt und was veranlasste wohl den Mann, derlei Emotionalität in das Gespräch zu bringen? Ich konnte nicht sagen, warum, aber es irritierte mich.

Er deutete uns an, Platz zu nehmen, und das taten wir. Nervös klammerte ich mich an meine Handtasche, während der Notar in einigen Ordnern blätterte und schließlich an einer Stelle anhielt und mich anschaute.

»Liebe Frau Sevening, Max Brahnfeldt war es wichtig, dass ich für ihn notariell festhalte, wer im Falle seines Todes seine Erben sein würden. Aufgrund seiner gesundheitlichen Situation war nicht klar, wie es für ihn im Laufe des nächsten Jahres weitergehen würde. Ich hatte den Eindruck, dass er in den letzten Tagen, bevor er zu mir kam, guter Hoffnung war. Dass nun dieser schreckliche Unfall geschehen ist, macht es im Rückblick umso trauriger.«

Matt nickte ich, brachte jedoch kein Wort hervor. Mein Herz flatterte und mein Kopf gab sich Mühe, nicht die Kontrolle zu verlieren. Haltsuchend griff ich nach der Hand meiner Mutter. Sie drückte sie sanft.

»Max Brahnfeldt hinterlässt ein nicht unerhebliches Vermögen.«

Meine Mutter drückte meine Hand ein wenig fester und meine Anspannung wuchs ins Unermessliche.

»Ihm schien Ihre Zukunft sehr am Herzen gelegen zu haben.« Der Blick des Notars war anerkennend. Ich spürte, wie ich rot wurde, und schaute angestrengt auf meine Hand und die meiner Mutter.

»Er hat mir ein wenig von Ihnen erzählt. Wie Sie wissen, war Max sehr krank. Er hat mir anvertraut, dass er Ihnen in jedem Fall etwas Gutes tun wollte. Das sollte bereits jetzt festgehalten werden. Er betrachtete es als Geschenk an Sie.« Der Notar bedachte mich mit einem langen Blick und mit einem Mal war es mir egal, ob ich rot wurde. Zig Bilder aus unserer Kindheit und den Tagen auf Sylt zogen an meinem inneren Auge vorbei. Es fühlte sich an, als drehte sich das Büro des Notars und seine Stimme klang von weit her. Ich musste mich konzentrieren, damit mir nicht schwindelig wurde.

Einzig der feste Händedruck meiner Mutter holte mich zurück an den Schreibtisch.

»Max erzählte mir davon, dass er Sie mit einem besonderen Geschenk überraschen wollte, wenn Sie wieder in Hannover sein würden. Gemeinsam mit Dr. Schwarz hatte er eine Therapie herausgesucht, die er in diesen Tagen beginnen wollte. Er sagte, er habe Sie auf Sylt bereits informiert, dass ein Geschenk auf Sie warte. Sein Aufbruch in die Klinik wäre der richtige Zeitpunkt gewesen, Sie anzurufen.« Er lächelte fragend und deutete auf einen Brief, den Max verfasst hatte. Darauf stand ein Datum. Ein Tag in der nächsten Woche, der Beginn der Therapie, die er nun nie antreten würde. Zitternd öffnete ich den Umschlag und las den Brief. Ich überflog ihn nur, so verschwommen war mein Blick. Unsicher rückte ich den Stuhl gerade, während ich mich an eins unserer letzten Gespräche erinnerte. Er hatte gesagt, ich solle etwas annehmen, auch wenn es mir schwerfallen würde. Ergriffen schluckte ich. »Er wollte eine Therapie beginnen, die ihm im besten Fall das ein oder andere beschwerdefreie Jahr hätte bescheren können. Er hatte den Wunsch, gesundheitlich halbwegs auf der Höhe zu sein, bevor sein Kind zur Welt kommt. Nächste Woche wäre es losgegangen.« Der Blick des Notars wurde traurig. Es war unerträglich, dass der Optimismus, den er endlich wieder aufgebracht hatte, so eiskalt im Keim erstickt und ausgelöscht worden war.

Dankbar, dass die Stille, die für wenige Sekunden entstanden war, unterbrochen wurde, lauschte ich weiter seinen Worten.

»Max erzählte, dass Ihr Sohn Lennart krank ist. Der Junge hat ihm viel bedeutet.«

Aus wässrigen Augen schaute ich ihn an. Meine Mutter streichelte sanft über meinen Handrücken.

»Ich weiß nicht, ob Sie es im Detail wissen, aber Max Brahnfeldt litt an einer schweren Lungenkrankheit. Er erzählte mir, dass es ihm an der See deutlich besser ging. Das war wohl etwas, was er ebenso bei ihrem Sohn beobachtet hatte. Er sagte, auch Lennart habe Probleme mit den Atemwegen?« Der Notar schaute interessiert. Ohne näher darauf einzugehen, nickte ich.

»Die Familie von Max Brahnfeldt besitzt ja einige Häuser auf Sylt. Ich freue mich, Ihnen die, wie ich finde, großartige Nachricht zu überbringen, dass Max Brahnfeldt, der davon ausging, dass seine Krankheit ihn spätestens im Laufe des nächsten Jahres das Leben kosten würde, Ihnen ein großes Erbe hinterlässt.«

Mein Herz schlug mir bis zum Hals. Mir fiel es schwer zu sprechen. Lediglich Tränen rannen mir die Wangen herunter und mein Kinn bebte. Die Worte, die dann zu mir vordrangen, kamen mir vor wie ein Traum. Ich konnte kaum glauben, was der Notar mir erzählte. Ich bat ihn, die Sätze, die Max handschriftlich verfasst hatte, noch einmal vorzulesen, so unfassbar klangen sie.

Weil ich weiß, dass Sylt seit jeher Claras Traum war, das Leben aber andere Pläne für sie hatte und Sylt immer nur ein Traum blieb, möchte ich, dass mein Gästehaus, wenn ich den Kampf gegen die Krankheit verliere, in den Besitz von Clara Sevening und ihrer Familie übergeht. Sylt ist ein Ort, an dem es ihrem Sohn Lennart so gut geht. Ich wünsche ihm, dass seine Eltern so oft wie möglich Zeit finden, ihm Auszeiten für seine Gesundheit dort zu ermöglichen. Denn ich weiß, nicht nur Clara träumt davon. Ein Teil meines Geldes möchte ich der Familie als Startkapital zur Verfügung stellen, wofür auch immer. Falls Paul seinen Traum von einem Bistro wahr machen möchte, wird das sichere Polster die Familie auffangen. Ich bin mir sicher, Erzieher werden händeringend gesucht. Und ich weiß, dass es für diesen Job niemand geeigneteren gibt als Clara. Und Lennart könnte noch dazu nahezu beschwerdefrei auf Sylt zur Schule gehen. Ich weiß, dass die Familie Sevening das alles kaum annehmen wird. Aus diesem Grund schenke ich es ihnen nicht einfach nur, sondern verfasse dieses Testament, für alle Fälle. Meinen Eltern wird es eine Herzensangelegenheit sein, mit Geldern aus der Stiftung die Therapie von Lennart zu unterstützen. Auch ein Privatlehrer für die Zeit, in der er auf Sylt sein wird, wird möglich sein. Für den Fall, dass sie nicht dauerhaft dortbleiben. So oder so

möchte ich der Familie ein ständiges Wohnrecht in meinem Gäste-
haus einräumen.

Die Stiftung zu gründen, die Patienten mit Atemwegserkrankun-
gen helfen soll, ist meine Bitte an meine Eltern, die ich auch nach
meiner Therapie besprechen will. Bald werde ich Vater, ich wün-
sche mir, dass meine Eltern und ich mein Kind beim Aufwachsen
begleiten dürfen, auch wenn es nie die Familie haben wird, in die
ein Kind hineingeboren werden sollte. Finanziell sind Eva und das
Baby abgesichert, sollte ich, entgegen all meiner Hoffnungen, als
Verlierer aus dem Ring steigen.

Kraftlos sackte ich in meinem Stuhl zusammen. Fassungslosig-
keit, tiefste Rührung und Sprachlosigkeit rangen in mir. Ich stand
neben mir, als sei ich Zuschauer in einem Schauspiel, dessen Realität ich anzweifelte. Benommen schüttelte ich den Kopf.

Was Max uns in seinem Testament hatte zukommen lassen,
war unglaublich und würde unser Leben in den Grundfesten
verändern. Meine Mutter drückte mich in diesem Moment fest
an sich und auch ihr gelang es nicht länger, die Tränen zurück-
zuhalten.

Der Notar drückte mir, bevor wir gingen, noch einen Zettel in
die Hand. Darauf stand mein Name und meine Rufnummer. Er
erklärte, er habe die Rufnummer in der Jacke gefunden, die Max
bei seinem Besuch in der Kanzlei vergessen hatte. Die Jacke hatte
er Bina und Konrad mitgegeben. Sie hatten in der Jacke das Notfall-Spray gefunden und diesen Zettel für mich dagelassen. Meine
Nummer war notiert als Notrufnummer.

Nach dieser Nachricht fielen Tonnen von Steinen von meinem
Herzen, denn nun hatte ich die Sicherheit, dass ich mich nicht
getäuscht hatte. Max hatte sich nicht das Leben genommen. Er
hatte vorgehabt, das Spray bei sich zu tragen, hatte sogar meine
Rufnummer im Falle eines Notfalls notiert. Dann hatte er seine
Jacke samt Spray in der Kanzlei vergessen und womöglich zum
Zeitpunkt der Atemnot mitten auf der Autofahrt das Medikament
nicht griffbereit gehabt.

Auch wenn das Max nicht wieder lebendig machte, beruhigte es mich.

Schweigend fuhren wir wieder zu meinem Elternhaus. Mir fehlten Worte, um zu beschreiben, was in diesem Moment in mir vorging. Aber das verlangte auch niemand von mir. Meine Mutter streichelte mir immer wieder beruhigend über den Handrücken. Mein Vater hatte in der Zwischenzeit Paul angerufen und ihn gebeten, auch zu meinen Eltern zu kommen. Paul hatte Lennart vorher bei Maja abgesetzt, so dass er mit seinem Freund Tim spielen konnte. Paul hatte Maja von Max' Tod erzählt, sie aber gebeten, sich Lennart gegenüber nichts anmerken zu lassen.

Ich war Paul dankbar, dass er es Maja gesagt hatte. Die lieben Worte, die sie mir als SMS schickte, zeigten, dass sie in Gedanken bei mir war, auch wenn sie Max nie gemocht hatte.

Sie schrieb, dass Lennart ihr begeistert erzählt hätte, wie gut der Urlaub auf Sylt ihm gefallen und was er alles mit Max erlebt habe. Die kindliche Freude und der Glanz in seinen Augen, wenn er von Max sprach, hatten sie bestimmt überzeugt, dass Max nicht mehr der Mensch war, den sie damals verabscheute.

Paul saß in der Küche, stand auf und nahm mich fest in den Arm, als wir vom Notar kamen. Erleichtert lächelte er, als er sah, dass auch mir das gelang.

»Paul, ich weiß gar nicht, wo ich anfangen soll. Ohne übertreiben zu wollen, es hat uns ziemlich umgehauen, was passiert ist. Max hat uns ein Erbe hinterlassen, das unser Leben verändern kann. Ich muss es selbst gerade noch sacken lassen. Es ist unfassbar«, sagte ich und hielt ihm eine Kopie des Testaments hin, damit er selbst lesen konnte.

Mit jeder Zeile, die er las, zeichnete sich in Pauls Gesicht größere Überraschung ab. Er schlug sich am Ende die Hand vor den Mund und seine Augen sagten mehr, als tausend Worte es konnten. Er holte tief Luft und legte mit zitternden Händen das Blatt zur Seite und umarmte mich fest.

Mit meiner Familie über das zu reden, was Max uns hinterlassen hatte, machte es ein Stück weit greifbarer. Ich realisierte, was es bedeutete, was Max für uns vorgesehen hatte, und die Freude darüber war gigantisch.

Den Rest des Tages schmiedeten wir erste Pläne und überlegten, welche Träume wir nun endlich in Erfüllung gehen lassen konnten. Ich war so glücklich, wie selten zuvor in meinem Leben. Maja bot an, dass Lennart eine Nacht bei Tim schlafen könnte. Paul und ich freuten uns darüber und nahmen ihr Angebot gerne an. Nach der kleinen Feier mit meinen Eltern gingen wir in unser Lieblingsrestaurant und genossen einen Abend nur für uns zwei.

Dieser Abend, an dem wir uns so gut und intensiv unterhalten hatten und jede Berührung sich so liebevoll und warm anfühlte, bestätigte mir einmal mehr, wie dankbar ich war, dass es Paul in meinem Leben gab. Wir liebten uns über alles und von nun an würden wir unser Leben so gestalten, dass wir nie wieder daran zweifeln mussten, ob wir auf dem richtigen Weg waren, denn wo auch immer er hinführen würde, wenn wir ihn zusammen gingen, es war der richtige Weg.

Epilog

Arm in Arm spazierten Paul und ich am Strand von Kampen entlang. Im letzten Jahr war in unserem Leben viel geschehen. Mit dem Tod von Max war etwas unbegreiflich Schlimmes passiert, was für uns alles verändert hatte. Max vor seinem Tod noch einmal begegnet zu sein, hatte uns aber so viel Neues gebracht, dass ich immer wieder dankbar war, die Zeit auf Sylt mit ihm verbracht zu haben. Es war Schicksal gewesen, dass wir uns noch einmal über den Weg liefen. Wir durften nicht damit hadern, was geschehen war, dass Max nicht mehr am Leben war. Auch wenn uns das immer wieder schwerfiel, besonders mir. Max hatte in den letzten Wochen seinen Platz in meinem Herzen zurückerobert und er würde diesen nie wieder verlassen. Das war etwas, dessen ich mir bewusst war und was sich gut anfühlte, obwohl ich Paul an meiner Seite hatte. Er wusste davon, denn er hatte nicht Unrecht damit, dass er auf Sylt spürte, dass es mehr gab, was Max und mich verband. Ich hatte ihm von meinen Gefühlen, die mich manchmal selbst komplett verwirrten, erzählt. Aber er glaubte mir, dass diese Zeit und die Situation mit Max auf Sylt mir auch wieder den Weg zurück zu ihm ebneten, weil ich damals gespürt hatte, wo ich hingehörte.

Am Ende rauften wir uns, nicht zuletzt Lennart zuliebe, zusammen und fanden wieder einen Weg zueinander. Wir arbeiteten an unserer Ehe, erkannten und schützten eigene Bedürfnisse und lernten, uns gegenseitig zu verzeihen. Ich machte ihm nicht länger Vorwürfe, dass er mich unfair behandelt hatte, wenn er mal wieder angespannt war. Auch mein Verhalten ihm gegenüber war nicht immer fair gewesen. Aber das Leben hatte uns mit

Lennarts Krankheit auf eine Probe gestellt, die wir nicht ohne Fehltritte durchlaufen aber letztlich gemeistert hatten. Am Ende gingen wir aber als Paar gestärkt unseren Weg. Paul war immer an meiner Seite und würde es auch weiterhin sein. Er war der beste Vater, den mein Sohn sich wünschen konnte. Im Herzen trugen Lennart und ich für immer auch Max. Paul und ich hatten gemeinsam beschlossen, mit Lennart offen und ehrlich darüber zu sprechen, was geschehen war. Lennart war am Boden zerstört, als er realisierte, dass Max nie mehr zurückkommen würde. Er weinte, wütete und wir gaben uns Mühe, ihn durch alle Phasen seiner Trauer zu begleiten. Auch das war eine Herausforderung, die uns viel Energie kostete.

Seit Max' Beerdigung hatten wir zu Bina und Konrad regelmäßigen Kontakt. Max hatte wohl nach seiner Rückkehr von Sylt endlich mit seinen Eltern gesprochen. Sie hatten ihn in seinen Plänen, eine Therapie zu beginnen, unterstützt. Die beiden, die sonst immer stark und zuversichtlich gewirkt hatten, wirkten seit Max' Tod schwach und tief erschüttert.

Ich war froh, dass Bina meine Mutter als Freundin an ihrer Seite hatte. Sie würde ihr dabei helfen, den Schmerz zu überstehen.

Als wir uns bei einem unserer Treffen voneinander verabschiedeten, steckte Bina mir einen Brief zu.

Ich nahm mir vor, ihn zu lesen, wenn ich allein war. Denn Bina hatte zu mir gesagt: »Damals, bei unserem Kaffeetrinken, da wollte Max nach alten Zeugnissen suchen. Er sagte, er brauche sie für den Neubeginn auf Long Island.« Sie lächelte, und ihr Lächeln war tieftraurig. »Vielleicht war es naiv, aber in der Nacht vor unserem Treffen habe ich alles auf den Kopf gestellt und diesen Brief gesucht. Ich hatte ihn irgendwann mal gefunden, als ich Max' Jugendzimmer aufräumte. Als Max ihn damals bekommen hatte, hat er mir erzählt, dass er von dir kommt. Er sagte, du hattest ihn ihm mal geschrieben, lange bevor eure Wege euch trennten. Ich habe ihn aufgehoben, gehofft, dass ihr euch einmal wiederseht.

Ich habe nie gelesen, was darinsteht. Aber ich habe gewusst, dass es, wenn es von dir kam, etwas sein muss, was ihn tief im Herzen berührt. Dann habe ich ihn bewusst unter die Unterlagen, die er suchte, gelegt. Ich habe mir nichts mehr gewünscht, als dass der Brief ihn zu dir führt und dich deshalb auch mit eingeladen. Dass er wachgerüttelt wird und vielleicht ein Wunder geschieht. Dass er nochmal darüber nachdenkt, ob er uns und sein Zuhause wirklich verlassen will. Und heute weiß ich, dass das eine meiner besten Ideen war. Ich habe meinen Sohn ganz verändert erlebt, seit ihr euch wieder über den Weg gelaufen seid. Danke, Clara, für alles.«

Dann drehte sich Bina um und ich schaute der schmalen Frau noch eine Weile nach. Konrad, der selbst viel kleiner wirkte als sonst, stützte sie. Der Anblick zerriss mir das Herz.

Zuhause hatte ich den Brief gelesen, als Paul und Lennart schliefen. Als Erstes fiel mir ein Foto in die Hand. Es zeigte Max und mich, als wir ungefähr so alt waren wie Lennart. Wir saßen wie zwei Erwachsene hinter dem Steuer eines der Autos von Konrad. Max mit einem stolzen Grinsen. Ich hingegen rollte zwar mit den Augen, drückte Max aber einen dicken Kuss auf die Wange. Das Bild strahlte Lebensfreude aus und erzählte so viel über uns.

In ordentlicher Schrift stand dort: *Lieber Max, wir sind beste Freunde für immer. Denk an unser Versprechen vom Strandhaus. Deine beste Freundin Clara.*«

An diesem Abend hatte ich mich auf unseren kleinen Balkon gesetzt und mir ein Getränk aus Milch, Honig und einem kleinen Schuss Likör gemixt, das ich *Long Island* taufte. Benannt nach unserem Geheimnis. Ich prostete den Sternen zu und versprach Max, nur noch an unsere schönen Momente zu denken und nie wieder ein Wort darüber zu verlieren, was *Long Island* wirklich bedeutet hatte. Und in diesem Moment war das Gefühl aus der Kindheit wieder da. Wir hielten zusammen. Und obwohl ich mir nichts mehr wünschte, als auch nur einen Tag länger mit Max reden zu können, war ich innerlich ganz ruhig. Ich würde das leben, was er mir mit auf den Weg gegeben hatte. Ich glaubte daran, dass wir auch über seinen Tod hinaus Berge versetzen konnten. Und außerdem hatte ich ihm ja versprochen, mein Leben so weiterzuleben, wie ich es mir erträumt hatte.

Ich wollte nach vorne schauen.

Gemeinsam als Familie hatten wir unter viele Dinge einen Schlussstrich gezogen. Und als ob Max das als seinen Auftrag angesehen hätte, hatte er nicht unwesentlich dazu beigetragen, dass wir einen Weg fanden, der neben vielen Tränen auch Zuversicht und Optimismus in uns hervorrief und uns positiv in die Zukunft schauen ließ.

Ich wollte nicht mehr hadern und traurig sein. Das hätte Max nicht gewollt. Manchmal musste ich mich daran erinnern, aber meist halfen mir Lennart und Paul dabei. Wir waren uns näher denn je, hatten über vieles geredet und Pläne zu schmieden hatte uns beiden so viel Energie geschenkt, dass wir zeitweise meinten, die Welt umarmen zu können. Im Rückblick war die Tatsache, dass Max mit einem Mal in meinem Leben wiederaufgetaucht war, wie ein reinigendes Gewitter für meine Ehe mit Paul gewesen. Zunächst hatte ein Sturm alles aufgewirbelt und durcheinandergerüttelt und dann kam die Ruhe nach dem Unwetter. Uns waren die Augen geöffnet worden, was wir aneinander hatten, und viele unserer Sorgen waren wie durch einen satten Regenguss weggeschwemmt.

Wir hatten einen kompletten Neustart in Angriff genommen. Lennart ging es seine Atmung betreffend auf Sylt so gut. Paul hatte, auf Max' Anraten hin, mit dem Bistro-Besitzer Kontakt aufgenommen. Ich träumte davon, wieder mehr Stunden als Erzieherin zu arbeiten, und stellte mir vor, auf der Insel vielleicht im Rahmen einer Betreuung für Kinder in einem Hotel Fuß zu fassen. Eva und ich wurden gute Freundinnen und ihr Vater bot mir an, in seinem Hotel in der Kinderbetreuung einzusteigen. Die Frau, mit der Lennart die Wattwanderung gemacht hatte, Carmen, ging in Rente und ich ergriff die Chance, diese Lücke zu füllen. Fortan kümmerte ich mich um Kinder der Hotelgäste. Ich hatte Eva von meiner Fortbildung für Malkurse mit Kindern erzählt. Evas Vater gefiel die Idee und er stellte dafür Räumlichkeiten zur Verfügung. Das Gästehaus von Max war groß genug dafür, dass wir darin meine Eltern empfangen konnten. Endlich kamen auch sie wieder gemeinsam an die See. Demnächst hätte Max Geburtstag und ich hatte mich daran erinnert, dass die alte Dame den Geburtstag ihres verstorbenen Mannes in Gedenken an ihn auf Sylt gefeiert hatte. Wir planten, dass Eva, die Brahnfeldts und wir diesen Tag in Max' Haus feiern wollten. Ich hatte als Geschenk an Max einen Findling in Auftrag gegeben, auf dem der Name *Strandhaus* eingemeißelt war. Er sollte von nun an vor dem Haus liegen und den Namen für unser Haus für immer festhalten.

Wir blickten in eine Zukunft, die ganz anders war, als wir sie uns noch vor wenigen Monaten vorgestellt hatten. Sie knüpfte aber an meine Träume an, die ich vor vielen Jahren, als ich neben Max im Strandkorb seiner Eltern auf Sylt saß, in den Himmel gezeichnet hatte. Es war, als säße Max manchmal neben mir, als lächelte er mich mit seinem Blick an, den er schon als Junge gehabt hatte, und klopfte mir ermutigend auf die Schulter. Ein Zeichen von Optimismus, dass ich, was auch immer auf mich zukommen würde, nie allein sein würde. Auch Lennart gelang es, Menschen zu berühren und Mut in ihnen zu wecken, wie er es auch bei Max geschafft hatte. Ich war unfassbar stolz auf meinen Sohn.

Dieser war, während wir am Strand entlanggingen, mit Bina und Konrad bei seinem *kleinen Bruder*, wie er ihn liebevoll nannte. Eva war vor einiger Zeit Mutter eines bezaubernden Jungen geworden, den sie Maximilian getauft hatte. Er war ein Sonnenschein und Lennart fühlte sich von dem Tag an, an dem wir Eva und das Neugeborene besucht hatten, wie ein großer Bruder. Wir verbrachten viele gemeinsame Stunden auf Sylt miteinander. Und mit einem lachendem und einem weinenden Auge dachte ich daran, dass

Max nicht unwesentlich daran beteiligt war, dass auch Lennarts Traum von einem Geschwisterkind auf eine Art in Erfüllung gegangen war. Es rührte mich, wenn mein mittlerweile zehnjähriger Sohn seinem *Mini-Max* erzählte, was für ein cooler Typ sein Papa gewesen war.

Danksagung

Danke an alle Menschen, die daran mitgewirkt haben, dass dieses Buch entstehen durfte. Danke für all' die lieben und wertschätzenden Worte auf dieser spannenden Reise.

Danke an meine Familie. Ihr seid meine Herzensmenschen.

Danke dafür, dass Ihr immer an mich glaubt.

Danke an meinen lieben Mann für Dein unendliches Verständnis für meine Schreibleidenschaft und Deine Unterstützung in allen meinen Plänen. Deine Art, Dich mit mir zu freuen, tut so gut. Danke, dass es für mich die große Liebe gibt.

Danke an meine wundervollen Kinder. Ihr zeigt mir jeden Tag, dass ein Traum gelebt werden kann, wenn man dem Kurs seines Herzens folgt. So geht Glück. Ihr seid mein Ein und Alles und meine Welt.

Danke an meine Eltern – für das gute Gefühl, dass Ihr mein Heimathafen seid, immer an mich glaubt und für mich da seid. Ihr habt mir gezeigt, die Segel zu setzen, egal welcher Wind mir begegnet. Ihr gebt mir Wurzeln und Flügel. Ihr seid die Besten!

Danke an meine Schwester. Du steigst mit mir in jedes Boot, bist mit grenzenlosem Optimismus an meiner Seite, um zu jeder Zeit gemeinsam die Segel zu setzen und steuerst immer gen Sonnenschein. Danke für jedes Gespräch und den Spaziergang in einer

Schreib – Pause, die Du immer genau im richtigen Moment vorgeschlagen hast. Danke für Deine Umarmung, unser Lachen und unsere Seelenverwandtschaft. Danke, dass Du mehr als meine beste Freundin bist.

Danke an die weltbeste Schwiegermama. Du fehlst so sehr. Ich hätte so gerne noch unendlich viele Bücher mit Dir besprochen und werde es im Herzen weiter tun. Dein Stolz und Deine Freude über meine Bücher waren mit die wertvollsten Komplimente für mich und werden mich für immer begleiten und motivieren.

Ich trage sie in meinem Herzen und bin unendlich dankbar dafür, dass es Dich für mich gab.

Danke an meine liebe Omi, die die Liebe zum Schreiben fest in meinem Herzen verankert hat und die bestimmt stolz wäre, dass ich ihren Traum lebe.

Danke an meine lieben Freunde. Euer Interesse an meinen Geschichten, Eure Freude und unsere Zeit sind tägliche Inspiration für mich. Ich weiß das sehr zu schätzen.

Und dann geht mein Dank an Euch, meine lieben Leser. Danke für das Wertvollste – Eure Zeit – die Ihr Euch für meine Bücher, jedes Wort und jeden Gedanken dazu nehmt. Ihr seid Motivation, Antrieb, meine »Traumverwirklicher« und meine größten Kritiker. Dass Ihr mir schreibt, wenn Euch meine Bücher gefallen und meine Geschichten Euch berühren, ist ein großes Geschenk für mich.